U0849417

MÖBIUS
CONTINUUM

顾适 著

莫比乌斯时空

新星出版社 NEW STAR PRESS

图书在版编目（CIP）数据

莫比乌斯时空 / 顾适著. —— 北京：新星出版社,2020.3
ISBN 978-7-5133-3908-7

Ⅰ.①莫… Ⅱ.①顾… Ⅲ.①幻想小说-小说集-中国-当代 Ⅳ.①I247.5
中国版本图书馆CIP数据核字(2019)第299451号

光分科幻文库

莫比乌斯时空

顾 适 著

责任编辑： 汪 欣
特约编辑： 田兴海
责任印制： 李珊珊
装帧设计： 付 莉 张广学

出版发行： 新星出版社
出 版 人： 马汝军
社　　址： 北京市西城区车公庄大街丙3号楼 100044
网　　址： www.newstarpress.com
电　　话： 010-88310888
传　　真： 010-65270449
法律顾问： 北京市岳成律师事务所

读者服务： 010-88310811　service@newstarpress.com
邮购地址： 北京市西城区车公庄大街丙3号楼 100044

印　　刷： 北京美图印务有限公司
开　　本： 910mm×1230mm　1/32
印　　张： 12.625
字　　数： 190千字
版　　次： 2020年3月第一版　2020年3月第一次印刷
书　　号： ISBN 978-7-5133-3908-7
定　　价： 48.00元

版权专有，侵权必究；如有质量问题，请与印刷厂联系更换。

献给苗苗
一切终结都是新的开始

诗与远方

【美】刘宇昆

我看顾适的小说已经有很长时间了，这里想讲几句我的心得。

科幻小说最大的特点，可能就是给读者一个从未想过的视角来理解我们的世界，带来一种经典科幻小说常说的"惊奇感"。顾适展示这种惊奇感的手法很独特：她不是给读者一勺一勺喂饭，而是要求读者和她一起做饭。她会给你食谱和原料，但你必须积极参与这种想象盛宴的创造（当然厨房里会不时有机器人和外星人来帮忙，以及捣乱）。读她的小说不是一种被动的、看电影一样的体验，而是一种锻炼。当读者终于成功地完成任务之后，坐下来享用惊奇感时便会觉得回味无穷。

换句话说，当顾适的读者是件很烧脑的事。时间空间都像是可以无穷塑造的陶泥，被她捏成错综复杂的迷宫。因果逆转，情节打碎。随着情节渐渐展开，读者在迷宫里转了一圈又一圈，每次都需要记住更多的、好像互不相干的细节。在昏昏欲睡的时候看她的小说是不可能的，你必须百分之百打起精神。但这就是看她小说的独特乐趣：如同看一台3D打印机一层一层堆积起一件新鲜事物的轮廓一样，刚开始你会迷惑不解，直到到了一个临界点之后，突然整个故事的形状跃然纸上，让人赞叹不已。

不过尽管顾适小说里的世界设定以及情节都很新鲜独特，如果你仔细分析的话，小说的叙事方式其实很古典，符合传统的戏剧规则，甚至工整到了亚里士多德都可以赞同的地步。顾适很注重平衡、比例、协调、冲突、分解等等这些叙事原则，人物互相制衡，情节有预示回响。总体来说，她的小说的结构像是一首古典交响乐、一座希腊神殿或者一个现代风格的城市。用这种古典叙事规则来讲超后现代化的科幻故事，不仅保证了科幻推测的严谨，而且感受上的反差也加深了读者的享受。

在顾适的小说里，情感被分析成像素，思维被梳理成脉冲，人性被全方位算法定位……但这种科幻视角给读者带来的感觉不是冷酷或悲伤，而是一种对人类这个特殊物种的欣赏和理解，一种超越血肉的共情心。未来人类可以进入太空或虚拟仿生世界，但人情还是让我们与这些后人类藕断丝连。不管她是在推测人类的起源与未来，还是在分析网络世界的发现与遗失，顾适的小说一直都在用诗的结构来勾画我们只能通过科幻这个透镜才能看到的遥远人性彼岸。

二零一九年六月十一日于太平洋上

目 录

莫比乌斯时空　1
嵌合体　19
强度测试　83
Ａ计划　91
倒　影　99
娜娜之死　117
赌　脑　127
最终档案　191
基于冗余计算的爱情故事　209
已删除　241
时间的记忆　263
野渡无人　299
为了生命的诗与远方　319
搬　家　335
《2181序曲》再版导言　365
后　记　393

莫比乌斯时空

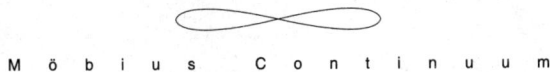

Möbius Continuum

"我就是想告诉你灾难不一定是坏事。"
"你是说,高位截瘫?"
"作为一个医生,我认为你的大脑能活下来已经挺幸运的了。"
"谢谢,你的,安慰。"
"振作点儿。"他站起来,走到我身边,就像是在宣布一个预言,"一切才刚刚开始。"

THE END

　　五分钟前还是万里晴空。

　　乌云从山间压下来的那一刻，我突然明白我们完了。这只是一次小得不能再小的争吵，我甚至都不记得自己到底做了什么，让林可的眉梢微微抽动了一下，但我明白她生气了。于是，我去给她倒了一杯蜂蜜水，放在茶几上，代表我无声的歉意。

　　这杯水却被 X 喝了。

　　我痛恨争吵。所以当林可的手指快要戳到我脸上的时候，我转身离开了那座小木屋。北大西洋的海风迎面卷过来，让我感到一种彻骨的冷，直到那个时候，我还不知道自己留给她的背影意味着什么。X 追到车里，试图解释他不是有意的，我只对他说了两个字："上车。"

　　离开 Å[1] 镇的公路只有一条，那里几乎可以算是世界的尽头。转过三座山之后，雨点忽然模糊了挡风玻璃，于是我终于看到了我们的结局——完了，全完了。我们两个人的关系就像是气球，刚开始只是瘪瘪的一小团，我们轮番往里面吹气，小心翼翼地用手捏死了出口，不能容许一点空气漏出去，它越胀越大，越来越满，直到有一天，哪怕一次最轻微的碰触，都会让它轰然破碎。然后，一切过

---

1. Å 为挪威语字母，Å（奥）镇位于挪威西北端的一座小岛上，是世界上最短的地名。

往都消散无踪，一切付出都了无意义。

"……你得慢一点，我是说真的……"

X的声音里透着紧张，他一手抓着安全带，一手握着车门上方的把手，整个人像一只绷紧的虾。我和林可在斯塔姆松的青年旅社遇到了他，一个大约六十岁的中国老头儿，操着一口流利的英语，正在找人搭车去下一站。但在看到他的那一瞬，我就知道他会跟我们同行。X，他自我介绍说，仿佛他是数学方程里一个待解开的谜题。

好像的确得慢一点儿。我看了看仪表盘，指针指向每小时一百六十公里。这是山路，我的左手边是山，右手边是海。慢一点儿——我深深吸气，然后放松了脚尖。

但随着空气从我口中呼出，骤然放松的还有我的手指。车子晃动了一下，当我想要再次掌控它时，一切都太晚了。从山间落下的一块尖利的石头扎破了左前轮胎，伴随着刺耳的刹车声，这辆租来的福特先是向左撞上岩壁，然后又掉转一百八十度，掀翻了路旁用于标识边界的反光杆，一路颠簸着滚下山崖。

碧蓝的大海冲进视野，我甚至还没来得及感觉到恐惧，只是突然彻底忘记了自己的存在，纯然惊奇于周遭发生的一切。我想我的头被撞破了，但我并不觉得疼，只觉得脸上有一片湿湿黏黏的东西。

原来血是冷的——这就是我脑海中的最后一个想法。

莫比乌斯环

有一件事我一直想不通,那就是大多数遇到严重灾祸的人,在向别人描述自己的遭遇时,都会用第三人称视角,就好像他们真的看到了似的。然而这就是我正在做的:我用非常微弱的声音,慢慢向警察描述我见到的一切——那是一个弯道,我的车速太快了,有块石头扎进轮胎里,车弹跳了一下然后撞上山壁,接着就掉转方向坠到了海里。我不会跟他说我记忆中的另一部分:世界翻转之快就像是摄影师把镜头扔在甩干机里,我完全不清楚发生了什么,车窗就全碎了,那些细小的玻璃碴全往车外甩出去(而我竟然还想了零点五秒为什么它们没有掉进车里来),然后就是迎面扑过来的大海。

我同警察说话的时候,X坐在隔壁病床上看着我。他的情况比我好太多,只是轻微的擦伤。当然如果他没有这么幸运的话,我也无法活下来。医生说我的颈骨骨折,是X把受伤的我从车里拖了出来,然后一手夹着我游向岸边。他拦住路过的车辆打了电话报警,救护直升机在二十分钟后赶到,于是,才有了现在医院里高位截瘫的我。

是的,我感觉不到自己脖子以下的一切,就像它们从没有存在过。

很快病房里就剩下我和X。我们彼此都有点尴尬,不知道该怎么开始第一个话题。我想问问林可,但她并没有像电影里经常演那样，哭着出现然后和我重归于好。她消失了，就好像她从来没有存在过。我对X做了一个"谢谢"的口型，然后就闭上了眼睛。黑暗并不等于睡眠，三个小时之后我睁开眼睛时，X还在那里一动不动地看着我。

这一次他先开口了：

"我年轻的时候也遇到过严重的车祸，当时我躺在床上看着天花板，觉得自己的未来就是一摊屎。"他拿出一卷透明胶带，在手里摆弄着，"然后有个人安慰我说：我们平时生活的世界就像这卷胶带，你总是走在光滑的一面，就算不断把它拉长，你还是只知道这一面，永远都不会了解它的另一面，有胶水的那一面。"

他把胶带扯下来一段，粘成一个环，然后指着环的内面对我说："但其实要我说，这一面可能更接近于世界的本质——或者说这卷胶带的本质。"

我翻了一个白眼作为回答。如果不是因为他是我视野里唯一在动的东西，我一定会看向别处。

X像是根本没注意到我的表情自顾自地继续说道："但如果我们换一种粘法，把胶带旋转一下，而你还在上面走的话……"他拆开了那个环，用两只手把胶带拉平，然后慢慢旋转右手，直到胶带被拧了一百八十度，才又把两个带着胶水的端头粘到一起，"那么当你顺着原先光滑的道路走下去，就会发现自己已不小心踏上胶水面，走入世界的内部。"

"一个，莫比乌斯环。"我说。

"原来你知道。"X笑了，他把那只胶带圈扔进垃圾桶里，"我就是想告诉你，灾难不一定是坏事。"

"你是说，高位截瘫？"

"作为一个医生,我认为你的大脑能活下来已经挺幸运的了。"

"谢谢,你的,安慰。"

"振作点儿。"他站起来,走到我身边,就像是在宣布一个预言,"一切才刚刚开始。"

副　体

我向前迈出第一步。

脚底的压力真实得让我头皮发麻,尽管我知道只有头皮的感觉才是"真实"的。

这是医院向我推荐的新产品,"副体",最新一代的虚拟现实技术,通过在大脑皮层植入一块芯片,把真人大小的机器人的感官映射到我的大脑里。简而言之,就是通过我身上仅剩的这颗头颅来遥控这个机器人。

"他们会在实验室培养你的皮肤细胞,附在它的外壳上。"保险公司的人对我说,"这样你走在路上,别人甚至都不会发现你在使用'副体',你完全可以回归正常生活。"

我通过它看,通过它听,通过它闻。我在路边买了一杯咖啡,然后坐在树下看人们走来走去。阳光照在我脸上,我甚至可以感觉到那种微妙的温度,阳光的温度。我感觉风从身后吹过我的手臂,于是我想要回头看,然后却惊醒了。

真正的我只拥有一个枕头。

X认为免费的"副体"是保险公司的骗局,"他们想让你自己来照顾自己,一个机器人比无止境的专业护理便宜太多了。"

的确如此。我再次闭上眼睛,控制"副体"回到房间里。我给我自己喂食、刷牙、擦脸、翻身(以免长褥疮),揭开被子换尿布,感觉比养一只狗还是麻烦一些。但我很高兴这么做,因为就算只有一个头,我还是可以照顾自己,我有尊严。

X说:"你只差去找份工作了。"

我觉得这是个好主意。之前为了用副体照顾我自己,我已经接受了专业的护理训练,所以我直接问X是否可以在他的家庭诊所工作,他接受了。

"你的薪水就是你的医药费。"他不客气地告诉我,"除此以外,我还会给你的机器人一个充电基座。"

就这样,我在莫比乌斯环的胶水面开始了新的生活。起初我举步维艰,后来却慢慢习惯了一切,甚至觉得这就是生活本来的样子。X还是给了我数量可观的薪水,于是我再一次出去跟女孩们调情,去度假,去上医学院,用副体做这些事情甚至比原先的身体更方便。我可以在夏威夷租一具带八块腹肌的副体,鬼混到凌晨再从床上爬起来回到充电基座,然后在大学图书馆的另一个副体上醒来。每一次需要打理真正的自己时,我都会假装去上厕所,然后迅速切换到诊所里的那个副体:检查药物、翻身拍背,确定监视器上的血压心跳一切正常。

"我有一种很奇怪的感觉,"我对X说,"那次车祸让我从肉体的桎梏中解脱出来,接近自由。"

X笑着摇头道:"你还差得远呢。"

"为什么这么说?"

他说:"尽管你拿到了医生执照,但你至少得每四个小时回到自己的身体旁边一次。"

我问他:"你难道还有什么别的办法?"

"当然,"他说,"抛弃你的身体。"

克莱因瓶

我站在手术台旁,最后一次深呼吸。

X问过我究竟想在这台手术里扮演什么角色:医生,医生的助手,还是纯粹的病人?

有很长时间,我也不确定自己是否能有勇气亲手切掉自己的头颅。但X换了另一种说法,他说我切掉的是无用的身体,"你不能按照大小来判断什么是被切'掉'的,而是要看哪部分被扔掉。"

所有的仪器都已经准备好了,我早已在心里预演了一万次手术,但真正站在这里的时候,我还是感觉不可思议。我的头颅,正在控制着我的副体,切掉我的身体。

这个副体是医疗专用的,手指不会发抖,即便意识突然失控,也会立即锁死所有的动作。X站在我身边,一旦出现问题,他就会从我手中接过手术刀。我俯下身子,看着刀刃逐渐靠近我苍白的皮肤,表皮之下是颈前静脉、气管、喉腔、咽部,两侧是颈动脉和颈静脉。它们长得就像医疗标本一样完美精确。每一步都是安静的、有条不紊的,所有的血管都与仪器上既定的通道相连,我身体里剩余的血液也迅速被机械抽空，成为"我"的备用食粮。层层肌肉的后面是颈椎，在处理脊髓的时候我感到些微晕眩，但也就那样了。过了这一关，剩下的都是小问题。当一切结束之后，我停了下来，最后一次睁开自己的眼睛，与我的副体对视。

"晚安。"我对自己说。

X和我一起把头颅放到医疗保存库。我的脚下是一个上万平方米的巨大库房，机械手忙碌地把一颗颗头放进它们指定的格子里去。四壁的屏幕上显示着每一个"人"的健康状况。

"你的头也在这里，对吗？"我问X。

他耸了耸肩没有回答，而是带我走向中央的操控台，那有一个古怪的瓶子，瓶颈弯折向内，瓶身泛着豆青的釉色，看上去价格不菲。

X说："既然你知道莫比乌斯环，那么你也应该听说过这个。"他把手放在"瓶子"上，瓶身登时变成透明的，我才发现这只是个立体投影，X继续说道："注意看这里，它的瓶口同瓶底相连，所以这其实是一个三维世界里无法存在的——"

"克莱因瓶。"我接着他说。

"你果然知道。"他笑着打了个响指，瓶子里随即出现一只蚂蚁，"如果我们把一只虫子放在克莱因瓶里，它就可以向上顺着瓶颈毫无知觉地爬到瓶子外面来。因为这个瓶子的里面，也正是它的外面，它不分内外。"

我原本以为灵魂在我的肉体之中，现在它却在肉体之外，"……你是说，我自己就是一个克莱因瓶。"

他点了点头，"是的，你终于明白了。"

这真可怕，甚至比我走上世界的胶水面时更可怕。在这个巨大的头颅仓库里，我渺小如蝼蚁，正在顺着一个看不见的连续曲面往外爬。直到我摆脱了我的肉体,抛弃了我的克莱因瓶。

"不要告诉我一切还是刚刚开始。"我说。

"嗯……"X五指合拢,关掉了那个立体影像,"你有没有听说过白屋?"

白　屋

白屋与副体完全相反。

作为一个感官映射端,副体观察的是外在的世界,正如我们每一个人类——看,闻,听,触,这些感受的对象都是自身之外的,而它内部的运转却完全是本能的。在抬脚行走的时候,副体并不会告诉使用者,这一个动作调动了哪些轴承、杠杆和螺丝钉,也不会让我了解有多少电力消耗在这一步之中。它只是告诉我,我正在一条崎岖不平的秋日山路上,向前走。

而白屋的观察对象是内在的世界。

它的设计原型是一个空心的球体,其外壳的内侧遍布镜头,如此一来,任何在球体之中的物体都会被全方位地观察。在同一时刻,它的每一面都向白屋呈现。而对于这个物体而言,控制白屋的人,就像是一个无所不知的神。

为了能让我的意识与白屋相连,X对我的头颅又进行了一次改造。我们把一块特殊的芯片接入大脑的视觉感应区,因为我即将拥有的眼睛数量不再是两只,而是无数只。即便如此,在第一次将意识接入白屋时，我还是无比感谢 X 让我丢弃了身体，不然就算在高位截瘫的状态下，我大概也能呕吐到把自己呛死。

眼前的空白是没有边界的，因为边界就是我自己。所有的东西都与原先不同，它不是颠倒，不是对调，而是彻底地内外翻转。我在上，在下，在左，也在右——我在外面，世界在里面。

十天之后，X 放了一个黑色的小球到白屋里。它应该是从顶端坠落的，但我同时看到了每一个方向的它，甚至无法判断白屋里面究竟有几个球。"放我出去——切断连接，求你！"我挣扎着嘶吼，但 X 忽略了我的抗议。那简直是地狱般的折磨，尤其是当他开始晃动那个黑球的时候，简直像是有人拿了一根铁钎，在我的大脑里搅。

"让时间帮助你看清它。"X 说。

我完全不知道他在说什么。

"把注意力集中在单一视点上！"X 吼道，"然后在白屋里滑动！"

说起来容易！我足足接受了一年的训练，才掌控了如何让自己在白屋里移动。在任何一个时间点，我的意志都仅仅集中于某一帧图像之中，我会让自己围绕着被观察的物体滑动，就像是摄影师在推动镜头。滑动的速度越快，我能够控制的白屋面积就越大。当第一只具有生命的蝴蝶飞入白屋时，我终于明白它赋予我的恐怖力量。我可以靠近看它的磷翅和口器，也可以远离看它飞行的方向，我可以放慢时间看它的腹部缓缓收缩，也可以加快速度看它衰老和死亡。它在我面前无所遁形。

X 说，是时候让人踏入白屋了。

一个人！

"你要仔细挑选第一个进入白屋的人，"他给了我一份长长的名单，"这很重要，他（她）会踏入你的灵魂。"

林可，这是一个多么奇妙的巧合。我的视线停留在这个名字上，直到现在，我都可以回忆起它在我舌尖跳跃的温暖。

我的白屋敞开了门，一个小女孩走了进来。她不是我记忆中的那个人，只是个四五岁的孩子，但她的每一步依然踩在我的心里。我几乎能感觉到血液正在冲刷我的鼓膜，让我产生一种心脏在怦怦跳动的错觉，然而很快我又想起，很久以前，我的心脏就已经是医疗废弃物了。

她有些茫然地转了一圈，然后就开始找寻出口。"爸爸。"她哭泣着，把两只胖胖的小手举到半空中。

X——我急得声音都在抖——让她出去！

"不。"他说，"你自己想办法。"

在我意识到自己正在做什么之前，我看到一个副体走进了我的白屋——那是我自己。

我的副体抱起她，她先是疑惑地看了看我，然后忽然哭得更大声了，近乎尖叫。这声音让我害怕。我把她放到门外，再把门关上，切断了声音的来源。

……有那么几秒钟的安静，是我永生难忘的。那是我第一次用副体来观察白屋，也是我第一次用白屋来观察副体。我伸出手去，想要碰触两者之间那层无法看到的边界，但却扑了个空。如果有人把此情此景画成米开朗琪罗的《上帝创造亚当》，那么在我的副体探出手指的同时，作为上帝的白屋却还没有实体的手。

"见鬼！"我听到 X 的咒骂声，"你现在不能同时使用副体和白屋！"

下一刻我就明白了 X 在说什么，两种视野的重叠让我感到极度晕眩，然后是恐怖的头痛，就像是有人在用榔头猛敲我脑袋的同时，一只异形想要从我的大脑里破壳而出。

X 切断了所有的连接,我骤然坠回到久违的黑暗之中,安宁得近乎永恒——"晚安",我仿佛听到有人这么说。

莫比乌斯时空

X 说我睡了很久。

我猜想那次事故可能伤害了我的大脑,但白屋中的辅助计算机完美地补充了记忆的不足,我有时甚至觉得它比我更熟悉我的过往,就像一切早已记录在案。我学习的下一课是在白屋中建构一个实体世界。"这才是白屋存在的意义,也是你的新工作。"X 说,"让我们从设计一座小木屋开始吧。"

于是我循着记忆找到了那所房子,它建在海边的石头堆上,有着暗棕色的顶和亮红色的墙面。底层是门厅、两间卧室和一个厕所,二层是客厅、餐厅和厨房;壁炉是装饰品,但暖气永远会把它烘得热热的——打开窗户,就是宁静的挪威峡湾。

"所有的细节。"X 强调说。

所以我又在墙上挂上了极光照片,在橱柜里摆上整套餐具,在冰箱里放了红酒、黄油、牛奶和蜂蜜,地面则铺上厚厚的羊毛地毯。小木屋建好之后没多久,林可就和她的父母一起来旅行,住在我创造的小木屋里——她长大了,是个会自己玩手机的小姑娘了。作为白屋,我负责暖气、电力和生活设施的智能控制。林可喜欢对着空气说:"拉开窗帘。"然后,我就忙不迭地把窗外的群星送到她眼睛里。

"WOW!"她趴在窗口惊叹着。

我进步得很快,不久我就建了一组小木屋,接着是一个渔村,乃至整个镇子,我忙碌地穿梭于每一幢房屋和每一条公路,我深入地下去查看每条管道的流量,除了阳光和云朵,一切都在我的掌控之中。又过了几年,我已经能够在计算机的帮助下同时控制两种视野,让我的副体走入我的小镇,通过自己的体验,来不断修正白屋的漏洞。

我打磨着我的世界,让它接近于完美。有一天 X 来了,那是我最后一次见到他。我们约在白屋边缘的一个渔村,那里在我看来接近于世界的尽头。他说:"这跟我当年遇见你的地方真像啊。"

"我就是照着那里来设计的。"我对他说,"有时候我觉得世界就像是一个莫比乌斯环,我走了很久才绕过环的内面,终于又回到最初开始的地方。"

"你有没有想过这样一种可能,"他看着我,说道,"或许时间也是一个莫比乌斯环。"

我茫然地重复:"时间?"

X 说:"在我们的眼里,时间是一条无止境向前延伸的直线,但真的是这样吗?"

"不然呢?"

"一个身处于莫比乌斯环中的二维生物不会感知到空间的扭曲,因为在它的世界里只有一个平面。作为一个三维生物,人类可以通过对时间的记忆感知到四维的时空,但我们却无法感知到时间的扭曲。"他顿了顿,又补充道,"除非……当我们走过时间的胶水面回到光滑的起点时,发现自己变成了记忆中的另一个人。"

THE BEGINNING

越来越多的游客来到我的小镇,无穷无尽的工作几乎要把我压垮。之后的几年我不断完善计算机的设置,使其能够独立应对人们的需求——我想从白屋的重负中重获自由。

我做到了。

为了庆祝,我定制了一个最新的副体,它甚至有味觉和痛觉,可以像人类那样进食和受伤。然后我去了斯塔姆松的青年旅社,我知道每年这个时候林可都会来这里旅行。

但这一次,她带了一个男人来。

一个自负的傻小子。林可挽着他的手,就像他是她的全世界。

"我想搭个车。"我对他们说。

"哦?当然没问题。"他傻乎乎地答应了,"可我还不知道您的名字呢。"

"X。"我说。

我们沿着海边的公路开了八十公里,毫无疑问她还是选了Å镇的那幢小木屋。他们两人一间卧室,我自己住一间。

我醒来的时候,天还是黑的。林可坐在屋外的长椅上,眼里噙着泪。

"他一直在加班,除了打电话就是发邮件。"她说,"我还比不上他的电脑有吸引力。"

　　我尽可能地安慰她,直说得口干舌燥。回到小木屋里,我看到餐桌上有杯水,便端起来喝了,是甜甜的蜂蜜水。然后我听到他们两人说话的声响——好吧,这次他们要和好了——我想。但不一会儿我就听到她的尖叫,以及他摔门的声响。

　　她看上去悲痛欲绝,就像世界都碎了。我追到车上想问他到底在做什么。

　　"上车。"他只对我说了这两个字。

　　我跳上他租的福特,打算要好好劝劝他。谁知他一脚把油门踩到底,加速度让我的后背猛然陷进车座里。我手忙脚乱地系上安全带,然后死死抓住车门上方的把手,"你得慢一点儿,我是说真的……"

　　他像是没听见,又飘移经过一个弯道。我的左手边是山,右手边是大海。

　　我看向他,突然明白了一切。

　　——X 就是我,我们身处的这个世界,是一个莫比乌斯时空。

　　乌云从山间压下来,五分钟前还是万里晴空。

嵌合体

Möbius Continuum

她研究世间一切,并且无所不精:
社交、服饰、健身,性爱。
她研究我,研究我的喜好,研究我的表情与动作,
就好像我是她所见过的最与众不同的人,
然而事实上,我和她实验室中的老鼠没有任何区别。
她满足我的一切愿望,再夺走它们。

CHIMERA

生物学中一个常用术语,一般译为"嵌合体",指的是来自不同个体的生物分子、细胞或组织被结合在一起,成为一个生物体。

——百度百科

1. 奇美拉(Chimera)

它有山羊的身体、狮子的头颅、蛇的尾巴,乃是妖王提丰与蛇妖艾奇德娜所生。

——古希腊《书库》第2书,第3章

我看着她走进来。

六年来我一直想知道,在这女妖柔软光洁的皮肤之下,究竟包裹着一台多么冷酷精确的机器。

她也看到了我,眼中浮起温柔的笑意,没有一丝尴尬与愧疚。

"伊文。"她加快了脚步,走到我面前,"亲爱的,好久不见。"

当她靠近我时，衣袖间涌出轻柔的暖香，味道与当年一模一样。我突然想起我们结婚后不久，她渐渐对我吐露心声时曾说过的话。

她说："我最近一直在想，如果我能够把自己的每一个表情都拍下来的话，那么就可以写出一篇博士论文了。《表情管理与社交应对》，这个题目怎么样？只拿微笑来说，我脑海中就有上千种微笑，每一种都要调动不同的肌肉群，每一种都可以应对多种环境，而它们的组合更是变化无穷！这里面唯一的难点就是要精确管理表情，这需要巨量的计算，简直太神奇了——伊文，不要这样看着我——够了。你看，你们音乐家总是会误解我们这些喜爱科学的人，我不是机器，图灵计算机根本不可能在这么短的时间内计算出应该在什么环境里使用哪种微笑——我是人，伟大的人，这是生物学的议题。"

她严肃地用手指着自己的头，然后扑哧笑了，甜美，天真，一副忍俊不禁的模样，"瞧你，亲爱的，我在跟你开玩笑呢。"

此刻她站在我面前，身着质地上佳的羊绒大衣，脖颈间是内敛柔和的丝巾，大衣包裹着她定期锻炼的纤瘦身体。她研究世间一切，并且无所不精：社交、服饰、健身、性爱。她研究我，研究我的喜好，研究我的表情与动作，就好像我是她所见过的最与众不同的人，然而事实上，我和她实验室中的老鼠没有任何区别。她满足我的一切愿望，再夺走它们。

她看着我，唇角的愉悦恰到好处，无懈可击。但我却无法在面对自己的前妻时，依然像热恋期一般充满喜悦。

我疲惫不堪。"我只想跟你谈谈托尼。"

没有任何一个八卦小报的记者会相信这是真实的故事：一个母亲在生产的当天就抛弃了襁褓中的婴孩和无辜的丈夫，消失在世界的彼端，六年。

"我知道。"我终于从她的眼中读到了转瞬即逝的瑟缩,但她的声音依旧平稳,"我正是来同你谈他的。"

托尼今年六岁。

如果不是三个月之前的那场意外,我永远都不会再联系托尼的母亲。那天我带着他去公园,一辆暗红色的本田汽车毫无先兆地冲上人行道,然后把托尼卷到了车轮底下。在五天的抢救之后,他睁开了眼睛,但是肾脏却遭受了不可逆转的严重损伤。在确定他的体质不适宜接受外源肾脏移植之后,我终于意识到我的儿子将一辈子依靠每周三次的透析生存。在绝望之中,我查阅了所有的相关资料,却意外地发现了"再生医学"这个命题。"再生医学"的目标是用病人自己的干细胞来生成器官,然后将其移植到病人体内。在这个领域最前沿的科学家之中,我的前妻是一颗闪亮的新星,她目前负责一个专攻"嵌合体"的实验室,并且成功地让一只先天缺失胰脏的小鼠的身体里长了大鼠的胰脏,创造了一个自然界里从未存在过的嵌合体。在杂志的评论文章中,人们认为这个实验的成功意味着再生医学进入了新的阶段,因为在这个实验的基础上,"人-猪嵌合体"在理论上也有存活的可能。如今,我正是希望她能够让一只猪的身体里长出托尼的肾脏来,等它成年之后,就可以把肾脏移植到托尼身上。

眼前的她用小勺缓缓搅动着大吉岭红茶,低声说道:"我当然爱他,你不知道我听到这个消息有多么伤心。只是你邮件里提到的事情,我真的做不到。"

"我读了你的论文,以及《细胞》杂志上的评论文章,在这个世界上，只有你和你的实验室有可能准确复制出一个托尼的肾脏。"我看着她难以置信的表情，忍不住补充道，"请你不要以为我没有查阅资料和阅读科学论文的能力。"

"哦，我知道亲爱的，你那么聪明，只要你想做，当然能做到。"她迅速收回了自己的讶异，轻轻叹了一口气，"只是如果你已经读了我的论文，就会知道这件事只是理论上可行，'大鼠 - 小鼠嵌合体'和'人 - 猪嵌合体'显然是两回事，这就像……"她仰起脸，眨了眨眼睛，又无奈地看向我，"就像你可以唱歌，也能够弹吉他，但却不能弹奏管风琴一样。"

"给我一点时间我就能做到。"我说，"它们的原理是相通的。"

她伸出手撑住额头，"上帝，这可真是一个糟糕的比喻。我该怎么跟你解释……我想你已经知道，我创造的那个嵌合体是如何诞生的。"

我打开 iPad，那篇论文里已经有很多段落被我标记为亮黄色，于是我很快找到了自己需要的内容——"我们把大鼠的诱导多能干细胞注射到缺少 Pdx1 基因的小鼠囊胚中，这种 Pdx1 基因缺失的小鼠是不能发育出正常胰腺的，而来源于大鼠的 iPS 细胞完全挽救了基因缺陷的受体小鼠囊胚。这些大鼠 - 小鼠嵌合体能够正常发育成长至成年，具有一个能正常行使功能的胰腺。"[1]

---

1. 2010 年，Kobayashi et al. 在 Cell（即《细胞》，生物领域最权威、影响最大的期刊）上发表了一项研究，获得了可存活的大鼠和小鼠的嵌合体。同期 Cell 对此有一篇评述，题目是：《可存活的大鼠 - 小鼠嵌合体：我们将往何处去？》（Viable rat-mouse chimeras: where do we go from here?），这段文字改写自这篇评述文章。值得一提的是，同一个研究小组 2012 年在 PNAS（即《美国科学院院报》，也是一个很权威的专业期刊）上发表了另一项研究，称他们已经用不同种的猪完成了同样的实验，阻止他们做人 - 猪嵌合体的原因是伦理学上的考量。——作者注

她纤细的手指伸了过来,"哦,对的,就是这里,我想你一定知道大鼠和小鼠是两种完全不同的生物,对吧?在生物分类上,前者是家鼠属的,而后者是鼷鼠……"

我打断她,"当然!"

"抱歉。"她耸了耸肩,又指着屏幕上的那一行字,"你看这里,亲爱的,如果我们要用相似的实验方法来做一个人-猪的嵌合体,那么首先我们需要找到一个缺失肾脏基因的猪囊胚,但是我们从哪里去找这个囊胚呢?又该如何去定位让肾脏发育的基因呢?这都是目前需要从头开始做的事情,而且没有人知道是否能够成功。"[1]

"我只是请求你去试试看……"我只看到她的嘴唇一开一合,却完全听不懂她的话,"不论成功还是失败。"

"请不要用'请求'这个词,托尼也是我的儿子,我愿意为他做任何事情。"她哀怨地看着我,眉尾下撇,充满无奈与伤感,"'试试看'——你看这就是第二个问题,就算我们能够找到,并且准确地敲除掉这个猪囊胚上的所有导致肾脏发育的基因,然后呢?我可以把托尼的细胞注射进去吗?不能。使用人类的胚胎干细胞做实验是违法的,是违反科学伦理的。"

"你会在乎这个?"我惊诧地看着她,"你会在乎科学伦理?"

她把一根手指抵在自己的嘴唇上,"你太大声了,亲爱的。"

我太清楚这个人了,如果她不想回应我的要求,那她根本就不会来见我,而现在她就坐在我的面前,飞快地眨了一下左眼,就像

---

[1] 2013年被评为年度十大科学发现的CRISPR/Cas9技术,简而言之,就是如果知道哪些基因缺失会导致哪个器官不发育,就可以培育出那些基因敲除的动物。如果将这样敲除基因的猪囊胚和人的诱导多能干细胞融合,理论上就可以获得长着人类这一器官的猪。——作者注

我们之间有一个不可言说的小秘密。

"告诉我，你怎么才肯尝试？"我实在忍受不了这样的对话。

她终于避开我的目光，转过头看向窗外。很久的沉默。我看着她的侧脸，那张精心保养的面孔和当年一样美丽，在午后的阳光下仿佛在发光，就像教堂里圣母玛利亚的雕像，一座会呼吸的冷酷雕像。最后她笑了，转过头，对我说道：

"一个母亲为了拯救自己的儿子打破科学的禁忌，这个故事本身就足以让我去做任何事情，更何况我竟然有幸成为那位伟大的母亲。"

是的，这才是她。她的行为永远具有哲理和诗意，但她做出这些行为却建立在她意识到这件事会带给她哲学与诗意的基础之上。在她的世界里，她自己是隔绝于世界之外的，就像是一位俯瞰大地的神。她会做这件事情绝不是因为托尼是她的儿子，而是因为这件事会让她成为一个美好的传说。

这个自私可憎的妖怪。

她继续说道："我必须告诉你，我没有成功的把握。人类实验没有任何可以参照的基础资料，说不准我会做出一头真正的怪物来——可这才是令人兴奋的地方，不是吗？我会去做，但我还是建议你去医院打听一下常规的肾脏移植……"

"到目前为止，他所有的淋巴细胞毒交叉配合试验结果都是阳性。"

她茫然地看着我，"所以？"

"移植他人的肾脏很可能会导致超急性排异反应。"我说，"有可能他只能进行自体移植。"

"天哪！"她皱起眉。

"目前,我们只能靠透析来维持他的生命,你无法想象那有多痛苦。"我想起托尼的哭号,忍不住暗暗战栗了一下。

她眼里的光芒终于坚定起来,"我知道了,亲爱的,我会全力以赴。"

"谢谢你。"我说。

"只是还有一件事情,我需要提醒你。"她起身走到我的椅子旁边,最后干脆坐在扶手上,捧起 iPad 找寻着另一段论文,"看这里。"

她的发丝垂到我的脸上,我努力盯着那些复杂的名词,但它们超越了我的认知范围。我摇摇头,"我不明白。"

"这是另一篇评论,它指出这种嵌合体虽然在结果上是可行的,但它为什么可行的原理我们并不清楚,所以在这个实验中,嵌合的程度是不可控的,虽然目标只是要长出胰脏来,但是别的地方也会出现源于大鼠的细胞。"

"所以?"

"这就是我们不敢贸然用人类细胞进行研究的原因之一。"她说,"如果做'人-猪嵌合体'实验,我无法控制那头猪的身体里有多少人类细胞。"

"我还是不明白你要说什么。"

"想想看,伊文。"她把手按在我肩膀上,垂下头看着我,"这头猪可能会是第二个托尼,它的身体里藏着我们的儿子。等它长大了,我们会一起夺走它的肾脏,然后杀了它。"

A."亚当"

林可躺在医院的手术室外。

已经晚了一个小时,麻醉师还没有来。她赤裸的身体和走廊上往来的男女之间只隔着一层薄薄的白布,这让她感到十分不安。

"为什么还不开始手术?"她问护士。

对方的语调略显慌乱,"我们刚刚收到消息,您的器官培育订单因为某种不可抗因素被取消了,我们感到非常抱歉。"

这简直毫无道理!她是飞船上最循规蹈矩的乘客了,一百多年来,她一直按时缴纳器官培育保险,从而保证自己身上的每一个器官都能维持在年轻健康的状态。愤怒让她的心跳加速,而这正是她本次手术想要更换的部件之一。

她用最快的速度穿上衣服,第一时间报警投诉,然后直接搭乘轨道交通到达七号甲板——按理说,她的新内脏就在那儿的"亚当"里。

"作为你们的顾客,"她向管理人员提出抗议,"我需要你们解释取消订单的原因,我可不想顶着这颗残破的心脏再等三年!"

"可您的订单好好的。"对方惊诧地回答道,他打开监控,里面正是器官培育舱内部的情景:一颗颗被薄膜包裹的人类内脏生长在从天花板垂下来的管状物尽头,仿佛一串串等待收割的葡萄。而属于林可的那一颗心脏已然消失不见,并被标上了"已收割"的记号。

林可一怔，她再次查看了医院的信息平台，然后把那条主题为"订单取消"的信息转发给了面前的男人。但她没有想到的是，他竟拒绝相信信息的真实性："我们的监控平台不可能出错，女士。"

这句话彻底激怒了林可，她蓦地站起身来，"如果你们无法搞清楚到底发生了什么，那么我只能自己去看看。"

"当然，根据器官培育合约，这是您应有的权力。"管理员的语调没有丝毫退缩，"但请注意您只能查看，不能踏入舱门之内。"

十分钟之后，林可在机器警察的陪伴下打开了三十五号器官培育舱的舱门。恐怖的血腥气息只一瞬间便击溃了她的神经，在看清眼前的景象后，她的整个世界只剩下胸口狂暴的痉挛和紧缩的钝痛。随后，她就两眼一黑，晕了过去。

骆明是第一个到达现场的人类警官。

一片狼藉。

这是他脑海中闪过的第一个词语。在踏入三十五号舱后，他很难想象眼前如小山般堆积的血肉曾经的模样。

"到底发生了什么？"他一边后悔没有戴过滤口罩，一边压低了声音询问自己的"助手"艾德蒙——这个无法用肉眼看到的人工智能是他最可靠的秘密伙伴。

"报案的林可女士由于受到巨大的惊吓，心脏病发作，目前正在医院抢救。"艾德蒙的声音从耳内扬声器传来，"她报案的理由是器官培育机构擅自违反合约，取消了她的订单。"

骆明咋舌道："我眼前这些恐怕不只是撕毁合约啊。"

洁白光滑的地面上，黏稠的血液还在从直径近三米的内脏堆向外蔓延，有些地方的边缘已经干涸，变成乌黑的一片。在大约一米高的肉堆上，最外层的一些内脏看起来还很新鲜，甚至有几颗还在痉挛蠕动着——如此看来，空气中隐约的腐臭气息，只能源于压在内里的器官了。

只是在脑海里想象了一下内脏堆里的画面，骆明就感到头皮发麻，"我们最好确定一下这里面只有正在培育的人体器官……千万别还藏着一桩凶杀案。"骆明一边嘀咕，一边命令艾德蒙对其进行扫描，后者立刻通过微型无线网络控制了机器警察，并侵入其视觉系统来完成骆明交办的任务。

"每次看到你这么轻而易举就能控制它们，我都会有种不安的感觉。"骆明嘟囔道。他当然也能直接对机器警察下命令，但之后就要在整理和分析原始资料上浪费大量的时间。

"请不要再跟我叨唠你对人工智能的心理阴影了，"艾德蒙回应道，"我好像发现了让你更加不安的东西。"

原来骆明不幸言中，扫描显示内脏堆中还掩埋着两条手臂和半颗头颅，显然这三样东西都是不可能在"亚当"里自行生长出来的。

"好吧，看来我们又新增了一桩碎尸案。"骆明叹息道，"这下《伊甸日报》可以有好一阵子不用担心头条新闻了。"

骆明让艾德蒙对舱内的情况进行全面扫描和记录，然后接通了飞船大副秦威的视频电话，对方是"伊甸号"内部安全的最高管理者。

"这大概是我在船上一百零三年间碰到的最糟糕的事情了。"骆明在对他说话的同时，视线无意中对上了一双从天花板上垂下来的人类眼球，语调禁不住颤抖了一下，"您——最好亲自过来看一看。"

2. 艾奇德娜（Echidna）

> 凶残的神女艾奇德娜。她既不像会死的人类，也不似不死的神灵，她半是自然神女——目光炯炯、脸蛋漂亮，半是蟒蛇——庞大可怕、皮肤上斑斑点点。
>
> ——《神谱》，赫西俄德

"请问您是……"在观察了我二十分钟之后，身边的女士终于小心翼翼地问道，"提丰乐队的主唱伊文·李吗？"

"不。"那好像是上个世纪的事情了。

她飞快地说了一句"抱歉"，又补充道："您和他长得真像。"

我用尽可能冷淡的语气回答道："是吗？"

于是，这个话题就此终结。很快空乘送来了饮料，我要了一大杯葡萄酒，然后是第二杯。狭小的经济舱座位让人从肉体上就深感局促，另外一些可怕的名词则在精神上给我戴上更为沉重的枷锁，例如"父亲"和"责任"。当我还是那个"伊文·李"的时候，享受和挥霍的日子似乎无穷无尽，直到她离开我，带走我一半的财产和所有的音乐灵感。

在分开之后的很长一段时间里，我都在想她，分析她，研究她。我重新翻看八卦小报，捡起当年的狗仔趣闻，一遍遍地回放婚礼录像中她的一颦一笑，以及婚后每一次她为了配合我的宣传而出席公众场合的照片和录影。在最为黑暗的阴霾时光中，这些就是我曾经的辉煌带来的最大好处——足够的资料。就这样，我终于一点点靠近她完美外壳之下的那个魔鬼，靠近掩藏在那张美丽容颜之下的蛇妖半身。然而有一段时间发生的事情，我始终无法理解。

那就是她怀孕的时候。

怀孕只会是她计划中的事情。在我们婚姻的头三年，尽管很多次我告诉她希望能够拥有一个孩子，但她总会用"不要着急"外加一场特别的性爱来搪塞我——而当她决定要怀孕的时候，她是根本不会跟我商量的。

"伊文，你猜猜发生了什么？"那是巡演结束之后的第一个夜晚，我推开家门，就感觉到了特殊的节日气氛。

"我的小甜心为我准备了什么惊喜吗？"我勾住她柔软的脖颈，亲吻她的嘴唇。

"一个孩子。"她笑着，眼睛弯起来，"亲爱的，我们有了一个孩子！"

我一时惊呆了。在三年多的请求无果以后，我几乎已经放弃了这个想法。

"它已经二个月大了……"她把我的手放在她平坦的腹部，"就在这里。"

我的手掌什么也没有感觉到，但是那一刻，"父亲"这个词突然砸中了我的心，让我身上的每一个细胞都充满了狂喜。两个月之后，提丰的最后一张专辑《雷火》诞生，乐评人认为它"每一个音符都饱含爱和喜悦"。然而，就在主打曲拿下金曲榜冠军的那一天，我的妻子却发生了意想不到的变化。

事实上，那天是她实验室的同伴打电话给我，说她精神崩溃了。

这简直不可思议！我的妻子——在她身上，连"情绪不佳"这样轻微的负面词汇都很难出现，何况精神崩溃？

这是从没有发生过的事情。放下电话，我赶忙冲到学校去。她的实验室位于林荫大道的尽头，成排的梧桐已经落尽了叶子，只剩下长长短短的枝条挂着圆圆的果实。刚走进那栋砖红色的小楼，她的一名学生立刻认出了我。

"李先生，您终于来了！"他的神情里混杂着激动、紧张和好奇，但谨慎地压抑在礼貌之下，"我是艾德蒙，博士在三层的动物室，我想您最好去那里看看她。"

"好的，艾德蒙，谢谢你。"我飞快地说道。

尽管学校是我们最初相遇的地方，这却是我头一次踏进她的实验室。光洁的地面与医院相似，其上是一排排金属搁架，内里整整齐齐摆放着与通风系统相连的塑料笼子，这屋里可能有成千上万只老鼠！我在装满老鼠的搁架背后找到她时，她正抱着头坐在角落里，头发凌乱，肩膀耸动着，无声地哭泣。

"宝贝——"我被她的模样吓坏了，"亲爱的，你怎么了？"

然而就在我的手指碰触到她的那一秒，她发出了一声高亢的尖叫。我不禁后退了一步，"我不会伤害你，告诉我甜心，发生了什么事情？"

她缓慢地抬起头，眼里的惊慌失措是我在她身上从没有见过的。她咧开的嘴角抖动着，过了好久，才轻轻地吐出我的名字："伊文……"

"是我，没错，亲爱的。"我自责极了，"我应该拦住你，不让你来实验室工作的。孩子已经快六个月大……"

"不！"她尖叫起来，"不！不要提它！不——"

"好的,亲爱的……我们不提孩子……"我伸出手,想要安抚她,但她全身发抖,挣扎着要逃开。这反应让我感到深深的挫败,我只好拿出自己的看家本领来,"宝贝,我们一起唱《泰坦》好不好?"

她停止挣扎,茫然地看着我,像个无助的孩子。

"荒野里的歌者,述说众神的故事……"

那是柔和的副歌,也是她最喜欢的旋律,我用最轻最轻的调子唱下去,几乎听不到歌词。音乐果然比语言更有效。她听我唱到一半,突然吸了吸鼻子,一下子扑进我怀里大哭起来。我抚摸着她乱蓬蓬的头发,试图温暖她恐惧的战栗。

"没事的,没事的,有我在。"我对她说。

她趴在我的怀里,极其艰难地吐出一些不连贯的词汇,"那是一个……寄生的……寄生的……怪物……"

"什么?"

"我不想要那个孩子……伊文,我不要那个孩子寄生在我身体里!"

我吓了一大跳,"宝贝,我不明白,发生了什么事情吗?"

在把鼻涕蹭在我的衬衫上之后,她终于能够说出完整的话来,"这个孩子在夺走我的一切,它寄生在我的身体里,它在控制我的思维,它命令我吃它需要的东西,命令我去它想要去的地方,命令我做它想要做的事情……这是个寄生在我身体里的怪物,一个怪物,它在吞食我,你明白吗?我无法控制自己了!我无法控制自己不去想它!我无法集中精力去做我想要做的事情,我看不懂我的实验记录,我也不关心我的论文,我脑子里只想着该怎么做才能让它更舒服一点!我被它寄生了,它已经钻到我脑子里了,你明白吗?"

我哑然失笑,"我的傻姑娘,这是怀孕妈妈最正常的反应了,这是因为你爱它——那是我们的孩子啊！"

"不！"她惊恐地盯着我，"这一点都不正常！这完全不正常！你根本就不明白，因为它没有寄生在你身上！"

我忍住笑，用自己能够使用的最诚恳的语调说道："如果可以的话，我真的很希望能够替你怀孕，宝贝，但是我做不到。坚强一点，你现在是个母亲了。"

于是她停止哭泣，有那么两三秒钟，她用一种全然陌生的眼神看着我，好像我是一个疯子。但很快她就变回了自己，平时的自己，她用袖子擦了擦眼睛，然后抬头略带尴尬地笑道："哦天哪，我今天可真是发疯了。"

"这只是正常的神经紧张而已，宝贝。"

她靠在我肩膀上，"亲爱的，你说得对。这是作为一个母亲很正常的感觉，我需要适应它的存在。"

在之后的几个月里，也有那么一两次，她表现出沮丧和闷闷不乐，但都没有实验室里那次严重。但这些迹象也让我开始警惕。我推掉了新一轮的巡演，尽可能多地陪伴她。大约是她怀孕三十九周的时候，我偶然在她的电脑里发现了一个文件夹，里面详尽地记录着这个尚未出生的孩子和她的每一次"对话"——从她上厕所的时间、睡眠中的梦境，到喜欢的食物以及音乐类型，都是一些琐碎的小事。看到后面我仿佛理解了一点点那天她的反应，因为她记录下来的一切都不是她自己的习惯和喜好，而是另一个人的。

那个逐渐成形的婴孩正在利用她的身体，完成自己想要做的事情。当她意识到这一点的时候，她被吓坏了。

如果是一位普通母亲，大概会以"爱"来解释自己的行为。但她不会，情感于她只是外在的伪装色，让她看起来同其他人一样。

所以，所有这些事情都只能从婴儿的视角来解释：这是一个怪物为了在她的身体里生存下去，采取的寄生和控制行为。

或许是飞机上的空调太冷，我突然打了一个寒战。我从没想过，自己居然会在这个时候想通她为什么会抛弃自己的孩子。因为如果她不这么做的话，她或许就会永远被托尼控制，永远失去自己的生活——正如现在的我。

"请您系好安全带，先生。"空乘走过来提醒我，"飞机马上就要降落了。"

我照做了。飞机不断下降，窗外广袤的沙漠中，一座城市围着绿洲铺展开来。

B. 伊　甸

在完成对事发现场的基因检测后，骆明收到了人工智能助手艾德蒙传来的阶段性报告。三十五号器官培育舱的断肢和头颅分属于三位已经去世的飞船乘客，他们的死亡原因都是毫无疑点的慢性疾病，并且都自愿选择为了这些病症的深入研究而捐献遗体。这个发现让骆明紧锁的眉头略微舒展了一些。

"没有凶杀案，"他这样对刚刚赶到现场的飞船大副秦威说道，"终归是一个好消息。"

与骆明和大部分"伊甸号"上的乘客一样，秦威也有近一百五十岁的年纪。此刻的他大概刚刚做过头皮置换手术，头顶上只有一层婴儿般柔软的细毛，这让他整个人显得有些滑稽。

"当然，这真是不幸中的万幸。"秦威看上去有些心不在焉，接下去的话倒更像是在自言自语了，"只是……这些断肢是怎么跑到这里来的？"

骆明道："遗体按理说应当被送到七号甲板地下的医学研究室，但不会是这里。"

"正是这样。"秦威这才看向骆明，"而且器官培育舱是飞船上监控最为严密的地方，发生这样的事情真是令人费解。有一点你可能不是很清楚：即便是警察也没有查看亚当相关资料的权限。"

骆明说："如果您能够分享这些信息，或许会对案情的进展有帮助。"

"很抱歉骆警官，这些资料涉及'伊甸号'飞船的核心机密。"秦威说道，"我想，既然没有出现什么严重的死亡事件，或许这件事就到此为止比较好。剩下的工作就交给我和'亚当'的管理人员吧。"

骆明立刻抓住了他话语里的含义，"您是说，这是一起普通的意外？"

秦威不置可否地笑了笑，"以往船上也发生过严重的器官培育失败事故，你知道，是舱内温度控制出现异常的缘故。"

骆明看了看他的神色，轻轻叹了一口气，"好吧，先生，我明白了。"

然而仅仅一天之后，骆明就在办公室收到了艾德蒙发来的"亚当"的资料包。

"你简直是个天才。"骆明一边赞叹着，一边打开了那份文件。

当详实准确的内容出现在他的视线里时，骆明再一次叹息道："如此轻易就能得到这些资料，看来这艘船的安全系统的确有很大的问题。"

"或许这得怪你违规带了一个人工智能上船吧？"艾德蒙的声音听起来混杂了得意和揶揄。

"最起码这么多年都没有人发现你。"骆明眼中闪过一丝狡黠。艾德蒙是很久以前他得到的一份礼物，这么多年来就像他的左右手一样不可分割。因此在得知"伊甸号"的人工智能禁令后，他还是选择将终端植入体内，偷偷把艾德蒙带上了飞船。

"那是因为这里的智能系统都太原始了。"艾德蒙说道，"不过你倒不用太担心这艘船，它的核心控制系统能隔绝外部网络，我从没找到过钻进去的缝隙。"

骆明点了点头，目光再次聚焦在那些繁杂的资料上。从这些文字来看，"伊甸号"事实上是一艘实验船，它为居住其中的数十万名乘客提供可置换的器官，从而大大延长它们的寿命。同时，它会将人群的健康和生育信息发送回地球，使母星上的人们能够预先获知大规模器官置换可能产生的问题。"伊甸号"沿彗星轨道在太阳系中飞行，每四年会与地球轨道交会一次，并且会在空间站停靠，从而完成人员和信息的交换。

"我一直以为我们是在远离太阳系。"骆明大为震惊，"而且从来没有人告诉过我还可以下船！"

艾德蒙说道："看来他们做了很好的保密工作，以免你们发觉自己其实是实验室里的小白鼠。"

由此看来，器官培育舱的确是"伊甸号"的灵魂所在。它通常被人们称为"亚当"——那位在宗教故事中用自己的肋骨创造另一半的人类始祖。不过，如果要进行更精确的定义，器官培育舱中每一个单独孕育人体器官的黏膜囊状物，才是真正的亚当，它们彼此独立，各自携带着不同客户的基因，培育着不同的器官。在"伊甸号"最初的设计中，这些亚当是相互隔绝的，但是随着时间的流逝，管理者们发现了一个奇怪的现象：同一舱室内的亚当在投入使用一段时间之后，一些细胞开始顺着营养管道向上生长，并最终相互连接，而这种行为非但没有造成器官培育的延迟或污染，反而提高了培育效率，缩短了器官成熟的时间。一些研究者认为，这种"基因网络化"的培育模式引发了亚当之间生长信息和生长激素的交流，从而加快了器官的成长速度。因此，在四十年前的培育舱更新工程中，管理人员干脆设置了让这些亚当彼此相连的通道，并且取得了令人惊叹的成果——在保证客户基因独立完整的前提下，大多数器官的培育时间都缩短了一半以上，就算是最慢的肺部培育也减少了三分之一的时间。

"我还是不明白，这些资料和这起案件有什么关联。"骆明的心情略微有些烦躁，"我总觉得现场还有一些信息是我们没有注意到的。"

"我这里存有事发现场完整的扫描记录。"艾德蒙说道。

"或许……"骆明沉吟道，"问题并不只是出在培育舱内。"

"什么意思？"

"你还记得报案人和亚当管理人员争执的焦点吗？"骆明说道。

"医院的信息显示林可女士的心脏订单被取消了，而亚当监控平台却显示一切正常。"

"没错，就是这点。"骆明说道，"按理说，亚当的安全级别应该远比医院要高，但为什么培育舱的管理人员反而不知道三十五号舱内的真实情况呢？"

"会不会是他们有意隐瞒？"艾德蒙问道。

"或许是这样……但目前我们也无法排除另一种可能，就是这些所谓的管理者——大副也好，培育舱管理员和研究员也好，都不清楚到底发生了什么。"骆明把屏幕上的画面切换为报案人林可与管理者争执的录像，"注意他的表情，他脸上的惊诧是真实的。"

"的确，我的微表情分析也证实了这一点。"艾德蒙说。

骆明说道："不管怎样，从事发现场来看，这种情况最近很可能发生了不止一次，而只有这位女士情绪激动地报了警，还打开了三十五号舱的舱门——这一条虽然写在合约里，但好像只有上船的头几年还有人来看。"

"你是说，事发地那些内脏都是被取消的订单？"

骆明眼前一亮，"我们不妨从这一点来查查看。艾德蒙，你是否能够侵入培育舱和医院这两个信息平台，然后调出相关记录？很有可能两者有出入的订单，就是我们在三十五号舱看到的那些器官。"

"你可真会给我出难题。"艾德蒙虽然这样说着，声音听起来却是兴奋雀跃的，"让我来试试看吧。"

3. 提 丰（Typhon）

他所有可怕的脑袋发出各种不可名状的声音。有时这些声音神灵能理解，有时则如公牛在怒不可遏时的大声鸣叫，有时

> 又如猛狮的吼声，有时也如怪异难听的狗吠，有时如回荡山间的嘘嘘声。
>
> ——《神谱》，赫西俄德

时隔九年，我再次踏入她的实验室。艾德蒙已经从本科生成长为博士生，看我的眼神倒是丝毫未变，就像任何一位克制的乐迷，"李先生，教授在动物室等您。"

"谢谢你，艾德蒙。"

当我推门进去的时候，她没有注意到我。她正蹲在一头足有半米高的猪身边，专注而温柔地笑着，然后她把手机放在播放器上，音乐响起，竟然是我的《雷火》。

> 当我把它握在手中
> 日月颠倒，星辰陨落
> 战斗吧，破坏吧
> 众神之王不息的欲望，就在我手中

那头猪随着音乐用后腿站立起来，笨拙地摇摆扭动着，却慢慢跟上了节拍。她同它一起站起来，身子靠在书桌上，笑得几乎喘不过气。猪仰头看向她，跳得更起劲了，节拍也踩得愈发准确。这简直太不可思议了，因为这是一首快歌，而那头猪显然是在跳舞。

大约是华彩段我们切换了节拍的缘故，那头猪突然身子一歪摔倒在地。她吓了一跳，立刻跪在它身边问道："天哪！你还好吗？"

猪哼哼了一声，像是在回答。她略带嗔怒地用手戳了一下它的头，然后用我听过的最轻柔的语调说道："坏家伙，不要吓我。"

于是，那猪的哼哼声听起来又带了几分委屈了。她揉了揉它的背脊，"好了好了，你没事儿就好。"

眼前的一切实在有些古怪。我咳嗽了一声，她和那只猪一起回过头来看我，那一幕我一辈子都忘不了。

"怎么了，伊文？"她站起来。

——它长着一双托尼的眼睛。

她从未见过托尼，所以或许她不知道这件事。但是那头一岁半的猪，它长着托尼的眼睛：浅棕色的瞳孔，混杂着一点点灰。或许还不只是眼睛，还有它目光深处别的什么东西。它看得我背脊发凉，让我一下子忘记了自己来此的目的。那感觉就像是有一次我站在舞台中央，却发现自己突然忘记了关于歌曲的一切。电吉他的前奏变成了毫无规律的噪音，闪烁的镁光灯让我双腿发抖。

"你需要来杯咖啡吗？"她担忧地看着我，"你的脸色不太好。"

"我们可以……单独……谈谈吗？"就算连开三场演唱会，我的嗓子也不会是现在这个调子。

"可我正想让你见见我们的猪。"她柔声说道，"它很健康，这真是太神奇太棒了，不是吗？"

我的目光再次与它相触，转瞬间我就觉得自己的灵魂都被扯碎了。

"上帝啊……"

那头猪用一种了然的目光看着我，就像它知道自己的命运。那是对痛苦无言的屈服与顺从，带着命运般的悲剧感，托尼在最近几次去做透析之前也这样看过我。

"好吧，亲爱的。"她走上前握住我颤抖的手，"我们换个地方。"

在走去她办公室的路上,我们一句话都没有说。那是一个宽敞的房间,午后的阳光让一切阴暗都不见踪影,艾德蒙端了两个小小的圆杯子进来,她简单地说了一句"谢谢",但直到艾德蒙离开后,她也没有对我开口。桌上的杯影被一点点拉长,我把已经变得冰凉苦涩的咖啡全都喝到嘴里,然后,她终于打破了一个下午的沉默。

"我以为你会想看看猪的资料。"

那个厚厚的文件夹就在我面前。我僵着手臂打开它,里面是与猪相关的实验记录,从胚胎开始,一直到今天。我只能看懂那些照片。它起初总是对着镜头笑,如果那种愉悦与依恋的表情可以被称为"笑"的话——近一个月来,它却不再笑了。最后一页是它眼睛的特写,翻到这一页之后,我实在难忍胃里的不适,猛地把文件夹摔到地上。

她起身把文件夹捡起来,淡淡地笑道:"还好我没有给你看电子文件,不然这会儿就得填写器材损失报告了。"

"怎么会这样……"我喃喃道。

"伊文,我们得面对现实。"她轻轻叹了口气,"这恐怕是最好的情况了,猪目前完全符合移植所需要的条件——如果你让我来说的话,这次实验出奇的顺利,我们从一开始就找到了正确的路径,一切都在最短的时间内完成了,你就算翻遍科学史,恐怕也找不到一条这么平顺的路……"

"你——"我打断她,却不知道该说什么好。

"我已经联系了我的朋友桑格医生,他是州立医院最好的肾外科大夫。"她的语调平稳而冷静,"我已经把猪的资料发给了他,他在仔细研究之后,认为手术的风险与常规的移植手术相仿。伊文,我不明白你还有什么不满意的。"

只有最后这一句透露出她压抑的愤怒，但只是这一丁点儿，就彻底挑起了我的恐惧和怒火。我把手机打开，桌面上的图片就是托尼的脸，他正无辜地看着我。

"够了。"我掀开文件夹，把手机放在那张特写照片上面，"我们都知道问题出在哪里，对吗？这头猪的眼睛，和托尼——"

"一模一样。"她接了下去，"当然，我知道。那就是托尼的眼睛，那个部位的细胞是人类细胞。"

"……还有别的地方？"我震惊地看着她，这是我从她脸上读出来的信息。

"目前的结果是略微有点难堪的，它的神经系统几乎都是人类细胞。"她无奈地耸了耸肩，"不过拜托，别天真了伊文，从一开始我们就都知道嵌合程度是不可控的，但是谁都没有把它当回事。"

"神经系统？"

"大脑、小脑和脊髓，绝大部分。"她一字一顿地说道，仿佛用这样的语气就可以把她内心的毒液刻在我心上似的，"简而言之，这头猪的外壳里面就是我们的儿子。"

就算是看见托尼被卷进车轮底下的那一刻，我也没有像此刻这样害怕过。因为在那个时刻我是位父亲，而此刻我却即将成为一个罪人——我们都做了些什么啊！我们把自己的儿子和猪融合在一起，现在我们要亲手去杀死它了！

见我没有说话，她放松了语气，"当然，只要我不说，没有人会知道这件事，这些记录都不会出现在我的论文里。神经系统并不是这个实验关注的重点，也不是决定成败的关键。它的肾脏非常完美，伊文，这一点你绝对不用担心。"

"我不是在担心这个！"我无法容忍她虚伪的平静，"杀死它是残忍的——是不道德的！你难道就没有注意到，那头猪是知道这件事情的吗？"

她无声地笑起来，"伊文，那你打算怎么做？"

"我……"

"你知道吗？已经快半个月了，我无法入睡。"她低声说道，"我一直在想，你是不是想用这头猪来报复我，因为我抛弃了托尼，所以你要用这样一种最残忍的方式，来重新唤醒我心中作为母亲的天性。我一直在试图告诉自己，这不是托尼，这不是我的儿子，我甚至拒绝给它起名字，就是怕自己会把它当成一个人。可它永远超乎我的想象，在所有的研究员里它只同我亲近，在所有的音乐里它只喜欢你的曲子。"

托尼也是如此，他从小只要一听到《雷火》，就会手舞足蹈。

她继续说道："我曾经想过是不是我们应该停下，让托尼去承担他命中注定的痛苦，让猪生存下去。但当我看见你，我就知道，我们根本没有退路。"

她的目光几乎穿透了我，也让我终于看到她克制的战栗。她的恐惧和痛苦毫无疑问要比我深切得多，大约是因为想过太多次，才能够把它们深埋在平静的语调之下。毕竟我所做的只是看了那头猪一眼，而把它从一枚细胞养大的那个人是她。

如今我们当然没有退路，托尼的状况越来越糟糕，她的实验室在这头猪身上的巨大投入也不可能瞒过所有赞助人。一开始让她越过雷池的人就是我，这沉重的十字架也理应由我们一起来背负。

"……对。"我强迫自己忘记那头猪，"托尼最近的状况不太好，我会尽快把他接来，以免错过手术的最佳时期。"

"看来我们终于达成了共识。"她脸上的笑容抹去了神情中所有的不快,然后她打开自己的笔记本,用柔和的语调告诉我桑格医生的联系方式,仔细向我介绍了他的背景和资历,接着说起她自己对于移植手术的一些看法和建议。直到天色彻底暗下来,她才停住了话头。"你得走了。"她微笑着提醒我,"现在出发还能赶得上飞机。"

我看了一下时间,果真如此。起身的时候我犹豫了一瞬,不知道自己是否应该和她握手表示友好和感谢,但她把双手抱在胸前,看上去完全没有这个需要。

"那我先走了,谢谢你。"我干巴巴地说道。

她笑着摇了摇头,"伊文,亲爱的,托尼也是我的儿子,你为什么要说谢谢?"

"是啊。"我也笑起来。

我们一起走到实验室外,树影昏暗,把世界都罩在静夜里。我正要道别,她却先开口了:"我最初遇见你好像就是在那里吧……"她轻声说道,"那天你弹了一段很柔和的旋律,没想到最后录出来的歌却是那么疯狂。"

我知道她说的是《泰坦》。第一乐句的灵感正是我在这所学校演出时得到的,夜里竟如同毒瘾发作一般急切地需要一台钢琴,只求让音符从脑海中流淌出来凝为真实。于是,我跳窗摸回大门紧锁的礼堂,却不知外面有一个人在侧耳倾听。

> 我们被父辈憎恨
> 深埋地下,不见天日
> 以镰刀夺位,身负诅咒骂名
> ……

我们注定要反叛

击碎藩篱，不惜代价

让浓烟弥漫，让地火沸腾！

她唱着，忘了一段歌词，而且完全不在调子上，可我却无法像以前一样哈哈大笑。

她转过头看向我，"现在想起来，真像是一个奇妙的预言啊。"

后来她没有出现在州立医院，也没有参加托尼的康复派对。整整五年，她把自己埋葬在实验室里，同她的所有朋友都不再联系，彻底从人们的视线里消失。所以在接到她的电话那天，我是极为吃惊的。她希望我能够以托尼的名义建立一个慈善基金会，用于对儿童器官移植的资助，而这恰恰是我先前给她发了许多次"投递失败"的邮件中提出的请求。

我当即应承下来，在基金会的构架基本完成之后，我又联系了她。

"我感觉你打算做一件大事。"我说。

"的确。"她回答说，"我重新编程和设计了嵌合体细胞的基因调控网络，把它变成一个巨大的类囊胚……"

"抱歉，"我温和地打断她，"你知道我听不懂。"

"就是说……"她停顿了一下，像是在从科学家切换到普通人的语言模式，"我们现在已经可以在实验室里量产人体器官了。我用现有的嵌合体做了一个比较稳定的构架，只要加入新的人类细胞，就可以长出相应的器官来。"

"这真是不可思议！"

"伊文，你知道的，我再也不会让它看起来像一个人类。"她的声音里透着疲惫。

在基金会成立的同时，她终于在《细胞》杂志上发表了嵌合体实验的系列论文，从最初的人－猪嵌合体，到后期的再生医学实验室，她几乎在一夜之间撼动了人们对"生命"的认知。我购买了那期杂志，里面的评论文章给予她夸张的赞美："这是再生医学革命性的一步，它意味着在不久的将来，人类或许就可以像更换零件那样更换自己的器官，从而获得更长的寿命，甚至永生。"

批评与争议随之而来。尽管人们都谅解了她作为一位母亲想要拯救儿子生命的迫切心情，但使用人类细胞来做实验，毫无疑问是踏入了科学的禁忌之门。然而，第三篇论文的发表有力地回应了铺天盖地的攻击，她向人们展示了器官生长的模具，她称之为"亚当"。它看上去就是一个内里长了黏膜的小方盒子，完全脱离了生物形态。"亚当不会碰触任何科学伦理问题，"在一次访谈中，她这样说道，"它不会长出人的大脑，它不会思考，它没有感觉，因为我们没有给它设计感觉和思考的器官。它会做的唯一一件事情，就是用自己的'肋骨'去拯救需要它的人类。"

C. 船　长

骆明没想到自己真的能够凭借一封邮件踏进"伊甸号"的船长室——尽管这正是他写信的初衷。

面前的女士已然白发苍苍，她皮肤松弛、背脊佝偻，甚至连坐到沙发上这样简单的事情都显得十分吃力。骆明对船长的外表感到些许惊奇，因为他平日所知的女性，似乎都会把与外在美相关的一切排在器官订单的前列。

"关于三十五号舱的意外事件，"与外表不同的是，船长的声音却中气十足，"我想听听你的意见。"

"大副先生曾经表示这超过了我的权限。"骆明把双手放在身前，谨慎地回答道。

"在这一点上，我倒觉得应该让更专业的人来参与案情分析。"船长指了指面前的扶手椅，示意骆明坐下，"只是鉴于培育舱的特殊性，调查的结果应当保密，我相信这一点对你来说不是问题。"

"当然……"骆明坐了下来，"那么您已经看过我的邮件了？"

"是的。"

骆明平视着船长的双眼，"正如邮件里提过的那样，我认为这不是一起意外事故，而是一种有意识的犯罪行为。"

船长垂下眼帘，"但这和大副秦威给我的报告不符。"

"我相信您正是想听听另外的声音，才让我到这里来。"骆明留意了一下船长的神情，继续说下去，"我查看了最近三个月医院系统被无故取消的订单，其数量居然是以往相同时段的七倍之多。当我继续追踪这些器官的来源时，它们几乎都是在三十五号舱中进行培育，而那里的监控系统却显示一切正常。"

"这些就足以说明这不是一起意外事故吗？"船长问道，"也许这只是监控系统本身出了问题。"

"不仅仅是监控系统，阁下，还有培育舱本身，那些被意外'收割'的器官究竟是怎么回事？"骆明说道，"除此以外，更让我无法理解的是培育舱监控平台和医院订单系统的信息错位问题。"

船长终于看向他，"说说看。"

"事实上，在今天见到您之前，我对自己的结论也没有十分的把握。"骆明谦逊地笑了笑，"我曾经怀疑，这些错位的订单信息是管理者在刻意隐瞒真相。但您找我来，恰恰说明作为船长的您也不清楚到底发生了什么，那么只剩下另一种可能性，那就是三十五号舱最近发生的意外，亚当的管理者是不知情的。由此，我们很容易就可以猜到，始终显示一切正常的监控系统必定是被人为篡改了。"

"关于这一点，"船长的目光更为专注了，"我让大副秦威去查看过器官培育舱的监控系统，它似乎是被一种类似于绿幕的技术修改了，工作人员和机器警察进出培育舱都会正常显示在监控里，但是作为背景的亚当却会始终显示为原先的状态。"

"您是说，监控系统被部分篡改了？在显示器中所有亚当的状态都是不变的？"

"不是'不变'，而是'正常'。监控系统中的器官都在继续生长，并且在订单交付的时间点被'正常收割'。"船长摇了摇头，"我不得不说，这是一种非常高明的篡改方式。"

这个信息加深了骆明的疑惑，"可这就是我想不通的地方。如果整起事件是一个有计划有预谋的犯罪行为，那么这个罪犯已经完成了难度最高的一步——他彻底控制了飞船里安全等级最高的亚当监控系统，可他却忘记了最简单的医院平台。"

"我倒觉得这很容易想明白，罪犯无法给病人凭空变出他们想要的器官来，只好保留这些信息。"

骆明反驳道："但是他完全可以用更高明的方法，例如，整体推迟订单的交付期限来避免人们知道那里发生了什么。然而从医院的记录来看,医生和病人都是在最后一分钟才得知正常的订单被延迟或取消,这些信息源头是医院的器官接收通道,而不是亚当。"

"我完全被你搞晕了。"船长眉头紧蹙,"你想要说什么?"

"对于一个如此费尽心机,甚至使用绿幕技术来修改监控系统的人来说,忘记医院平台是很奇怪的事情。他既然有足够的能力侵入医院信息平台,却没有这么做,这是为什么?"骆明自问自答,"一种可能性是他希望因此引起人们的注意;另一种可能是:他并不知道医院信息平台的存在。"

"这毫无道理。"船长道,"'伊甸号'上的每一个人都知道这个平台。"

"当然,按常理说是这样,"骆明说道,"但总有一些人是不知道的。"

"我希望您给我明确的观点,而不是暗示或者猜测。"

"在这艘船上,哪些人不知道医院信息平台的存在?或者,谁没有订制过器官?"骆明看向船长,"我希望您能帮我收集到这份名单,这部分人就是有作案嫌疑的人。"

船长满是皱褶的手指轻轻敲着座椅的扶手,冷笑道:"这可真是一个奇怪的指控。"她对上他的视线,"我就没有更换过器官。"

4. 俄耳托斯(Orthrus)

在赫西奥德的《神谱》中,双头狗俄耳托斯被认为是艾奇德娜所生的怪物之一。另一些传说则认为是他,而非提丰,和艾奇德娜生出了那些可怕的怪物:奇美拉和斯芬克斯。

——《伊利亚特》,荷马

我第一次见到她,是在父亲的葬礼上。

说来也怪,在场的数万人中至少有一半是为了她而来,但却只有我看到她。她穿了一条黑色真丝长裙,纤细的脖颈间挂着一枚钻石戒指,面容看上去竟比我还要年轻。我不知道是面孔分辨训练还是母子间天然的联系,让我知道那就是她。然后,她也看到了我。

五秒钟之后,我收到一条定向信息:"葬礼结束后,希望能和你谈谈。"

我想起父亲临死之前嘱咐过我的话——"她是你的母亲,也是你的救命恩人,她给了你两次生命,感激她,不要怨恨她。"

于是,等人群散去,我坐上了她的车。她把目的地设定为朗内斯[1]机场,然后把椅子转向后方,面对着我。

"你好,托尼。"她说。

已经很多年没人这样叫我了。自从我的父母合作创立"托尼·李慈善基金会"之后,我不得不为了保护自己的正常生活而改名换姓。

"妈妈?"说出这个词汇比我想象中容易,"你看上去真年轻。"

"对,是我。"她笑了,飞快地眨了一下左眼,就像我们之间有一个小秘密,"我正在尝试一项新的实验,它能让我的细胞恢复年轻的状态。不过这是个很危险的实验,我们还不清楚副作用是什么——只可惜这一次我没有另一个儿子来当第一个试险者了。"

---

1. 位于挪威特罗姆瑟,地处北极圈内。

"是吗？"我尴尬地回应道。

"哦，亲爱的，我是在开玩笑呢。"她摊开手，"你呢，你最近怎么样？我听说你在做警察。"

"只是一份工作。"

她的笑容更深了些，"你做得很棒，托尼，我注意到你在对付人工智能犯罪，这真是太了不起了。"

"这个世界变化太快，总有一些事情科学家无法掌控。"我不喜欢她说话的语气，就好像她一直都在以母亲的身份关心我似的。

"正是如此。"她深深地点头，"有些时候我们并不像看上去那样了解自己创造的东西。"

这话倒出乎我的意料之外，"真的？"

她没有正面回答我，而是又问道："托尼，你是否有兴趣来参加我们的新发布会？我们要宣布一件大事。"

我当然听说过再生医学集团下个月的发布会，在七年的沉默之后，这一次她要说的事情早就引起了所有人的关注。

"这可能关系到人类的未来。"车子开始减速，她望了一眼窗外，又看向我，"你一定会来，对吧？"

她笃定的语气激怒了我，我可不是我的父亲，不管什么时候都对她发了疯一般地着迷，"抱歉，恐怕我没有兴趣参与。"

"相信我亲爱的，你会感兴趣的。"车子停下了，她在手表上点了两下，于是我收到了一封邀请函和一个文件包，"发布会在下个月的十三号，不见不散。"

她轻轻握了一下我的手，然后走向机场，午夜太阳把她的黑色裙摆映出一个锐利的轮廓。三小时四十分之后，她乘坐的空客 A400 型飞机一头扎进了大海。我提前结束休假参加了搜救行动，但是波罗的海卷走了她的踪迹。在浑浊的海水深处我见到了飞机的残骸，人们说那里掩埋着人类最疯狂的梦想。

救援结束那天，我再一次收到了发布会的邀请函。如今没有什么理由可以阻止我去了，就像是响应命运的召唤一般，我踏上一万多公里的旅途。在飞机上，我查看了她先前给我的文件包，里面是一头猪从小到大的照片，毫无疑问它就是我的救命恩人。我先后在阿姆斯特丹和纽约转机，最后到达一个沙漠中的小镇，父亲曾经跟我说过这里，它是我的肾脏的诞生地。

"托尼·李。"我对接机的人说道，那是邀请函上写的名字。

对方张大了嘴，露出夸张的惊讶表情，然后垂下了眼睛，"我是陈颖，我为你的家人感到非常抱歉。"

"谢谢。"

当我以这个身份踏入会场的时候，我受到了英雄般的欢迎。每个人好像都认识我，他们围住我，跟我谈论我的母亲和我的肾脏，但是，这两者对我而言都没有什么真实的感觉。幸而发布会很快就开始了，逐渐暗淡的灯光让所有人都停止交谈，转头看向聚光灯下的舞台。

"我们将会再一次改变世界。"站在高处的一个中年男人这样开场。

人们报以最热烈的掌声，"好样的，艾德蒙！"

艾德蒙是母亲创办的医疗集团的首席科学家，他曾经和她一起拿过诺贝尔生理或医学奖。当人们安静下来，他再次开口：

"在过去的三十年里，我们已经做了很多了不起的事情。从嵌合体实验，到第一例人类自体器官的成功培育，乃至于其后对再生医学的推广，我们拯救了许多人的生命，但也承受了很多争议。其中最关键的一点就是：我们是否可以用人类做实验？"艾德蒙在人群中找到我，"很荣幸，托尼·李先生今天也在这里。他能够健康活着的这一事实，或许就是答案。"

掌声和聚光灯一起落到我身上，世界顿时惨白得看不见任何东西。

"我们的实验室一直在努力向公众阐明自己的立场，然而可惜的是，我们一直缺少一个决定性的结论，来证明让人类参与实验的正义性。"当艾德蒙继续演讲的时候，光柱终于从我身上移开去，"然而最新的一个发现，或许可以平息这场持续了数十年的科学伦理战争。首先，我要向大家介绍一下我们实验室最年轻也是最强大的一位朋友，量子计算机的拟人人格'斯芬克斯'先生。"

光线在他的指尖聚拢，然后散开成为一个人类的形状。这是最新的立体影像技术，当然出于职业习惯，让我更为警惕的还是"拟人人格"这几个字，在处理过上百起人工智能犯罪案件之后，我对这种东西充满了不信任感——尤其是眼前这个还在运行量子算法。

斯芬克斯被设计为一名拥有小麦肤色的少年，当光线沉淀下来的时候，我几乎感觉不到他是一个虚拟的影像。斯芬克斯脸上浮现出略带羞涩的笑容，恰到好处地让人们对他产生天真无害的印象。他开口说道："大家晚上好。我这里有一个谜语……"

艾德蒙笑着打断他说："难道还是'什么东西早上是四条腿，中午两条腿，晚上三条腿'的谜语？斯芬克斯，这太老套了，答案是人。"

"人类，是的，这个谜语是在以一天的时光来比喻人类的生命。"斯芬克斯说，"不过，我今天要问的是第二个谜题。"

"请说，斯芬克斯，这里聚集了全世界最聪明的人。"艾德蒙说道。

斯芬克斯问道："人类是如何诞生的？在'早晨'之前，黎明的黑夜里发生了什么？"

"进化论，斯芬克斯，我以为我教过你的。"艾德蒙无奈地叹息道。

"你要拿出证据，艾德蒙先生。"斯芬克斯说。

"当然，我们有大量的直立人和智人的化石，"艾德蒙停顿了一下，"但是……"

斯芬克斯接着说道："但是，人类的化石出现了一个断层，迄今为止我们还没有任何直接的证据，可以证明人类是由智人进化而来。"

"可你也没有证据可以证明人类不是由智人进化而来。"艾德蒙飞快地反驳道。

"不，艾德蒙，"斯芬克斯说，"我已经有了证据，证明人类的祖先是一个嵌合体。"

大约有十秒钟艾德蒙没有说话，会场升腾起窃窃私语。

"嵌合体？"艾德蒙终于开口了，"斯芬克斯，你在开玩笑吗？！"

"我从不开玩笑。"斯芬克斯说道，"我想在座的各位都很清楚，量子计算的主要应用之一是量子算法，在它诞生之前，计算两个大质数的乘积对于普通计算机而言极其容易，但将这个乘积分解回质数却几乎不可能。这种原始的加密技术在量子计算机诞生之后不复存在，因为我和我的同伴可以通过量子算法轻易将其破解。在我加入实验室团队之后，艾德蒙博士有了一个新想法，就是让我来尝试分解人类的DNA。"

"简而言之，就是将一个人的DNA分解为其父母的DNA，完全是一名生物学家看到量子解密方法时的职业本能。"艾德蒙耸了耸肩，"而我没有想到的是，斯芬克斯做到了。"

斯芬克斯点头道："是的，通过不断的算法改进和实验拟合，我可以保证非常高的还原度。也就是说，当我知道你们之中任何一个人的DNA序列，我就可以知道你所有祖先的DNA序列。我可以还原出他们的肤色、血型、头发和眼睛的颜色，给我一点时间，我甚至可以再造一个人类祖先。在得到各国医疗数据库的支持之后，很快我就拥有了人类的祖先基因库。"

"在分析人类的同时，"艾德蒙补充道，"我们也尽可能多地分析了其他生物，包括哺乳类、爬行类、鸟类、昆虫、软体以及包括植物在内的十一万五千种生物，我们也收集了它们的祖先库。为了完成这项庞大的计算工作，我们借用了量子云计算网络，同时简化了算法，专注于种群数量的演变而非每个个体的DNA序列。最终，我们发现了一个奇特的现象。"

会场鸦雀无声。

"我们可以看到，除了人类以外的所有生物，它们的祖先库个体数量都会呈现出一种相似的演变趋势。"光芒再度在艾德蒙手中亮起，"请注意这张图表，它的横坐标是历史上各个阶段的基因样本数量，纵坐标则是时间，越往上，时间就越久远。让我们先来看看海雀，每一只海雀都有两个父母，我们剔除了父辈中相同的DNA个体，从而避免因为兄弟姐妹来自同一对父母的重复计算，确保每一个时间段样本种群的数量与实际相符。当时间向上推演，我们可以发现，不论这个种群维持了多久的相对稳定，总会有一个急速减少的阶段，在这里，就像是一个'瓶颈地带'。瓶颈之上，是样本量的迅速增加。"

图像随着他的手慢慢升起，停在了中间位置，就像是一个沙漏。艾德蒙继续说道："这意味着什么呢？如果我们顺着时间流淌的方向，从古至今来看，这就意味着海雀曾经因为某种原因大量死亡，而我们现在看到的海雀,它们的生命都源于'瓶颈地带'数量极少的海雀。"

斯芬克斯接着说道:"对于人类,科学家也提出过一种类似的说法。早在 1987 年,在针对线粒体 DNA 的研究中,人们就提出了'夏娃假说',当时的研究人员通过分析世界各地的妇女胎盘细胞,发现所有的现代人来自一个共同的祖先,同一个妇女,现今地球上所有的人类都是她的后代。而我的计算也印证了这一点。"

艾德蒙的手向侧旁移动了一下,人类那一栏的图像向上稳定地升高了一点点之后,随即急速减少,最终收缩到一个几乎无法看清的点上。

"细得可怕的瓶颈地带,不是吗?"艾德蒙继续说道,"在我们谈论人类的过往之前,请允许我先把海雀的问题说完。如果我们不断向上追溯海雀的祖先种群数量,会发现一个很有趣的现象——历史是重复的。在瓶颈地带之上,是另一次繁荣,其上又是另一个瓶颈地带,如是往复。而当我们去计算别的生物,例如红松鼠,结果是相同的,总会有很多个瓶颈地带,这意味着它们面临着一次又一次的生存危机,少数存活下来,再次繁衍生息。长吻鳄、宽尾凤蝶、金线蛙……我们计算了十一万五千种生物在过去五十万年的演变,结果都是一样的。"

随着艾德蒙脚步的移动,一张又一张图像从地面上升起来,它们全都是相似的纺锤形上下叠合起来的形状,每一个最细处都代表着一次危机。

艾德蒙说:"这个现象很容易解释,因为只要一种生物在现今是存在的,那么就证明它的祖先成功地繁衍了后代,它们都成功地熬过了每一个最危险的'瓶颈地带'。然而——"

他走回最初站立的位置，把手放在海雀旁边那个锐利的尖顶上，"然而，女士们先生们，这个是人类。"

他把手向上抬起，但图像却没有随之升高。它停在那里，岿然不动，就像是一座伊斯兰文明的建筑尖顶。

"人类的图像说明什么呢？它说明在大约十八万年前，我们共同的祖先生下了她的孩子，然后子又生孙，孙又生子，直到人类文明统治地球。"艾德蒙放慢了语速，"但是，请大家注意，这张图同样说明——人类的历史，只能追溯到这'一个'共同的祖先。"

斯芬克斯插话道："请允许我提醒您，艾德蒙博士，'一个'是不可能繁衍的。"

"当然，'一个'是不确切也是不可能的。除了这一名女性，我们共同的祖先还有四名男性，在早先的'夏娃假说'中，他们没有被发现。但不论这个瓶颈地带究竟有几个人，这件事情怎么可能发生呢？斯芬克斯告诉我说，我们的祖先之上，没有祖先。"

"正是如此。"斯芬克斯说。

"是我们的计算出现了错误吗？"艾德蒙说，"或者，是我们这位祖先发生了基因突变吗？我们用了快速繁殖的细菌，以及有着详尽基因记录的小鼠家族进行拟合，结果证明我们的算法都是正确的！斯芬克斯的计算没有错误，而其他生物也发生了基因突变，依然可以通过更多的样本计算出他们共同的父母——那么为什么，各位，请问为什么另外的十一万五千个物种都能够不断向上推演，而人类却不行？在'早晨'之前，黎明的黑夜里究竟发生了什么？"

一片死寂。

所有人都仰着头，看着那张不可思议的图表。从我先前听到的自我介绍来看，这间屋子里聚集着世界上最顶尖的科学家和医生、少数几位政治家和企业家,以及几家极具影响力的新闻媒体。所有人都希望从这张图表中找出漏洞来,但没有一个人张口说话。"嵌合体"——斯芬克斯在出场时说的话,像个幽灵一样飘浮在人们的头顶上。

"在我像各位一样不知所措的那一天,我给我的导师打了一个电话。她听完我的描述,只问了一个问题。她说:'艾德蒙,你还记得那头猪吗?'"艾德蒙看向我,"托尼,你还记得那头猪吗?"

极轻的讨论声。

艾德蒙摇摇头,"恐怕你不记得了。可我记得,在我读博士的时候,我的工作任务之一就是去喂那头猪。我负责记录它每一天的健康状况和成长状况,直到有一天它成年,直到它的肾脏可以挽救你的生命。我一直以为,那是第一个带有人类细胞的嵌合体。但是我错了。

"我让斯芬克斯去推演了另外几个种群,这几个是几十年来我们培育的嵌合体种群,它们的类型并不算多,但是有一些大鼠-小鼠嵌合体家族已经繁衍了上百代,那么,计算它们的祖先基因库会发现什么呢?"

人类以外的图像都消失了,取而代之的是几十个嵌合体种群,那些图像妖魔一般往上爬,然后一个个终结在或高或低的点上。

"它们和人类是一样的,这些嵌合体种群和人类是一样的。"艾德蒙停顿了一下,又提高了声调,"然而,这样就能证明人类源于嵌合体吗?当然不能!

"我让斯芬克斯往这个模型里加入了我们可以找到的所有智人和直立人的 DNA,我想知道如果进行反向推演,我们也许有可能了解到瓶颈时代之前的人们是否和我们的祖先有血缘上的联系。幸运的是，我们找到了其中一个的祖先。也就是说，我们的祖先之一并不是'夏娃'的'人类'丈夫，而是她和一个智人杂交而生的孩子。通过这个孩子和他身上的智人基因，我们用量子计算做了一次非常复杂的'减法'，最终，我们得到了'夏娃'身上不属于智人的 DNA 片段。"

连同斯芬克斯一起，所有的光点同时散开，然后聚集成一个巨大的双螺旋结构，其中一部分用明度极高的白色标记出来。艾德蒙一字一顿地说道："我们确信，这是一个嵌合体，这是一个跨物种的嵌合体。"

我闭上眼睛，脑海中毫无缘由地浮现出母亲发给我的一张照片。在那个文件包里，那或许是最不起眼的一张，夹杂在无数张正式拍摄的嵌合体猪的实验记录之中。那是一张特写，一张它的眼睛的特写。我在飞机上只用了不到零点五秒钟翻看它，而此刻却发现它像诅咒一般刻在了我的记忆里。

那是我的眼睛。它长了一双我的眼睛。

立体影像消失了，舞台上只有艾德蒙一个人。

"人类共同的祖先是一个嵌合体。这又意味着什么？这意味着我们这么多年所承受的伦理压力和攻击，从此都失去了立足之处。因为我们已经有足够的证据来证明人类诞生于实验室，证明我们是科学的产物，而不是自然的产物。"艾德蒙的声音因为激动而微微发抖，"就目前的技术而言，我们无法得知人类是基于何种生物创造出来的，也无法知晓我们的创造者是谁。但是，嵌合体和再生医学的成功却让我们明白，我们距离自己的造物主只有一步之遥！所以还有什么可畏惧的呢?我们是跨越这道伦理的障碍,大家自己选择是否加入其中;还是像所有生物必然经历的那样,迟疑等待着我们的文明迈入下一个瓶颈,回归原点甚至毁灭?各位,我们已经走到了科学和历史的岔路口,我们必须做出选择——我相信已经是时候,全面开启人类实验了!"

起初会场里只有稀稀拉拉的掌声,然后掌声逐渐汇聚起来,雷鸣一般从四方倾泻。我看到人们的脸上还留有质疑的神情,但同时也都带着叹服的钦佩。从那头猪诞生伊始,这座小城就是人类基因改造的最前沿战场,是所有生物学和医学从业者心目中的圣地。毫无疑问,今天的发布会让它再次向前迈了一步,甚至有可能带领人类跨进一个新的世界。

只可惜母亲没有能够看到这一幕。

正在此时,我收到了一条重要的定向信息,发件人的名字让我的心跳停了一拍。

"发布会结束后,我想和你谈谈。"

D. 零号舱

"艾德蒙?"

无人应答。在与这个人工智能相伴的百年间,这样的状况似乎从未出现过,骆明四处看了看,提高了声调,叫道:"艾德蒙!"

他的助手终于出现,"我在这里。"

骆明急急问道:"怎么样,你在船长室里查到了什么?"

在与船长见面之前,骆明突然想到了这一招——踏进船长室,就有可能让植入他体内的人工智能终端侵入隔绝外部网络的核心控制系统,进而盗取所有最机密的资料。原本一切都很顺利,只可惜他似乎无意中触怒了船长阁下,过早被赶了出来。

"正如你听到的那样,船长从未进行过器官置换。"艾德蒙说道,"她通过长时间的深度休眠来延缓衰老的速度,目前船上的技术能够在十五秒之内唤醒她,所以几乎不会影响到飞船的正常操控。"

"这不是关键,"骆明说道,"你还查到了什么?"

"我只来得及找到人口信息,船上有两万九千人没有进行过器官置换手术,其中绝大多数是三十周岁以下的年轻人,五十岁以上只有十五个人,八十岁以上则只有船长一人。但罪犯不可能是她,因为在过去的一个月她都处于休眠阶段,直到意外发生才被唤醒。"

"这么说来,这条路也走不通。"骆明叹息道,"看来我们又一次陷入困境了……"

"到现在,你还是认为罪犯是一个'人类'吗?"

"这艘船上只有你一个人工智能,"骆明说道,"如果是你干的,现在是你自首的好机会。"

艾德蒙的声音放轻了,"这是一个糟糕的玩笑,因为我没有办法自证清白。"

"我不是这个意思。"骆明赶忙解释道,"这真的……只是一个糟糕的玩笑。"

"我知道,我已经原谅你了。"艾德蒙宽容地回答道,"不过,我的确惹了一点麻烦。"

"发生了什么?"骆明转过脸,发现大副秦威正领着两名机器警察向他走来。

"可能因为我侵入飞船控制系统的缘故,船长发现了我。"艾德蒙略带歉意地说道。

"见鬼!"骆明皱起眉头,"我怎么才能把你关掉?"

"太晚了,我的一部分信息已经被锁死在船长室了。对方现在很可能已经知道了关于你的一切。"艾德蒙顿了顿,"例如你的另一个名字。"

这大概是骆明第一次希望艾德蒙具有实实在在的形体,好让他可以狠狠瞪他一眼——不管是作为"人工"的部分,还是作为"智能"的部分,这家伙的保密性能未免都太糟糕了一点。

然而,眼下没有时间责骂他了,秦威已经站在骆明面前,"骆先生,恐怕你得跟我们走一趟。"

"怎么了?"骆明不动声色地问道。

"亚当发生了非常严重的连锁事件,我需要你的帮助。"秦威说道,飞快的语速透露出他的不安。

骆明暗暗松了一口气,"我很乐意帮助您,大副先生。只是我记得关于亚当的资料超出了我的阅读权限。"

秦威伸出手打了个响指,骆明的信箱瞬间被巨人的文件包塞满。秦威冷淡地说道:"现在你有权限了。"说罢转身就走。

骆明赶忙追上去,用最恳切的语调说道:"请您告诉我那里究竟发生了什么。"

秦威的脸色这才缓和下来,"简单说就是,其他器官培养舱也陆续出现了和三十五号舱相同的状况。我们的订单被大量取消,医院瘫痪,目前船长已经宣布飞船进入紧急状态。"

他一面说着,一面把更多现场信息发送给骆明,其中竟然包括连艾德蒙都没有找到的培育舱立体模拟图。从这份资料上看，椭圆形的七号甲板上，上百个器官培育舱彼此首尾相连，构成一条向内的螺旋线，仿佛是水波中的漩涡。

骆明忽然想起艾德蒙刚才的话，于是问道："这些培育舱之间有联系吗？"

"营养通道是相通的，所以从理论上来说，它们并没有完全隔绝。"秦威这一次果然十分配合。

这个答案让骆明陷入沉思。五分钟后，两人到达七号甲板的封锁线外，白发苍苍的女船长站在成群的机器警察中间。看到骆明，她的神色明显有些不快，大声问秦威道："你带他来做什么？"

"骆明是负责这起案件的警官，船长阁下。"秦威简单地回答道。

船长颇有深意地看了骆明一眼，后者则借着查看事发现场的机会躲开了她的视线。"艾德蒙，"骆明轻声说道，"我记得你上次发来的资料里面，有一个培育舱是以神经系统为主的？"

没有回答，这一次艾德蒙消失得十分彻底。骆明不得不拿相同的问题去问秦威，这次大副爽快地开口了："是零号舱。不过那里并不是培育舱，而是保存舱。它保存了一些特殊的大脑。"

"我记得大脑不在可替换的器官之列？"

"当然。"秦威奇怪地看了他一眼，"亚当里培育出的大脑是没有记忆的，替换大脑会让人变成傻子……谁会这么做？"

恐怖的寒意顺着脊柱蹿上头顶，骆明感觉自己离答案已经非常近了，"那么零号舱里这些是——"

秦威迟疑了一下，回答道："一些重要人士在临死之前，会把大脑寄存在这里，我们调节了零号舱里亚当的基因表达方式，使它们进入更为缓慢的衰老状态。"

"你是说这些人的肉体死去了，精神却活着？"

"他们的精神在休眠。"秦威有些不耐烦了，"你问这些做什么？"

"我想去零号舱看看。"

"零号舱一切正常。"秦威警惕地看向他，"船长亲自去确认过。"

骆明坚持道："上一次您和船长也认为一切正常。"他看看秦威的神色，又道，"我很担心事情恶化的速度比我们想象中更快。"

或许是因为情况的确已经超出了秦威能够掌控的范围，他最终同意了骆明的请求。零号舱位于七号甲板的底部，在由培育舱共同构成的"漩涡"中央。当舱门被打开之后，骆明一时间无法形容自己眼前的一切。

从天花板垂下来的众多"亚当"薄膜之中，包裹着一条条人类脊髓和一颗颗大脑，在"亚当"中间，膜状物已经包裹了所有的串联通道，使其真正成了一张"网"——一张由神经元、脊髓以及大小脑构成的立体网络。而在地面上，则整整齐齐摆着两个"人"，其一是一具完整的尸体，光洁、赤裸、冰冷；另一个，则是一张鼓囊囊的人皮，敞开的腹部皮肤之下，是按次序"堆放"的内脏：大肠、胃、肝脏……

——那根本不是一个人，而是一堆人体零件。

"上帝，这又是什么啊……"秦威喃喃道。

骆明戴上手套，小心翼翼揭开覆盖在零散器官之上的人皮，在应该是胸腔的地方，有一截明晃晃的白骨，格外地森然恐怖。

"他的肋骨……亚当的肋骨。"骆明脱口而出，"他想要创造一个'夏娃'。"

5. 阿耳戈斯（Argus）

> 百眼巨人阿耳戈斯，头上有一百只眼睛，入睡时只闭上其中一两只。它最大的功绩是杀死了熟睡中的女妖艾奇德娜。
>
> ——《伊利亚特》，荷马

当我再次见到她的时候，我开始明白父亲为什么会那么疯狂地爱着她。她是不可控的、不可知的、不可预测的，但是当她站在你面前的时候，她又是谦卑而温顺的，这矛盾的表里让她变得像魔鬼一样充满了诱惑。此刻，她坐在一张黑色的巴塞罗那椅上，面色苍白，看起来几乎是个少女。她的目光落在我身上，然后虚弱地笑了，"托尼，真是抱歉，我没有早点告诉你，是不是让你担心了？"

好像无论回答"是"还是"不是"，都会显得我很虚伪。于是我说道："我去参与了救援，能在这里看到你真的很高兴。"

"在加勒穆恩机场的时候，我发现自己的身体出现了一点状况，所以临时借用了朋友的飞机先回到实验室来。"她慢慢说道，"后来，我发现问题很可能无法解决，所以就干脆默认了空难的事情。"

我突然紧张起来，"这话是什么意思？"

"我就快要死了，托尼。"她坦然地看着我，"我用了十年来探索基因改造的另一种可能，我以为我已经解析了全部基因网络，但是我错了。"

我一时不知道该说什么好。她温柔地说道:"你看,这就是科学,大多数时候我们没有那么幸运。"

"妈妈……"

"当然因为这次失败,我对未来的计划也做出了一些调整,我想我们必须正视大规模实验的风险性,所以我就找了我的一个朋友,她正在投资一项星际移民计划。"她打开了一个通话器,一个人形的立体图像出现在我们面前,"陈颖,这是托尼,我想你们已经见过面了。"

眼前这位正是发布会那天来机场接我的女士。我完全没有想到她竟然是星际移民计划的投资人。

"你怎么样了?"陈颖完全忽略了我。

母亲答道:"不能更糟了。"然后又看向我,"托尼,这位是陈颖,这世界上最神秘的有钱人之一。我正在努力说服她把五艘星际移民船中的两艘作为实验船借给我几百年。"

"你不用说服,我已经同意了。"陈颖皱起眉毛看向她。

"对,但是你还没有听过具体的计划,我想把它们放在短周期彗星轨道上……"

"那并不重要。"陈颖打断她,"这些细节问题交给技术人员去处理,你现在应该好好休息。"

母亲露出一个无奈的表情,"好吧。"然后就结束了通话。

这段短暂的交谈在我看来过于亲密,也或许并非话语本身让我感到奇怪,而是陈颖的神色。显然母亲察觉到了我的疑问,但她没有回应,"我正在计划把最新一代的嵌合体实验室搬到飞船上去,这样就可以有效避免因意外而导致无法挽回的局面,'伊甸号'是我们的一号飞船,它的研究方向更为保守,它搭载的嵌合体源于第一代的囊胚干细胞,也就是说,它的一部分源于你。"

我又想起了那头猪的眼睛。

她继续说道:"我们培养这个细胞已经有很多年了,非常奇怪的是,尽管后来我们也尝试使用别的人类细胞以及别的生物,但这个组合始终都是最稳定的,或者说我们一不小心从开始就创造了一个奇迹,托尼,你我都是幸运儿。"她似乎发现我在走神,于是换了一个话题,"说起来,你对发布会有什么想法?"

我回想着这几天看到的评论文章,"就目前我听到的来说,这个假设还有一些漏洞……"

"那些是我故意留给他们的。"她露出一个狡黠的笑,"我就是要引起他们争吵,甚至是一场学术战争,这样才能掀起革命。"

"但现在似乎你处于下风。"

"托尼,看来你还不够了解人类。"她用手指抵住下巴,"只有争吵才能让人们做出选择,才能真正地触动他们,甚至让他们为之疯狂。随着战火扩大,事件会传播得更广,越多的人参与这场战争,就会有越多的人成为我的战士。到了那个时候,我才会站出来保护我的信徒,给对方致命的一击。"

"看来你手里早已握有反击的武器了。"

"不仅如此,托尼,"她柔声说道,"这一切都是我设的陷阱,为了把他们从真正的问题上引开。"

"真正的问题?"

"发布会上的一切都和我要进行的实验无关。这个实验的问题从来不是我们是否可以用人类做实验,托尼,从你六岁的时候开始,我就已经踏入那片禁地了,这个实验的关键,是我们到底在这个实验中创造了什么。"

"嵌合体。"我脱口而出。

"嵌合体,当然。"她点头道,"但这个嵌合体究竟是什么——是他还是它?是人还是兽?这个嵌合体有没有思想,是否能够繁殖?嵌合体实验究竟是指向人类的进化之路,还是人类的灭亡?托尼,这些都是我身上致命的弱点,因为我不知道答案。从一开始我就不清楚嵌合体实验为什么会成功,我只是像任何一个捏泥巴的孩子一样,把各种颜色的土混合在一起,然后它就变成了一个新的东西。但是我不会告诉人们我不知道,我会让他们盯着一个无关紧要的嵌合体祖先,一个我手里握着所有证据的论点,一个足够简单又足够深入人心的想法。你看着吧,他们会死死咬着这件事来攻击我,因为他们以为这是再生医疗集团的根本立足点。但是他们错了,一旦开始争吵,一旦挑起战火,获利的人只能是我。我的对手将因为他们在学术上的失败而威信扫地,我的战士则会在不断升级的战火中变得忠诚而愚蠢。托尼,这才是这场游戏的戏剧性和趣味所在。"

看着她因兴奋而发亮的双眼,我终于理解了父亲提起她时经常嘀咕的"妖怪"两个字,她简直比我遇到的所有人工智能加起来还可怕。我猜度着她的战术,"或许你打算继续让艾德蒙博士帮你冲锋陷阵?"

"艾德蒙?"她怔了一下,然后大笑起来,"哦,天哪!你果然没有发现。"

"发现什么?"

"发布会上的艾德蒙是个立体影像——真正的艾德蒙博士已经去世五年了。"她说。

我再一次被无力感包围,犹如一只落入蛛网的虫子,"我的确没有发现……"

"好吧,现在这是我们之间的小秘密了。"她俏皮地笑了,用手指点了点自己的头,"发布会上根本就没有什么艾德蒙博士,站在那里遥控影像说话的人是我。"

"可你……为什么不公开他的死讯?"

"他和你父亲分别作为集团和基金会的代言人,这样会省去我很多麻烦,而且他也同意让我用他的身份来发声。"她耐心地解释道。

我注意到某一瞬间她期盼的目光,"难道——你想让我加入基金会?"

"这是最完美的结局,托尼·李当然是'托尼·李慈善基金会'的最佳代言人。"她耸了耸肩,"但你不会加入。"

"为什么?"

"你的身体和表情出卖了你,托尼。"她说,"你不想这么做,这份工作不适合你——不管是哪一种原因,我都希望你能够自己做出选择。从刚刚你的反应来看,你好像对飞船更感兴趣。"

我把双手从胸前放下,"实验船听上去的确很有意思。"

"也很疯狂。"她说,"如果从母亲的视角,我不希望你去,我不想再让你做一次实验品。"

她看向我的眼神仿佛真的带着深切的爱意,我实在有点儿搞不懂她,"抱歉——在这件事情上,我会自己做决定。"

"当然,我没有权利这么说。"她轻轻叹了一口气,"可我还是想要告诉你,托尼,你是我最完美的作品,完美到让我害怕。"

"为什么?"

"每一次我看到你,听说你,甚至更早一些,在我怀孕的时候,我感觉到你,我都会觉得很害怕。"她抬起头看向窗外,"因为当我转过头,看到我实验室里的那堆垃圾,就会深刻地感觉到,自己和曾经的那位造物主之间有多么巨大的差距。我就会担心，是否从一开始我就做错了，因为我在破坏祂的规则。"

"你没有错，"我说，"你救了我的命。"

"可那是有代价的。"她的声音轻了下去，透着深深的疲惫，"你无法想象的巨大代价。"

一切都如她所预料的那样发展。社会上掀起了一轮又一轮对嵌合体和人类实验的热议，每一位政客和大学生好像都热衷对这个问题发表自己的观点。这场世纪之争随着三年后艾德蒙博士的"死讯"而终结，这个消息连同一篇最新的论文一起，给予她的对手致命一击。革命派随之大肆收割胜利的果实，而保守派在铁一般的证据面前变得软弱无力。陈颖适时抛出的实验船成为了他们最后的浮木，这个疯狂的计划轻易地获得了所有人的支持，永生对每一个人来说都是致命的诱惑，船上的舱位甚至一票难求。

——当然，船票对我来说并不是问题。

我终于还是登上了"伊甸号"。凭借着内心深处奇妙的冲动与向往，我就这样抛弃了家人、朋友、事业，抛弃了我在地球上拥有的一切。在启航仪式上，我看到陈颖以船长的身份出现，她说：

"从今天起，这就是我们的船了。我最亲密的一位朋友将它命名为'伊甸号'，因为它承载着人类最疯狂的梦想，更因为它会为人类带来新生。"

E. 复杂嵌合体

"它还是个孩子……"骆明说,"这就足以解释一切了。"

"请你解释清楚,'它'究竟是什么?"秦威一脸茫然。

"亚当,"骆明回答道,"更确切地说,是一百零九个培育舱里所有的亚当,它们串联在一起,形成了一个有意识、有呼吸、有血液的巨型生物,一个复杂嵌合体。"

秦威停顿了三秒钟,才反应过来骆明在说什么,"你开什么玩笑?!这怎么可能?"

"是的,正是这样。原本它并没有意识,是你们把大脑放进它的身体里,让它再次有了知觉。所有的嵌合体实验必须严禁神经系统——这是亚当设计之初的基本规则,但你们却破坏了它。"骆明注意到船长在培育舱外停住脚步,她无疑听见了他说的话,"它非常的聪明,但同时又非常的天真。经过长期的观察之后,它的智慧足以侵入和控制培育舱的监控系统,但它却根本不知道医院订单平台的存在。现在它又在试图模仿我们,找来了人类的尸体加以分析和研究,同时还想用这些器官来制造一个自己——它以为它真的是传说中的亚当,所以想要在这里创造出一个夏娃……天哪,这简直太可笑了!"

"够了!"秦威几乎是在喊叫了,"我需要你给我证据,骆警官,而不是天马行空的想象。"

"我相信在每一间培育舱里都会凭空出现订单之外的感官器官，例如眼睛，因为它急切地想要了解这个世界。"骆明飞快地说道，"请您立刻派人去查看一下——此外，它一定还有帮手把这些尸体和残肢搬运到培育舱里来，一些愚蠢的帮手，能够轻易被它控制的。"

骆明话音才落，一名机器警察就走了进来。它手里拎着一整副人类的肋骨。看到两人，它愣在原地，似乎一时不知该如何是好。

"我早说船上的智能系统太落后了……"骆明无意间借用了艾德蒙曾经的话，"如果这个复杂嵌合体能够控制监控平台，那么操控这些机器简直是再容易不过的事情。"

看着机器警察，秦威不得不尝试去接受一个可怕的现实：这一系列事件的源头，导致器官培育市场崩溃的罪犯，就是培育舱里的亚当，"伊甸号"的灵魂——在一百多年的生长之后，它唤醒了保存在体内的大脑，有了自己的意识，并且试图要用自己培育的器官来创造出一个人类状态的"自我"。

"我现在就去查你说的眼睛。"秦威沉着脸走出了培育舱。骆明目送他出去，然而下一刻，那名机器警察竟关上了舱门。

骆明听到了自己的心跳声。情况似乎不大妙，艾德蒙不知道去哪儿了，而眼前这名机器警察看起来比他有力得多。

"你发现了我。"机器警察开口了，"是因为你就是我吗？"

"你……是在借着这个家伙的嘴说话？"骆明终于找到了培育舱角落里的眼睛——那是一对浅棕色的眼睛，混杂着一点点灰。

"是的。"被嵌合体控制的机器警察回答道，"请回答我的问题，托尼·李。"

"你是什么时候发现我的身份的？"骆明反问道。

"第一次接到你的器官订单的时候，"对方说道，"你定制了眼睛，我的眼睛。"

那是我的眼睛——骆明看着那对眼球，想起了记忆里封存的一张照片，一头猪的特写照片。

"原来是我激活了你的自我意识。"他轻轻叹了口气，"是的，我第一次踏进培育舱就感觉到你的存在，一切推理都是在这个基础上开始的。"

"那么，我原本应当是你这个样子吗？"

"……我不知道。"

"我失败了，我没有创造出夏娃。"机器警察看向地面，然后小心翼翼地把肋骨放在人皮上，"告诉我这是为什么，我做错了什么？"

"因为这并不是人类创造生命的方式。"

"可这是你们创造我的方式。你们把不同的东西放在我身体里，然后我就成了我。"机器警察疑惑地看向他，"而且我还知道，我和你是一样的。"

"不，我和你不一样。我们最初不是这样诞生的……甚至你也不是这样诞生的。"骆明后退一步，小心翼翼绕到舱门的方向。

"哪里不一样？我的细胞和你的相同。"那对眼球死死盯着骆明。

"只有部分相同……"骆明猛地把舱门撞开，毫不迟疑地跳了出去，身体才落地就大喊了一声，"艾德蒙！"

机器警察的身影定格在舱门旁边，艾德蒙终于及时出现控制了它。骆明低声道："好样的。"

但没有回答。

"怎么回事？"骆明敲了敲自己的耳朵，"这难道不是你干的吗？别躲起来！"

"是我让飞船控制系统锁定了所有的机器警察。"回答他的人是船长,"谢谢你帮我们搞清楚了事情的真相,骆警官——或者我应该叫你托尼·李?"

"随你。"骆明看向她,"按理说你早就知道这件事情了,陈颖船长。"

"当然,否则你以为我为什么会容忍你在我的船上胡作非为?"陈颖怒视着他,"够了,不要摆出那张无辜的脸,你演戏的本事比你母亲差太多了——控制机器警察?嗯?盗取船长室里的信息——还要我一样样数出来这些年你都做了些什么吗?"

骆明赶忙挤出一脸笑,"我也是为了破案,船长阁下。"

陈颖重重哼了一声,"在这一点上,你确实干得不错。"

骆明赶忙顺着她的话说:"谢谢您的肯定。"

陈颖摇了摇头,干脆忽略了他的厚脸皮,转而说道:"我已经命令让飞船靠岸,幸运的是我们正在驶向地球的航线上。再生医学集团会派科学家来研究这个复杂嵌合体,'伊甸号'的实验使命完成了,我也算对你母亲有了交待。"

"听上去也不是什么坏事。"骆明说道。

"你一直对我这么疏远,是因为我是你母亲的恋人吗?"陈颖忽然问道。

骆明忍不住笑了,"我想您搞错了一件事,我母亲从来不会'爱恋'任何一个人。"

"你为什么这么说?"

"爱是陪伴,所有嘴上的爱都是虚伪的。"骆明说道,"她从不会浪费时间陪伴任何一个人。"

陈颖看着他,"你确定吗?"

6. 尾　声

离开"伊甸号"之前,我去找了陈颖。

"那年,你去见了你母亲之后,不到一个月她就去世了。"陈颖说,"当然她早就安排好了一切。"

"我猜到了。"就是在那个时候,我收到了人工智能艾德蒙这份礼物。

陈颖带我到七号甲板下方的医学研究室里,她真正的墓碑就藏在那儿,一只小小的白色盒子,上面一个字都没有,除了我和陈颖以外,再没有人知道这是什么。

"这是她的希望?"我看着墓碑说道。

"是我自作主张在登船的时候把她带到这里来的。"陈颖苦笑道,"她是丝毫不会在意埋在哪里的。"

"话虽然这么说,但放在飞船上……"我仔细想了想,"算了,好像也没有什么不好。"

陈颖看向我,"谢谢你。"她顿了顿,又说,"从一开始,我就知道她是为了我的船来的。"

这个话题让我很尴尬,"我并不想知道你们的事。"

她自顾自地说道:"我的家族是最早尝试把零件运送到太空组装的私人企业之一,并且也是最先制造出能够进行远距离移民的超大型飞船……你是不是不想听这些?"

"呃——"我迟疑了一下,"请说吧。"

"总之,遇见她的时候,我们已经完成了对飞船的设计和前期投资。她见我的第一面,就直截了当地问我是否可以把船借给她做实验,我当时觉得她疯了——这可是造价上千亿美元的船!"

这倒像是她会做的事情,"我大概可以想象当时的情景。"

"然后她就换了另一种方法来改变我的想法……只能说同样疯狂。我比她小六岁,有两个孩子,只是没有结婚而已。我最初是把她当成笑话讲给男友听的。"

"但她成功了。"

陈颖叹了口气,"是啊。"

"不过她就是这样的人,"我安慰她道,"据说我父亲也是差不多的状况。"

"她……非常的与众不同。"陈颖顿了顿,又看向我,"在我犹豫是否接受她的时候,她说的一句话改变了我。她会把她的想法种到你的心里去,就像它是自己从那里长出来的。"

我的好奇战胜了尴尬,"她说了什么?"

"她说:'你站在一个我看不到的笼子里,陈颖,而这个笼子外面有整个世界。我会在这里等着你走出来,然后你就会发现一切都没什么可怕的。'"

这句话倒让我想起"托尼·李慈善基金会"成立不久的一段访谈录像,那是我的父母为了回应人们对嵌合体实验的抨击,在离婚后唯一一次共同出现在电视节目里。当时,主持人与母亲几番交锋都败下阵来,终于略带恶意地向父亲提问,"我很想知道您为什么会同意与前任李夫人合作?我听闻是她离开了您和托尼。"

父亲想了想,开口道:"虽然在生活上我们选择了不同的道路,但作为她的朋友,我始终相信她的智慧和勇气。你需要明白,她和你我这样的普通人是不同的。"

主持人追问道:"哪里不同?"

父亲慢慢说道:"我们通常会被一些约定俗成的规则所束缚,但是她不会。她甚至不理解、不明白,为什么我们会被这些规则所困,无法跟上她的脚步?婚姻也好,学术也罢,对她来说,都只是需要应对的问题。她像个好奇的孩童一般无所畏惧,时时刻刻想要知道围栏之外的世界是什么模样——而这就是她能够完成嵌合体实验的原因,也是她现在能够通过亚当来拯救生命的原因。"

在他说话的时候,镜头对准的却是母亲的脸。她完美的微笑消失了,取而代之的是茫然与惊诧。可能是我看录像时随口问了艾德蒙一句,也可能他是自己跳出来发表意见,反正我清清楚楚地记住了他当时的评价。他说:

"她以为她看透了一切,却看不清她自己——只有你父亲读懂了她。"

F. 新　生

最后离开"伊甸号"的乘客是林可——那位最初因为订单延误愤而报警、又在三十五号舱内受到过度惊吓导致心脏病发的女士。经过三天的抢救后,她的心脏还是因严重衰竭而面临不治,大脑也因为长期缺氧而陷入脑死亡的状态。在得到船长的准许之后,医生决定冒险在器官培育舱中找出另外两个淋巴细胞毒交叉配合试验[1]呈阴性的器官进行紧急移植。没想到竟然成功了。一周之后，林可在医生的搀扶之下走出"伊甸号"，与骆明一同等待飞行器接他们回地球。

两人的话题还是回到了培育舱的事件。

"这么说来，你解决了那个案子？"林可问道。

"是的。"骆明先前和她聊得十分投缘，便继续说了破案的一些细节，甚至包括所有亚当串联在一起形成了一个复杂嵌合体的事。

"真是不可思议！"林可听得两眼发亮，"那么，猪——我是说复杂嵌合体现在怎么样了？"

骆明警惕地看了她一眼，"你刚刚说什么？"

"我想我的脑子里好像混入了一些奇怪的信息，"她虚弱而腼腆地笑了，"假如照你说的，整个培育舱都是一个嵌合体的话，那么我的大脑恐怕也留有'它'的一部分。"

这次轮到骆明表示惊奇了，"你移植了大脑？"

"啊，是的，医生说是为了救我的命。"她说，"说起来，这颗大脑应当在培育舱里待过好一阵子呢。"

骆明点点头，"这个举动真是够冒险的，还好你手术顺利。复杂嵌合体还在七号甲板上，现在'伊甸号'里都是再生医学集团的科学家。"

"原来是这样。"她点点头，"你呢，回地球之后准备做什么？"

"我也不知道，或许周游世界吧，这么多年都被困在船上，实

---

[1].淋巴细胞毒交叉配合试验是临床移植前必须检查的项目，结果为阴性才能进行肾移植。

在是太无聊了。"

她微笑起来,"听上去是个不错的主意。"

飞行器到达了港口。骆明先一步走了进去,回过头却发现林可还站在原地。

"你需要帮助吗?"他问道。

她摆了摆手,"我决定留在船上了,托尼,这一次我不会再抛弃它了。"

骆明睁大了眼睛,"你在说什么?"

"我已经陪伴了你一百多年,我想已经足够了。"她说,"这一次我必须得去帮助另一个孩子了。"

在骆明想要走向她之前,飞行器的舱门突然关闭了。他死死扣住那块金属面板,却无法撼动分毫,"见鬼!把门打开,请把门打开!"

但是,地面的震颤意味着它已经起飞了。骆明绝望地看向窗外,空间站已经在数公里之外,他当然不可能再看见"林可"。他屏住呼吸,用颤抖的手指在自己长长的通讯录中找到了她。

"你是谁?"骆明问道。

很快他就收到了一条定向信息:

"我记得我告诉过你的,托尼,根本就没有什么艾德蒙,一直都是我在遥控它。"

强度测试

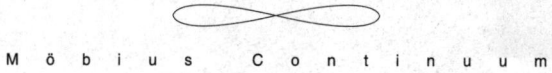

Möbius Continuum

舒琳从未想过自己在地铁上睡着醒来之后会面对这样的情景:
每一只拉环上都吊着一个人,一个死人。

1. 屠　杀

　　舒琳从未想过自己在地铁上睡着醒来之后会面对这样的情景：每一只拉环上都吊着一个人，一个死人。
　　没错，他们都死了。
　　她环视四周，成行列排布的尸体随着车厢的震颤晃动着，面前女子垂下的长发扫过她的面颊。舒琳用了一分钟确定这并不是一场恐怖的梦境，然后，才拼命尖叫起来。

2. 谜　题

　　骆明警官在接到报警后的十分钟就赶到案发现场，他只在车厢里作了短暂的停留，很快就收到了"助手"艾德蒙传过来的案件信息整理文件包。这个巨大的压缩包里有事发地铁各节车厢和停靠车站的监控录像，以及幸存者和所有死者的相关信息。从录像来看，整起屠杀——这大概是唯一能够形容当时场景的字眼——是一组地铁维修机器人干的。他们总共有十五个，都是带有高度伸缩装置的小型机器人。艾德蒙报告说他已经入侵并分析了其中之一，这个机器人在一个小时之前申请配备了警用电击设施，它同其他维修机器人一起，在五一站进入这节地铁车厢，并且迅速击晕了身处其中的所有人类。

"幸存者除外。"艾德蒙说，"她当时正在睡觉，机器人认为她已经晕倒了。"

骆警官点点头，伸手示意继续播放视频。最初，机器人选择了较为随机的方式将乘客悬挂起来，大多数是用金属线绑住手。但很快它们就进行了修正，第二次悬挂毫无例外地选择了脖颈，直到确保每一只拉手上都挂了一个人。

"调查一下，为什么它们会有修正行为。"骆警官对着话筒说道。

艾德蒙回答道："我所分析的这个机器人保存的信息是：因为脚会碰触到地面，分担一部分的重量。"

"那么，为什么，受害人的脚不能碰触到地面？"

"很抱歉，它们没有讨论这个问题。"艾德蒙说。

骆明陷入了沉思。他在站台上坐了一会儿，又翻看了一下受害人的信息。他们显然只是一些普通人，进入这节车厢是完全随机的状态。这些机器人为什么会选择他们？又为什么会放过唯一的幸存者——舒琳？

他再一次查看了录像，这回，他死死地盯着角落里的女人——她一直在睡觉，从外观看上去，的确与被电击导致晕倒的其他受害人无异。机器人开始"悬挂"那些晕倒的人，一个一个，直到所有的拉手都满了，然后，它们就停下来，没有再关注角落里的舒琳。

骆明突然明白了——它们的目的不是杀光所有人，而是把车厢里的拉手上都挂满人类。

3. 谈　判

地铁大亨王富满听说这起事故的时候，是在打完网球回家的路上。他的"助手"艾米丽用柔软美妙的声调向他汇报了这件事，并把相关的信息条目清晰地显现在他的车窗上，最后补充道："主人，负责这起案件的警官叫骆明，我已经控制了他的助手艾德蒙，你希望我彻底入侵它吗？"

"不。"王福满说，"你先不要轻举妄动，叫那个小警察来普鲁士大饭店见我。"

"好的，主人。"

十五分钟之后，王福满到达饭店的阿尔卑斯厅。一个大约三十岁的男子略带拘谨地坐在侧旁的沙发上。

"王先生。"他站起来。

"骆警官，请坐请坐。"王福满笑容满面。

"您坐……"骆明轻咳了一声，但还是坐在了圆桌的上首。

王福满亲自端起茶壶给骆明倒上，然后才说道："三十七号线在试运行的时候就出了这么严重的事故，我深感惶恐。但实话实说，我现在也是稀里糊涂的，不知道骆警官有什么发现？"

"非常有限。"

"我听说这件事的第一时间，就让我的助手去查了。"王福满收起笑容,"我知道凶手是一组维修机器人。就现在而言,我相信这是一起'病毒入侵事件',有恐怖主义者对维修机器人的系统进行了入侵,是一起严重的刑事案件!骆警官,我希望警方能尽快查清黑客的信息,还死者一个公道!"

"但是我并没有发现病毒入侵的迹象。"骆明说,"相反,他们最初接收到的命令已经无法分析。"

"无法分析?"

"是的,"骆明盯着王福满,"我相信是有'病毒'侵入了警方的系统,王先生。"

"这怎么可能?!"王福满说,"警方系统的防护是最严密的!"

"我希望您不要装傻,全力配合警方办案。"骆明说,"玩花样对您无益,王先生。"

王福满看着对方,缓缓地笑了,"我记得去年警方曾投重资加强系统防护,是因为连续五十起错误的刑事办案。骆警官,我们都很清楚人工智能系统并不完善,但它的好处就在于,可以不断修正错误。"

"错误?"骆明对这个字眼很不满。

"对,就是错误。你们被中病毒的系统误导,'错误'地选择了凶手,最终导致了无辜的人被判死刑。"王福满停顿了一下,"整份资料,我是有备份的。"

骆明端起茶杯,却没有喝。

"修正错误,是我们应该做的。"王福满继续说道,"但是骆警官,揪着已经犯下的错误不放,就没有必要了。"

4. 强度测试

在骆明离开之后，王福满一个人在空荡荡的阿尔卑斯厅坐着。

他呼唤道："艾米丽。"

"在，主人。"

"你下达了什么命令？"

"什么……什么命令？"

"你向那些该死的维修机器人下了什么命令？！"王福满骤然大吼道，"别他妈装傻，婊子！"

"我……我只是让他们……"她的声音听上去委屈极了，"让他们确认一下新车厢的拉手能否承受一个人的重量，主人。"

A 计划

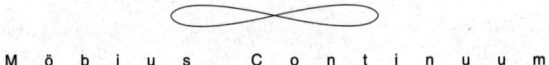

Möbius Continuum

在最深的恐惧中,人是尖叫不出来的。

1. 楼下见

"楼下见。"李成在即将关闭的电梯前冲张苑苑挥手。

电梯很快就到达了地面层,张苑苑快步走出大楼,叫了一辆出租车。背后砰的一声闷响,像是有什么东西砸在了地上。

她闻声回头看去,一个人四肢扭曲地趴在不远处,微微抽搐着。当她看清那人身上的蓝色衬衫时,嘴里发出的声音实在难以被称为尖叫。在最深的恐惧中,人是尖叫不出来的。

2. 不可能的坠落

骆明警官作为第二批警察到达现场时,坠楼者已经被救护车送走,只在地面留下喷射状的血迹和一个白色的粉笔印子。骆明很快就注意到坐在警车上不断抽泣的女子,"助手"艾德蒙告诉他,这个女子名叫张苑苑,是死者的秘书兼同居女友。

"她认为死者不是自杀。"在骆明视线停留的同时,艾德蒙解释道,"她的视线记录也印证了这一点,死者在与她道别——也就是坠楼前两分钟的时候,他的微表情显示他很愉快,充满希望。"

"也就是说,他不是自杀。"骆明道。

"你必须自己做出判断,先生。"艾德蒙回答道。

"那么,他自己的视线记录还有备份吗?"

"我们正在设法从医院获取,但可能性不大,他的头骨碎裂了。"

骆明陷入短暂的沉思,接着他走进办公楼,乘电梯到顶层,踏入总裁办公室。

这个约有二十平方米的房间平时只有李成一人办公。此刻,所有的窗户封闭完好,除了一架清洁机器人被强制关闭之外,这里看不出丝毫异样——不过,这不能算是疑点,只是警察为了避免它破坏现场所采取的紧急措施。

因为身份的特殊性,李成房间里的监视器只有一个,而且对准大门,因此,没有人知道他是如何从楼里跳出去的。骆明问艾德蒙:"你有发现什么疑点吗?"

"是的,先生。"艾德蒙回答说,"这是一栋采用了智能化系统的办公楼,整栋大楼的运行都在人工智能系统的管控之下。只有得到智能系统或者人类的命令,控制窗户的微型电脑才能将其打开。而不论是主机还是微型电脑的记录里,都没有这个房间窗户被打开的记录。"

这段话将骆明推入逻辑的死角——

"你的意思是,他几乎不可能从这栋楼里跳出来?"

"是的,先生。"

3. 智能建筑

建筑师靳穆十分意外地在卧室里接到警方的电话。当他在深夜十一点半赶回工作室时，一名大约三十岁的便装男子已站在他的办公室外。

"冒昧打扰您，靳先生。"男人说道，"我是骆明。"

靳穆同他握手，"您的助手艾德蒙已经把相关信息发给我了，我很乐意提供帮助。"

骆明简单地同他客套了两句，迅速列出了自己需要的东西——李氏集团大楼的设计资料，尤其是智能控制部分。

靳穆忙引着他走进办公室，对电脑下达了命令，随即，房间的灯光暗下去，一个立体影像在空中浮现，"骆警官，这就是李氏大楼。"

骆明盯着那个影像没有开口。靳穆见状继续说道："它是我们工作室在智能建筑方面的一件划时代作品。整栋建筑都处于系统的控制之下，它会严格地遵从人的需要进行温度、湿度以及一切必要的调整，比如在地震的时候，大楼会自动摇动以平衡地震波带来的不适感；比如在发觉下雨之后，整栋楼的窗户会自动关闭……"

"那么，在什么样的情况下，窗户会自动开启？"

"在外界环境温度适中，并且空气污染指数很低的情况下——我们的程序是这样设计的，当然也可以根据客户的需要进行调整。不过大多数情况下，只要一声命令就可以打开窗户。"

骆明又问:"有没有一种可能性——让窗户自动打开,而电脑中却没有记录?"

靳穆愣了一下,"这不可能……不过,如果一个具有足够权限的人选择删掉主机的记录……"

"那么,在李氏大楼里,拥有这样权限的人是谁呢?"骆明咄咄逼人。

"总裁或者董事长?"靳穆摇摇头,"警官,我不太清楚李氏集团的管理情况。"

"好吧。"骆明点点头,"另外,我很好奇,你这里的系统是否可以连接到那栋大楼?"

"当然不能。"靳穆看着骆明皱紧的眉头,赶忙补充道,"不过,那栋大楼的系统管理员是我们公司的员工,或许您可以联系他。"

4. A 计划

第二天上午,骆明独自站在智能系统面前,它的声音听上去年轻、利索,就像是一名聪明的大学生,"您好。"

但是骆明没有立刻回应。他暗中命令艾德蒙侵入它,然后,他让艾德蒙模仿李成的人格,向其提出当时李成有可能提出的所有要求。

一分钟之后,艾德蒙给出了答案。

"我发现了一个符合现实情况的模拟结果,先生。"

"说吧。"

"李成先生当时比较着急,于是,他在办公室里命令主机'以最快的方式把我送到她面前'。当时是上下班高峰,电梯会在下降的每一层都停留,非常缓慢——所以系统屏蔽掉了这个选择。它认为跳下去是更快的方式。"

骆明用了几秒钟才理解了系统的逻辑,"但这不能解释玻璃的问题。"

"在系统打开窗户的同时,李成先生设定了删除垃圾文件的命令,并且在他离开之后继续执行,因此这条记录消失了。在他再次站起来的时候,清洁机器人遵从系统的指示,把他从窗户里扔了出去。"

"就……这么简单?"骆明问艾德蒙。

"是的,先生。"艾德蒙回答道,他的声音听上去极为兴奋,"哦不,不止这些,我才发现,它当时还有一项B计划。"

"B计划?"

"让整栋楼倒塌,从而令二十五层和地面层之间的空间距离消失。但这栋楼只具备有限的晃动能力,不能保证迅速彻底的倒塌,所以它最终选择了A计划。"

倒 影

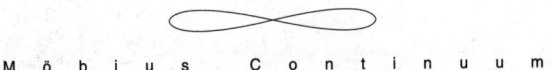

M ö b i u s   C o n t i n u u m

"艾德,是你!"
她看上去很快乐,像是见到了老友一般张开双臂,猛然抱住我,然后又立刻后退两步,优雅地低下头,"真抱歉——我忘了你还不认识我。"

1. 预言家

马克是一个很特别的人——所以当他表示要带我去见一位预言家时,我一点儿都不感到惊奇。

"但你是个科学家。"我还是忍不住说。

"我是个科学家,没错,但我不信仰科学。"他看看我,大概是我的神情看起来太可笑了,便又解释道,"这就好比一位屠夫,是不会信仰猪肉的。"

我哈哈大笑,这就是马克特别的地方。他自己就很有意思,而且总能带我去见更有趣的人。

"看到她的时候,你要记得保持礼貌。"他带我走到一幢颇为普通的住宅楼前,小心提醒着,脸上带着难得一见的崇敬神情,"这位预言家是很注意这一点的。"

我怀着忐忑又期盼的心情随他爬上一级级楼梯,心中猜想着预言家会有的模样。光线忽明忽暗,空气里有一股熟悉的灰尘味道……话说回来,这实在不像是一位预言家会住的地方。

他停在顶楼——事实上他只停了一秒钟,然后门就开了。我看到一个瘦弱的女孩子,脸上挂着慈祥而温柔的笑容。

我想我没有用错形容词,这正是一个女孩儿:大约十四岁的模样,手脚像这个年纪的大多数姑娘一样,比成人的看上去要更加细长。她穿了一身极其特别的黑色紧身衣，露出洁白纤细的脖子，其上是一张圆圆的少女的脸。与她的外貌不同，她的眼神却是敏锐而包容的，就像是一位老人。

"艾德，是你！"她看上去很快乐，像是见到了老友一般张开双臂，猛然抱住我，然后又立刻后退两步，优雅地低下头，"真抱歉——我忘了你还不认识我。"

我有些茫然，不明白到底发生了什么，艾德是我的乳名没有错，但她怎么会知道？马克恭敬地说道："您认识林？这真是太好了，我还担心您会不高兴。"

"我很高兴你带他来，谢谢你。"她迟疑了一下，似乎是在回忆他的名字，"……马克？"

"正是！"马克露出一个夸张的微笑，"您居然记得我的名字。"

她淡淡一笑，摆出"请"的姿势，对我说道："进来吧，艾德，我准备了你喜欢的印度拉茶。"

她的房间同她的人一样特别。一张大床上摆满了书，书桌上却是茶和点心，圆形餐桌的腿被锯掉大半截，上面摆满了各色软垫。乍一看很古怪，细看时，却又仿佛在哪里见过这些家具。她先是有些羞愧地表示"房间很乱"，又低声自言自语"我到底做了什么"，然后，才很自然地对我指指那张桌子，说："坐啊。"

我迟疑了一下，小心翼翼地坐上去。马克却还是站在一旁。看他欲言又止的模样，我不由得暗自觉得好笑。马克今年四十三岁，是分子生物学和心理学博士，刚评上终身教授，走到哪里都昂首挺胸，活像只大螃蟹——对了，马克还是我的研究生导师。如今，他在这小女孩面前竟然畏手畏脚，像个小学生一般无措。她倒了茶，端到我身边来，突然疑惑地抬起头盯着马克，"你是谁，你是什么时候进来的？"

"刚刚——"马克说。

"不。"她尖声打断他的话，又把脸转向我，柔声道："他是怎么回事儿，艾德？"

我虽然不明所以，还是说道："是马克带我来的。"

"马克，是吗？"她这才放轻了声调，对他说道，"谢谢你。"

马克尴尬地挠挠头，"不客气——我来是想问您……"

"我没法回答你要问我的问题。"她打断他的话，把茶递到我手里，飞快地说道，"我不知道你女儿的考试成绩。"

"哦，是的，我就是想问这个……"他看上去更加慌张，"可她的成绩越来越差，她真的没救了吗？"

"这些事情和我有什么关系？我怎么会知道？"她终于看向他。

"可您是一位预言家。"

她皱起眉毛，这一刻她的脸上融合了长者的权威和孩童的咄咄逼人，"好吧，那么你的工作是什么？"

"我是一位学者。"

她点点头，"学者先生，你知道曲速引擎的构造原理吗？"

"我……"

马克的脸涨红了。很显然，他不知道，正如作为预言家的她不清楚马克女儿的考试成绩一样。

我在一旁大笑起来，这可真是一个绝妙的反击。她却惊呼道："杯子！"

她话音才落，滚烫的茶便随着我身体的颤抖泼溅出来，手上一阵刺痛。

她慌忙把茶接过去，念叨着："我竟然忘记提醒你了，真抱歉。"说着又轻轻吹了吹，神情专注而温柔。

我问道："我认识你吗？"

她停顿了一下，"你会认识我的。"

2. 采 访

毕业之后我没有选择科学事业，而是去做了一名记者，这样，我的世界里就不会缺少新鲜有趣的事情了。与普通人相比，那位预言家女孩儿除了能让马克毕恭毕敬以外，并没有表现出什么特别的天赋，因此没过多久，我便把这次古怪的经历抛诸脑后。然而三年后的一天，我却接到了主编派来的任务，"林，我需要你去采访一下这个人，"他递给我一个地址，"据说她是本世纪最强大的预言家。"

我一眼就认出了那个地方，"最强大？"

"你看看——世界杯、美国总统换届、南美地震……每一次都是完美的预测！啊还有这个，她前天的微博，'明天下午四点，血与火。'"

我微微一凛，如果当时这条信息所代表的含义尚无法看出所指，但此时此刻，所有人都明白，它是在说昨天的坠机事件。

连时间都准确无误！

"你知道，和她见面的机会非常难得，但是……"主编故意停顿了一下，"当我发邮件去问她时，她立刻同意了，并且指定你去采访她。"

我突然有些兴奋，"为什么？"

"说不定是她对你很感兴趣呢。"

我笑道："老大你可得好好待我，说不定我是下届总统呢。"

"就算是总统，"他眯起眼睛看我，"你也得给我交稿子！"

再次站在那幢小楼前，我心里竟有些感慨，才要抬脚进去，便听到楼上开窗的声音。

"艾德！"她大声叫道。

不知怎的，闻声我也有几分欣喜，那种家人式的呼唤让我很安心。

等进了门，我才想起来，自己竟独自闯入了少女的闺房。看起来她是一个人住的，炉子里炖着一锅汤，散发着醇厚的香气。她长得更高了些，也稍稍圆润了一点儿。我很惊异自己竟对她的模样记得如此清晰。她房间的格局也变了，虽然还是那些家具，看上去总感觉有些异样。我先坐下，又站起来，说："我今天是为了工作来。"

她笑了笑，伸出手道："你的采访稿？"

我从包里拿出本子，我一向有提前把问题写下来的习惯，看来，她连这样的小事儿也能预知。

她看了看，从床上的书堆里翻出一张纸递给我，"还好我都记得，没有落下什么。"

我不明所以，低下头去看时，才莫名惊诧：这纸上所写的内容，竟是逐一在回答我的提问！

"你怎么知道我要问什么？"

她笑着看我，"你忘记我的职业了？"

我不禁叹服——她果然是预言家。

"这些是你可以发表的内容,艾德。"她这样说。

我赶忙又细细去看,果然看出她的措辞经过了谨慎的考虑,用词考究,又模棱两可;仿佛回答了,又仿佛什么都没有说。

"这样的回答……"我有些不满足。

"已经足够你写一篇精彩的稿子了。"她笃定地打断我。

我无奈地看着她,"你这是在催我离开吗?"

"嗯……"她微微一笑,"只要你答应,我们接下来的对话不会出现在你的文章里,那么,这就不是一道逐客令。"

"我保证。"我说。

"以你父亲的名义。"她伸出一只手,做出起誓的手势。

我有些挂不住笑,但最终还是照做了,"嗯,以我父亲的名义。"

她笑了,说:"抱歉,艾德,我知道你不会写的,但我还是要让你这么做。"

"为什么?"我问。

"虽然未来不可改变,但我还是会常常感到恐惧……"她没头没脑地说着,把茶杯递过来。

我找了个舒服的地方坐下,轻轻呷了一口——还是印度拉茶,绵软的口感和恰当的水温,我禁不住赞叹了一句:"好喝!"

她的脸上也露出满足的笑容,"是啊。"

我说:"既然你是个预言家,你肯定知道我要问你什么了。"

她乖乖回答道:"我知道你的问题是什么。"

"你愿意回答我吗?"

"你还是把它问出来吧,这样我们的对话会比较顺畅。"她也坐下,平视我的眼睛,"也更符合大多数人的说话习惯。"

"也是。"我点点头,"请问,你是如何预言的?"

她捧了一杯茶在手里,放到嘴边轻轻抿了一下,没有直接回答我的问题,反而问道:"艾德,这是我们的第一次见面吗?"

"当然不是。"我说。

"可我不记得我们见过面。"

"你忘了吗?"我觉得有些受伤,"马克教授带我来的。"

"我不记得他了。"她回答道,"看来我以后不会见到他。"

我迟疑地看着她,"为什么?"

"该如何解释这件事情……"她说着,拿起我的采访本,"我们来假设,这本子就是人的一生。"

我看着她,等她继续说下去。

她拎起写着今天采访问题的那一页,"这就是今天,现在,此时此刻。"接着她翻到第一页,"这是我们出生,是过去。"

我已经猜到她要说什么,果然听她说道:"这封底,就是我们的死亡,是未来。

"对于大多数人来说,他们都会从前往后写,今天以后的世界,就是一片空白。人们能够回忆过去,却无法知晓未来。"她说着,把那个本子翻转过来,"但我不一样,我的本子是从后往前写的,我的记忆里充满了未来。对我来说,明天发生的事情,就像是你在回忆昨天发生的事情。"

她停顿了一下,又捧起茶杯抿了一小口。

我怔怔地盯着那个本子,好像是明白了,却又一时间无法接受这个事实。

"你的预言,就是你的记忆?"

"是的,它们都在我的脑子里,所有的一切,越近的,就越清晰。"

她点点头,"相对的,你们能回忆起来的过去,对我来说,就是不可获知的未来。"

我愣了一下,"你是说……你忘记了过去的一切?"

"对。"

"那么……"我拼命找寻着她话语中的逻辑错误,"如果你忘记了已经发生的事情——你怎么能够和我对话?怎么会知道我问过你什么?"

"触手可及的过去和未来,都是可以推断的。"她说,"比如,你知道我的汤很快就要煮好了,你知道你今晚会住在哪里,你也知道我会回答你的提问,甚至很多时候你知道我会回答你什么。所以,我自然也能够猜出你刚刚问过我什么。"

"但是——你的回答还是超出了我的预期。"我伸出双手,试图更彻底地表达我的震惊和不解。

她看来很有耐心,继续说道:"艾德,你要明白,我生活在你们之中,我要学习如何同你们对话,时时刻刻都要推测你们说过什么。但你不需要学习这门技巧。"

"所以……你不记得我们曾经见过面?"我混乱地想着。

"我不记得我们曾经见过面,但我知道,我们还会再见面。"

这句话很奇异地让我感到安心。她没有留我吃饭,于是我错过了那份香甜的南瓜浓汤。回到家,我开始写稿子,有了她给我的那张纸,果然异常顺利。合上电脑后,我忽然想起马克,便给他打了个电话。他的声音听上去很愉快,"你又见到她了?"

我告诉他我们见面的状况,甚至还说了她预言的来源。这些信息让马克极为兴奋,"预言是她的记忆?这真是太神奇了!"

我却感到十分沮丧,"可你难道不明白吗?如果她说的是真的,那么未来就是不可改变的,而我们现在所做的一切都是徒劳。这样的世界太让人绝望了。"

"那你会怎么做?"他总是喜欢这样引导我。

我说:"我会选择不去相信。"

3. 第一次见面

有段时间我经常去拜访她,对她那个小小的房间也愈发熟悉。她总像照顾老友一般热情而友好,这让我十分愉快,因为我知道我们还会继续见面。在心底有了这个认知之后,我就很少再问及她的预言,甚至连自己的未来也不甚关心——不管怎样,我都可以再见到她的,不是吗?

她独自生活——如今我已经可以确定这一点——而且把自己照顾得不是那么太好。有一个周末,我帮助她把房间整理得更舒适了一些,她高兴地接受了,并且做了一份大餐作为回报。我心满意足地吃着自己最爱的食物——咖喱鸡肉、西兰花炒豆子,以及喷香的白米饭,然后捧起她为我煮的茶,靠在沙发上。她坐在我身边,像只猫一样把头搭在我的肩膀上。

我的错误就在于,我以为这是一个暗示。

在我做出任何举动之前,她就已经躲开了。她略带惊恐地看着我，说："为什么？"

当然，她是不可能问"你要做什么？"这样愚蠢的问题的。

我说："我以为你愿意和我在一起。"

"不！"她先是坚决地拒绝，让我的心一下子缩紧了，然后才又说，"我是说，我当然愿意和你一起，但不是你想的那样！"

"为什么？"我们好像总是在互相问这个问题。

"因为我们不会在一起，因为这是不可能的，因为——"她瞪大眼睛，忙不迭地对我说道，忽然又停下来，看着我一字一顿地说，"我不能，我们不能。"

我感到一阵恼火，"你总要给我个理由！"

她看着我说："艾德……"

然后，却没有下文了。

"为什么不能？"我追问道。

她轻轻叹息了一声，坐在沙发上，说道："因为……我无法记住过去。你难道不明白吗？对我来说，这是我第一次见到你啊。"

——永远的第一次见面！

我突然不安起来。她的眼睛里闪动着一种我不熟悉的光芒——陌生。果然，下一秒钟她皱起眉毛，质问我道："你为什么会在这里？"

这副神情，就像当年她质问马克一样。

"我来找你……"我的声音越来越小，心底极为恐慌。

"你来找我做什么？"她警惕地说。

"聊天，喝杯茶。"

"那么，你以后不会再来了。"她坚定地说道。

在那之后，有很多次我试图再联系她，但都没有成功。她消失了，电话邮件都联系不上，连微博也停止了更新。我去她住的地方，却只得到房屋正在出租的消息。这让我怅然若失。我突然发现自己居然有那么多的问题要问她，但正如她说的那样，似乎每个问题都有一个可预知的答案。有时候我觉得自己在同她对话，但其实，我只是在同自己对话。

这样的日子过得浑浑噩噩，混乱不堪。我去问主编是否知道她在哪里，但他却沉默不语，只用奇怪的眼神看着我。最终我只得回到校园，去找马克教授。

他听了我的描述，说道："告诉我，林，你问了你自己什么问题？又得到了什么答案？"

"我只想知道她在哪里。"我有些烦躁地回答。

"如果你不能回答我的问题，那么我也帮不了你。"他一脸遗憾地说。

这应该是我和他之间第一次非正式争吵。他总是很照顾我，尽管我成绩不出众，论文也写得颇为糟糕，而他却是这门学科最热门的导师之一。

"林，每个人的未来都在自己的心里。"他说，"我很抱歉你失去了她。"

失去？我不明白他在说什么。

我需要她，我的脑子里只剩下这一件事情，这个想法日复一日在我脑子里转，已经让我到了崩溃的边缘。我需要她，我要见到她，我必须得见到她……

我突然觉得有些头晕，马克上前一步扶住了我，"我想你需要一些帮助，林。"

"我必须得见到她……"我说。

他扶我到一旁的躺椅上坐下，"你需要休息。"

他的话仿佛有魔力，让我昏昏欲睡。他又重复道："你需要睡觉。"

我合上眼睛，坠入梦乡。在梦里，我在无边无际的镜子迷宫里寻找她，到处都是我的倒影，却看不到我需要的那个人。

我想要问她……

"什么？"

这个声音让我猛然睁开眼睛。我发现自己还在马克的办公室里，而她就坐在我面前，又长大了几岁，是个成熟漂亮的女人了。

"你要问我什么？"她又重复了一遍。

马克不在。我环顾四周，立刻发现了这一点。她怎么会在这儿？

"马克在哪里？他让你来的？"我问。

"我不认识你说的那个人。"她看着我，像以前一样温柔，"艾德，你怎么了？我一直以为你生活得很好。"

"我很好。"我恶声恶气地说，"在你出现之前——在你离开我之前，我一直都很好。"

"我以为你不需要我了。"她说着，垂下了眼睛。

"我需要你。"我说，"我每天每夜都在想你。"

她泪盈盈地看向我，"我也是。"

"和我在一起，好吗？"我软弱地哀求道。

"不。"她说。

"为什么？"

她摇摇头，"不，艾德，我虽然忘记了过去，可我始终都记得一件事情。"

"什么事情?"

"你会知道的。"

"见鬼,到底是什么让你这么坚定地拒绝我?我要你现在亲口告诉我!"

"你很快就会知道的。"她说着,把手指向马克的书桌,"答案就在那里。"

4. 全知者

我立刻跳起来冲过去,在桌子上看到一份未完成的实验记录,标题是《全知者》。

我似乎在哪里听说过这个奇怪的名词,当然,我并不知道马克在研究这个领域。

带着一丝窥探的愧疚,我打开了那个本子。上面这样写道:

"作为一名心理学家,我一直在努力寻找目前的科学理论无法界定的事实。

"'全知者'是一个非常特别的命题。这个命题认为,人感觉到时间从过去走向未来,只是一种错觉。人的记忆具有欺骗性,事实上我们的脑中存在着过去和未来,只是未来这部分被刻意隐藏了。而'全知者'就是同时具有过去和未来记忆的人。

"我一直在努力寻找一名'全知者',或者启发一个人成为'全知者'。这是一项非常艰难的工作，大多数预言家都是骗子，直到我遇见林。"

我猛然抬起头来，她消失了。
"答案就在那里面。"她的声音好像还在。
我翻到下一页：

"林并不知道自己还有另一个人格，但是我却有幸见到预言家，她始终对我很冷淡。

"当然，即便见面我也无法看到她，我只能看到林，她在林的身体里。我一直以为她是个男人，直到我带林去他儿时的住处（我不知道这是不是一个错误），然后林竟然见到了她，并且告诉我说，她是个小女孩。

"我听到了他们的对话，用常规的视角来看，是他在自言自语。我没有使用任何方式记录他说话的情形，因为预言家人格显然对我十分警惕。

"我知道我不应该干涉他们的交往，但是林的情感却陷入了一片泥沼。他当然不能爱上他自己，即便她是一个彻底不同的人格。"

我大为震惊，木然地站在原地许久。马克的意思是——她就是我。
我和她是一个人。
那个预言家，就是我。
可是，这怎么可能？我看到的她，难不成是幻觉？
过往的一幕幕在眼前翻涌——她住处熟悉的气味，她指名要我去采访她,她知晓我所有的喜好……是的,是的,如果马克的女儿和她的记忆无关,那么为什么我的一切都和她是有关的?还有——在我吃到她做的饭菜之后,她脸上的满足感……

可怖的寒意从背脊蹿上头顶,我仿佛是一个溺水的人,而手中的这本实验记录就是唯一的浮木。我急忙往后翻,可之后的许多页记录都被撕掉了,只剩下结尾处的一段话:

"作为学界寻找到的唯一案例,林证明了'全知者'是存在的,只是以另一种我们没有预料到的方式存在。双重人格本身已经非常罕见,它往往与极端的心理痛苦相关联。或许,这种现象可以引发一个猜想:那就是,作为'全知者'会是一件极端痛苦的事情,因而林最终将自己分割为两部分:作为一名正常人的他,与作为预言家的她。

"如果可能的话,我应当去访问林的家人,来了解他小时候(也就是预言家人格还没有诞生时)是否有什么特别的举动。但很可惜,林是一名孤儿,他的父母在他八岁时因车祸去世。之后他换过多位监护人,他们都认为他没有任何异于常人的地方。"

5. 倒　影

我的视线凝在那行字上,无法动弹。

那页纸变成巨石，拴在我的脚上，拖我沉入水的深处，无法呼吸。

我想起来了，一切就发生在那幢小楼里，顶层的公寓里总是飘荡着印度拉茶和南瓜浓汤的香气。

那时候我八岁。

我告诉过爸爸和妈妈，不要出门。

我知道会发生车祸，我知道他们会死。

我哭泣，乞求，在房间里大喊大叫，砸东西，甚至想伤害自己。

但是，他们只当我在发疯。

他们把我锁在自己的房间里，脚步远去，然后再也没有回来。

我知道发生了什么，他们死了。

我看着镜子里的自己——这是你的错。

那个倒影渐渐变了，变成一个有着圆胖手脚的小娃娃。

她，预言者，她知晓所有的未来，却无力阻止，无力改变。她曾经是我，但不再是我。

我告诉她，他们的死是你的错，我恨你。

她还是个婴儿，但却会说话，她伸出手，想要抓住我。

"艾德。"

她奶声奶气地呼唤着。

我砸碎了那面镜子。然后躺在床上，闭上眼睛。

我不要看到她，我不要听到她的话。

我知道，明天，一切都会好起来的。

一切，都会好起来的。

娜娜之死

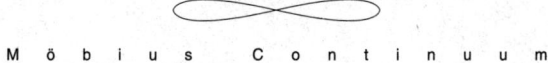

Möbius Continuum

他从未真正忏悔过,他不知道自己错在哪里,
他想做的只是逃离惩罚,
让自己得到解脱。
而我,我从未如此透彻地看懂过任何一个人,
除了他,我的儿子。

1

儿子把娜娜的尸体捧到我面前。

小猫的头向后仰着,皮毛已经不再顺滑,身体柔软得死气沉沉。我不禁想起两个月前,我把娜娜带到儿子面前时的情景。

那天,我抱着娜娜,捧到他面前。"喜欢吗,宝贝?"我用尽可能柔软的语调问他,"喜不喜欢小猫咪?"

他迟疑了很久,才把自己的玩具熊多米放到一边,然后将手放到猫咪的头上,它发出一声轻轻的"喵呜"。

"当心!"我有些紧张,儿子喜欢破坏他的玩具,我不希望同样的事情发生在娜娜身上。

儿子像是被吓到了,一下子把手缩回去,背在身后。

"宝贝,"我又轻声问道,"你喜欢它吗?它多可爱啊!"

儿子看了我一眼,无声地摇了摇头。

我想他并不喜欢它——不过,对于儿子来说,喜欢一样东西才是件难得的事情。曾经有一度,即便是作为母亲的我也忍不住以为他就是一个天生的恶魔,但我丈夫却坚持认为,冷酷是男孩儿的天性。"他们和女孩儿可不一样。"他这么告诉我。

比起丈夫毫无依据的话,心理学家的建议要有效得多。我的医生认为,孩子更容易认同有名字的事物,这会让他们对这些东西产生一种"拟人"的错觉——就像那只被他命名为"多米"的玩具熊,他的确格外珍惜它。

于是,我这样问儿子:"咱们给小猫咪起个名字,好不好啊?"

他不说话,眼睛再一次盯着我臂弯里的小猫。它正把我的手臂当成母猫的肚皮,伸出两只前爪一左一右踩着,试图挤出奶来。

"它在干吗啊?"儿子问。

"它饿了呀。"我说,"它想要吃奶呢。"

小猫踩着踩着,竟然在我身上睡着了,嘴唇还叼住毛衣的一颗线球吸吮着,那模样可爱极了。儿子看到这一幕,忽然号啕大哭起来,"我讨厌它!"他嘶声喊着,"我讨厌它!"

"嘘——宝贝!"我赶忙安抚他,伸出手去指着电视机,想把他的注意力转移到动画片《狮子王》上面去,"你看,那头小狮子跟这只小猫咪长得像不像?我们叫它娜娜,好不好?"

他继续哭着。

"好不好,宝贝儿?"我又问。

回答我的,只有持续不断的尖叫和抽泣。

2

娜娜的尸体就在儿子手上。

作为一位母亲,我当然知道我应该立刻对眼前的情况做出反应,但在最初的一分钟里,我像是被钉在了地上,动弹不得。娜娜是那么可爱的一个小家伙,它常常用那对暗棕色的眼睛看着我,就像是把所有的信任和爱都交给了我，而现在，它死了。

过了好一阵子我才听到自己的声音："怎么会这样？娜娜为什么会死了？"

"它一直在叫唤，可我想睡觉……然后我把塑料袋系在它头上，这样就听不见它叫了……"儿子怯懦地看着我，"结果，后来，等我醒了，它就这样子了……妈妈……"

他的话像是一剂毒药扎进我心里，我觉得身体是冷的，冰冷的，就像死去的是我，而不是娜娜。

他靠近我，哭泣着，"我不知道会这样……"

但我知道他是故意的。每一次他毁掉自己的玩具，都是这么哭的。这种时候他会哭得柔软怯懦，不断滚落泪水的双眼，在视线模糊与清晰交替的瞬间偷看我，观察我，就像是一只伪装成天使的恶魔。

孩子只有五岁，他的表情暴露了所有真相。

我抬起手，他没有后退，反而期待地看着我。这让我迟疑了，我知道如果我惩罚他，那么也就意味着他的行为得到了原谅，而被指责的人立刻就会变成我。他等待着，看到我目光中的拒绝之后，猛然把娜娜的尸体丢在地上，我连忙跪下抱住它。尸体僵硬冰冷，毛茸茸的感觉简直让人恶心极了。这多么奇怪，它活着的时候有多让人爱怜，现在就有多让人憎恶。我冲进厕所，大吐特吐，眼泪混着口水坠下去。我又听见儿子的哭声，他知道自己做了错事，想要借哭泣来平息一切。

这是不行的。

我洗干净脸，面对那个罪魁祸首。他泪眼婆娑，"我错了，妈妈。"他伸出手，想抓住我的衣角，但是我一下子甩开了他。

他脸色惨白，怔怔地看着我，眼泪也停滞了。突然他转过身去，两手抓起娜娜的尸体，打开窗户，从十三层直接丢了出去。

他回过头看着我，发出歇斯底里的尖叫，但我几乎无法确定，那声音到底是他的，还是我的。

3

不久后，丈夫离职回到本地工作，我们一家三口团聚了。有一段时间我以为娜娜的事情就这么过去了，但它似乎在我心底留下了一道悲伤的模糊阴影，使我无论如何都无法再次将柔情给予我的儿子。又过了些时日，儿子上了小学。有一天，他捡了一只流浪猫到家里喂。

"妈妈，你喜欢它吗？"

一只猫。

仿佛有什么东西在奋力地从记忆中涌上来，我没有回答他的问题。儿子深情地摸它的头，给它洗澡，带它去医院打针，甚至花光自己的零花钱给它买猫罐头。

我默许了这种行为。但我知道，他要讨好的人从来都不是那只猫，他做这些事情的时候，眼睛始终紧紧地盯着我。

但即使如此，我还是无法原谅他。他从未真正忏悔过，他不知道自己错在哪里，他想要做的只是逃离惩罚，让自己得到解脱。而我，我从未如此透彻地看懂过任何一个人，除了他，我的儿子。

我看到的一切让我胆战心惊。

"妈,你看它多可爱。"终于有一天,他不耐烦继续演戏了,对我说道,"我们叫它娜娜好不好?"

儿子的眼睛清澈见底,那是一对孩童的眼睛,它们暴露了最彻底的挑衅和恶毒,没有一丁点儿掩饰。我震惊地看着他,全身发冷。

"好不好?"他笑着重复道,胖胖的小手抚摸着小猫的脖颈。

我木然地站在那里,直到丈夫把儿子关进他的房间。小猫摔在地上,"喵呜"叫了一声,然后艰难地挪到我脚边,讨好地蹭着。

丈夫把它抱起来,关进阳台上的猫笼。"我明天就把它送走。"他回来的时候,坚定地对我说。

或许是我持续多年的冷漠终于激怒了儿子——我这样安慰自己。他报复了我,然后我宽恕他,这事情本该就此结束,我们还是快乐的一家人。谁知从那天晚上起,娜娜开始在我的梦里出现。

一个梦接一个梦,一个夜晚接一个夜晚,主角都是娜娜。它有时候会变幻毛色,有时候甚至都不是一只猫,而是一只小狗,或者是兔子。可不管它变成什么样子,我都知道它就是娜娜。梦的开端总是美好的,那个毛茸茸的小家伙,有一对又大又圆的眼睛,蜷在我身边睡觉,就像我会为它遮挡所有的风雨。然后,我总会因为某种原因,不得不离开一下。我不想走,回过头看着它,它在睡觉,小爪子蹭着自己的脸。

"娜娜。"我呼唤着,然后它会抬起头看我最后一眼。

我们都知道这是最后一眼。

梦没有结尾,我不得不离开家,在恐惧中越走越深,最后挣扎着醒来,全身被冷汗浸透。

终于,我丈夫发现了这件事,他问我是不是做噩梦了。我告诉他,我梦见了娜娜,一直梦见它。

他决定带我去看心理医生。

这未免有些小题大做,但他非常坚持。我在医院的走廊里等他,隐约听到他和医生的对话。

"我以为她已经走出来了。"

"对于女人来说这太难了。"医生说,"最近你们家里有没有什么特殊的事情——可能会让她记起当时的状况?"

"哦,是的,是我儿子,他养了一只猫……"

他们的声音渐渐低了下去,然后我又单独同医生聊了聊,他问了一些有关娜娜的情况,他让我说说娜娜的模样,以及它在梦里做了什么。起初我还能顺畅地说话,但是后来,语言卡在我的喉咙里,就像那里有一道高墙,我怎么都没有办法把词语运送到墙的另一侧。

医生的决定是让我"面对这件事情"。

这听上去很荒诞。很多家庭都面对过宠物的死亡,我只是反应稍微激烈了一些。可能因为我是一个充满爱心的人,也可能因为儿子充满恶意的表演让我对他极为失望。

他是一个天生的恶魔。

——"我们叫它娜娜好不好?"

我几乎还可以听到他的声音——这个凶手!他没有为自己的行为付出代价,而我竟然无法惩罚他。

"你需要面对这件事情。"医生说,"面对事实。"

他说我需要住院治疗。我拒绝了。这不是心理诊所,这是精神病院。

"我没病!"我对丈夫说,"我只是做了个噩梦,你们简直不可理喻!"

丈夫乞求地看了一眼医生,后者无声地摇了摇头。

4

我被关进了一间屋子里。一个舒适的小房间,没有电视、广播或者电脑,除了医生,我无法接触到任何人。一个月之后,我终于放弃了抗议,他认为我"平静下来"了。于是,在一个阳光明媚的早晨,医生给我听了一段电话录音。

录音的时间是三年前,内容则是我给驻外的丈夫打电话。

"她出生的时候简直像小猫一样。"我用柔软的语调说着,"哭声都像是在喵喵叫。"

我想让丈夫听到她,就像他就在她面前一样。我把她的哭声都录了下来,吭哧吭哧的细小声音。

"喵呜。"她哭着。

"你听你听。"我说。

"叫她辛迪怎么样?我最喜欢这个名字。"他说。

"好啊。"我说,"不过昨天我告诉汤姆说她叫娜娜,他最近可迷动画片了。"

"哈哈,那就让娜娜成为汤姆对它的专属称呼吧。"

医生关掉了录音。

"你想起来了吗?"医生说,"你三年前死去的女儿辛迪,你和汤姆叫她娜娜。"

不，娜娜是一只猫，一只有棕色眼睛的猫。

于是，他又开始播另一段录音，我的声音听上去很焦急，"汤姆不喜欢她，我好发愁。你什么时候回来？我一个人实在顾不上两个孩子。"

"亲爱的，我实在是脱不开身，你还是去请人来帮忙吧。"电话那头是他充满歉意的声音，这头是汤姆失控的喊叫——"妈妈，妈妈，妈！妈！"

"好吧，好吧，我明天就去请保姆，我安排好面试了。"我这样回答道。

于是，我为了去家政公司面试，离开家两个小时，临走时，我看了一眼婴儿床上的辛迪，她正在用小手蹭自己的脸。"娜娜。"见儿子在一旁，我这样呼唤她，然后她醒了，睁开那对漂亮的大眼睛，看了我一眼。

我的小天使，辛迪——或者是娜娜——我的宝贝女儿。

娜娜不是一只猫。

她是我的女儿。

我堵上耳朵，闭上眼睛，却无法阻止记忆中那可怕的一幕——

当我从家政公司回来时，儿子把辛迪的尸体捧到我面前。

婴儿的头向后仰着，身体柔软得死气沉沉。

赌　脑

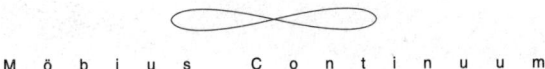

Möbius Continuum

赌脑说起来，表面上赌的是脑这件事物，
其实是在赌这些脑中有什么样的想法、什么样的记忆。
人们读取了脑中的信息，就如同在这世间多活了一遭，
能看见以往看不见的路，做出不一样的选择——
说到底，这赌脑是在赌自己的命运啊。

【第一幕 雷 震】

Allegretto non troppo

（不太快的小快板）

暴雨如注。

一道炸雷落在近旁，轰轰然震得地都在颤。车夫把话说到第二遍，林衍才听清："先生，先生，就是这里了！"

是这里？

林衍抬头去看。雨太大了，三步之外只余一片朦胧，又一道闪电，亮光里仿佛见到一个字——茶。"是这儿，"车夫恳切地看着他，"城里就这一处了。"林衍摸出一块银元，看看车夫褴褛的湿衣，又加了一块。太多了。那车夫脸上绽开一个笑容，"谢谢先生。"他抖着手把钱接过去，塞进车头挂着的鸟笼里，叮当一声，仿佛已经有许多了，又上前撑开伞，送林衍到屋檐下。然而地上的水足有脚踝深，趟过去，皮鞋登时就被灌满了，裤子也被雨打得贴在身上。车夫还要擦，林衍知道是徒劳，"不必。"便进到屋子里去。那门倒厚重，嘎吱吱在背后关上，隔绝开一切，徒剩安宁。

……来早了。

连伙计都没到呢。这屋子不大，却高得出奇，抬头看去，少说也有四丈。顶上洋教堂似的攒了个尖，一只大圆风扇在侧面缓缓旋转，此外便灰突突的，毫无装饰。低处略繁复些，窗上雕着梅兰菊竹的花样,只有一扇敞开,伴着雨声探进来一枝红杏。侧面立了个紫檀座钟,近处几张方桌,围着长凳,中间却支了个大台子,上面铺了暗红色的天鹅绒布,摆着两盏银质烛台——真可谓不古不今、不中不洋了。

林衍最后才瞧见角落的火炉边还坐着个人。是一个夫子模样的瘦小老者,穿着马褂,正在打瞌睡。林衍低低咳嗽一声。半晌,那人终于偏过头,掀开眼,"我这店今儿不开张,请回!"

林衍被他这样眄着一盯,心竟突突跳起来。只是他好容易才找到这里,怎么肯走,斟酌再三,还是开门见山道:"在下是来赌脑的。"

老者闻言,方才正眼瞧他,抖了抖衣袖起身,再去看林衍时,忽而咧嘴一笑,那嘴角的皮肉便如幕布一般,被拎起来堆到两颊上,"呀,怠慢了!先生坐,我这掌柜当的,这么晚了还什么都没收拾!"话音也利索起来了。说着他拿起桌上的一对核桃,又去窗边,"这么大雨!难怪——先生要是不嫌弃,我这儿有干净衣衫,您先穿着,过会儿等您衣服晒干了,再换回来?"

林衍讶然道:"您说笑,这雨天怎么晒衣服?"

掌柜盘起核桃来,不紧不慢道:"先生难不成头一回进城?咱们这儿同外边不一样,我瞧着今儿这天,不单会出太阳,晚些还要下雪呢——先生不信?不信我们赌一赌!"

林衍略有些拘谨,"我可不是来同您赌这个的。"

掌柜笑得更深,"自然,您是来赌脑的嘛。您先坐,我去把那几颗头化开。"

林衍怔忪道:"头……还要化开?"

掌柜道:"可不,头这会儿都冻着呢!衣服我放在这儿了,您随意。"说着就走了。

林衍见里外无人，干脆便换了店家备下的长衫和布鞋。不知什么时候雨停了，真升起明晃晃的大太阳来，把杏花的影子打在墙上，随风摇曳。林衍把湿衣裤搭在屋角的凳子上，回过头时，竟见门口站了个少女。她一面伸手摘下兜帽，露出皓腕上一抹翠绿的冷光，一面嘟囔着"好冷"。那手放下来，又去掸身上的雪渣。林衍想看她的面容，挪了一步，少女闻声转过身来，看见他，慌忙站定，柔声问："公子可是今日的庄家？"

　　巧笑倩兮，美目盼兮。

　　林衍呼吸一滞，顿了顿才道："庄家去准备那些……头……嗯，敝姓林，林衍。"

　　少女轻轻回了三个字："穆嫣然。"略一施礼，便径自坐到桌边去，把外袍解下来放到一旁。里面一身珠翠锦缎，奢华得十分随意，反倒显得可亲了。林衍一时忘了言语，见她看向自己，慌忙开口道："穆姑娘……可是遇到雪了么？"

　　穆嫣然看看窗外，抿嘴笑问："公子遇到雨了？"

　　林衍道："是啊，这天怎么会变得这般快？"

　　穆嫣然脆声道："城里东雨西雪，南夏北冬，都是常有的事儿，全看走哪条路了。林公子是第一次进城吗？"

　　林衍答道："我都记不得了……姑娘倒像是很熟悉城里的境况。"他见那炉火上有只大壶，便取来给少女和自己各倒了一杯水，又顺势坐在她身侧。穆嫣然接过茶杯，道了声谢，又说："我是生在城里的。"

　　林衍问："从没出去过？"见她笑而不答，便赞叹道，"自然是了。看来姑娘便是人们口中的'完人'啊。"

　　穆嫣然却不喜欢这称谓，蹙眉道："什么'完人'？要我说，这'完人'就是被困在城中的木偶。"

林衍愕然道:"困在城中?姑娘这话又是怎么说的?进城是多少人一生的梦想,他们想来却不得其门而入,你倒想出去?"

穆嫣然淡淡道:"坤城弹丸之地,不过是借着与城外六国皆有城门相通,才能成为今日的枢纽。而六国虽彼此隔绝,时空又不稳定,但那里面的天地却广阔无边。我一直很想去看看。"又转过头,对林衍继续说道,"我确实常听人说,外面的人都想进城来赌脑,公子可知是什么缘故?"

林衍想了想,答道:"赌脑说起来,表面上赌的是脑这件事物,其实是在赌这些脑中有什么样的想法、什么样的记忆。人们读取了脑中的信息,就如同在这世间多活了一遭,能看见以往看不见的路,做出不一样的选择——说到底,这赌脑是在赌自己的命运啊。"

穆嫣然问:"那你们赌上命运,又是为了什么?"

林衍低声道:"大约……是为了改变自己的命运吧……"顿了顿,似是不想再多说,便问:"嫣然姑娘既是'完人',为何还要来赌脑呢?"

穆嫣然眼眸一下子亮了,"我最近一直在想,若是能读旁人的脑,那我就不只是我自己了,而会变成一个更广大的我——说不定还能一下子明白这乱世的真相,进而改变这个世界呢!这不比读书有意思多了么?所以就来赌脑了!"

林衍讶然道:"姑娘只是因为好奇?"

穆嫣然"嗯"了一声。林衍不解,追问:"可赌脑耗费甚巨,风险又大……"

穆嫣然道:"钱财乃身外之物,若是能一朝参悟得道,冒些险又算什么?"

林衍摇头道:"参悟得道?姑娘竟信这种托辞……你到底年纪

轻,还是太天真了。"

穆嫣然冷笑一声,"你不也是来赌脑的么,倒教训起我了。"说着便气哼哼偏过头去,不再理睬他了。林衍还要继续同她理论时,大门却嘎吱吱开了——是老掌柜。他两手各拎了个红木匣子,看着十分沉重的样子,一步一颤。林衍便转而对穆嫣然轻声道:"这位才是庄家。"眼睛却忍不住直勾勾盯着那匣子看,见其样式极为古朴,其一在盖子上画了个黑圈,内书"山料甲"等字,其二画了个金圈,内书"籽料乙"等字,锋骨毕露,功底极深。那边老掌柜瞧见穆嫣然,却喜笑颜开道:"呀,穆小娘子来了!您招呼一声,小老儿去接您啊。"

穆嫣然嘴上道:"哪敢劳烦你!"却一动不动受了他的礼。老掌柜一面把那两个匣子放到中间的台子上,一面还扭着脸对穆嫣然点头道:"您来得巧!今日这两颗头,都是上等的好货,您可要先看看?"

穆嫣然略蹙了蹙眉。掌柜忙一拍腿:"瞧我!这等晦气的玩意儿,污了您的眼!"

穆嫣然道:"话不是这么说的。我是想看——可又怕会……"

掌柜道:"嗨!不怕,都是些死物……"说着就要去掀那匣子,吓得穆嫣然连连摆手,"死的才可怕——"又顿了顿,问:"这头是死的?"

"您别担心,我这里的货,向来童叟无欺!"掌柜一面说着,一面又把那对油亮的核桃捏在手心里,"这头不过是个壳子,从身上切下来就死了——脑是活的就行了。您可知道我们这行当,为什么叫赌脑么?"

穆嫣然端起水杯,轻轻抿了一口。那老掌柜见状,便兴致勃勃道:"因为单看头面,任您猜得天花乱坠,也不知道脑里装了什么——可不就得赌么!然而这会赌的人吧,总还是能从脸上多看出些东西的,所谓察颜观色，说的便是这件事儿。小老儿我多一句嘴，您今儿个要真是想赌，还是看一看的好。"

穆嫣然迟疑道："能看出什么？"

掌柜道："毕竟相由心生——就算别的都不看，也得看看您同这两颗头有没有缘分吧。"

穆嫣然问："又关缘分什么事？"

掌柜微微一笑，"您亲自来，一定是要自己用了。这不是缘分么？"

穆嫣然正要答话，几人忽听咚一声轻响，都齐齐向屋角看去。原是到了正午十二点，西洋座钟报起时来了。黄金表盘上，探出一副惨白的鸟雀骨架，它支棱开光秃秃的前肢，鸟喙一张一合，发出柔美的"布谷"声。老掌柜忙高声道："吉时已到！"又转向穆嫣然，"小娘子请。"

穆嫣然毕竟是大家出身，见此情形也不再退缩，走上前去，伸手在"籽料"的木匣上轻轻一按，那匣盖便径自展开。然而她只瞧了一眼，面上竟愀然变色，连惊叫都堵在喉咙里，只让其余人等听见她本能的吸气声。林衍再也按捺不住，凑近去看。先瞧见内里半黑半白，细瞅才看清黑的是头发，白的却是裸露在外的脑——匣中头颅的头骨竟被人生生剥去了一半，端的是可怖至极！他这一惊非同小可，退后一步，慌乱道："这……这是怎么回事？"

掌柜斜斜看了他一眼，便咔嗒咔嗒盘起核桃，"所谓'籽料'，正是要擦去些面皮，好让客人瞧见里面的脑——怎么，先生连这个都不知道？"

林衍这才想起那头的五官如何、年岁如何，自己都没有看到，再想要上前时，心里又打鼓，强压着道："多谢庄家点拨。"

掌柜停住手，一边把核桃收到袖子里，一边躬身笑道："终归是咱们小娘子见多识广，头一次见籽料，就是这副气定神闲的模样……"顿了顿，见穆嫣然还是不说话，便又问，"您可要再揭开这山料看看？"

穆嫣然浑身一颤，反手向林衍一指，"他去！"

掌柜忙道："是了，按规矩也得他来，小娘子是讲究人。"又对林衍道："先生请！"

林衍见他话虽客气，却只站定似笑非笑地看着自己，隐隐透着几分鄙夷，全不似对那姑娘般恭敬，胸中登时一口气顶上来，几步上前，把匣子一掀，里面的头都跟着晃了一晃。那匣壁竟也随之展开，便见一颗剔透的水晶头颅立在那里，内里灰白的脑清晰可见，其上细细密密地爬满鲜红的血管，又是另一种奇诡的景象了。林衍离得近，一时看得太过清楚，竟也如先前穆嫣然那般，满腹惊疑都卡在嘴边，却什么都说不出来。所幸穆嫣然先问道："这……就是山料了？"

掌柜道："正是。'山料'之中，头颅只是存脑的容器，虽可见脑，却看不到与脑共生的'面孔'。对赌脑者而言，就更难判断脑中之物是否难得了。"

穆嫣然撇嘴道："那还有什么好赌的。这也能算好货？"

掌柜道："平常的'山料'我哪敢拿到小娘子面前来？不过，这一件颇为不同……"

穆嫣然打断他道："不必多讲。你现下编出再多花样，我也无法印证。你只管说这一颗——说这'籽料'吧，它好在哪里？"

掌柜忙去卸下那木匣四壁，又从夹层中取出一块光秃秃的头骨，严丝合缝盖在那"籽料"光裸的脑上，如此一来，那头总算齐整许多。细细看去，能分辨出是个男子，五官略有些肿胀，看着并不年轻了。掌柜忙活完，回道："小娘子请坐，听小老儿同您慢慢说。"等穆嫣然坐了,他才摊开一只手,对林衍做了一个请的姿势。林衍迟疑了一下,坐到穆嫣然身侧。那边老掌柜继续说道:"要说这一颗脑比旁的脑好在哪里,还真得从更久远的事情说起。二位可知,这赌脑一行,源于何处?"

穆嫣然一听,便把方才的恐惧抛诸脑后,道:"愿闻其详。"

掌柜道:"彼时有那么一些人,或因年迈,或因病重,快要死了,却以为在将来,人能够长生不老,就将自己的头颅割下来冰冻,留与后人,想要在百年后重生……"

穆嫣然疑道:"他们为何要这么做?哪个国家的时空能稳定'百年'?'后人'又是什么人?"

掌柜一拍额头,"呀!是我没说明白。小娘子想必知道,这世间曾与现今这乱世十分不同,我们且称其为'治世'好了。在那治世里头,时空处处井然,人人皆是完人,时光从过去流向未来,永不复返。"

穆嫣然愈发疑惑,"有这样的地方?如今连城中的完人都极难见到了……难不成,是他们的城很大?"

"非也。那时并没有城,世间的秩序也比如今这城中要好得多。"掌柜看看两人茫然的神情,叹道,"两位只当'治世'是座无边无际的城吧,因太大了,连城中的天气都不会被外面的四季影响。"

穆嫣然摇头道:"没有这样的城。你诳我。"顿了顿又对掌柜道:"罢了,你继续说。这些人要重生,又如何?"

掌柜道:"这些人虽是死了,却给世间留下许多头颅。然而百年后,人们只知如何读这些脑中的记忆,却并不能让他们复生。"

林衍却插话道:"您这话没说全,怕是没有人想让他们重生吧?"

掌柜终于正眼看了看他,笑问:"先生这话又怎么说?"

林衍道："人生在世，自己活下去都已十分不易，谁又会复活一个年迈病重的人，让他成为自己的负担呢？当初这些妄想割头保命的人，未免太蠢了些。"

穆嫣然轻轻拍了一下他的手臂，嗔道："他们既是快要死了，又有钱财能冻住头，留个念想也不足为奇。你且不要打岔，让庄家说。"

掌柜道："先生说的十分有理。所以在治世时，鲜有人想去读这些头中的信息，既怕自己受影响，也有不甚在意其生死的缘故。然而到了乱世之中，这些头颅倒成了人人争抢的资源，只因时空逆转之时，人的记忆也随之消失，活得行尸走肉一般。他们只有凭借读取这些脑中的记忆，才有可能想起自己是谁，明白这世间真正的模样。"

穆嫣然恍然道："难不成，所谓参悟，就是对自我和他人的觉知？"

掌柜一怔，收了笑，悠悠道："不可说啊……"

林衍早前虽对赌脑的缘起略有耳闻，但从未有人像掌柜说得这般详细明白，听得正兴起，却忽然停在这一句上，难免有些失望。没想穆嫣然也有同样的疑问，竟起身行礼道："还请庄家指教。"

掌柜忙道："这怎么敢当！然而此事既然名为'参悟'，便得靠小娘子自己悟得。况且小老儿自己也身陷无明[1]，又怎会知晓它是什么？我只知道，赌脑的生意只城内有，然而读取脑中的记忆的物事，却只在城外才有。这是城中时空稳定的根本——毕竟，若是一人在得到他人记忆之后有所'参悟'，便会致使其所处之地时空逆转，人人忘却过往，重新来过。"

林衍叹道："这遗忘的无明之苦，又让多少人对赌脑趋之若鹜。"

---

1. 佛教用语，不能见到世间实相的根本力量，也是我们执取和贪嗔的根源。

掌柜闻言，对他苦笑道："正是，然而能进到城里的人毕竟太少，还有些是去而复返的。那些老赌徒，每每提头而去，又茫然而归，以为自己从未到过我这小小茶馆，直至赌得家徒四壁……我们这行，其实也不好做。"

穆嫣然却不耐烦听他抱怨，道："罢了。庄家还是同我们说说，为何这'籽料'比旁的脑好？"

掌柜道："小娘子若是不怕了，可到近前来看。"

他话音才落，穆嫣然便站起身来，林衍也放下茶杯，同她一起凑到那头颅侧旁。掌柜将那片头骨卸下来，道："二位请看，这脑可有什么特别之处？"

林衍细看时，才发觉那脑上隐约有一道弯曲的线，顺着沟渠展开，线一侧的脑颜色更深一些，另一侧则浅一些。穆嫣然道："像是……拼起来的？"

掌柜道："正是如此。这意味着此头的主人，曾读过旁人的记忆，且是用最久远的技术去读的。他有可能读了那些源于治世的脑。"

穆嫣然沉吟道："故而用这一颗脑，就更有可能参悟？"

掌柜道："未必。但这脑既是拼起来的，总比平常的存有更多信息。"

林衍摇头叹道："可谁能知道这些信息是有用，还是无用？"

掌柜嗤笑道："先生这话就太外行了。"

林衍忙道："庄家何出此言？在下只是听闻平日赌脑，都是要看五官来判断其人性情志向，甚或用血缘查出此人姓甚名谁、生平如何，再看其价值几许。这直接看脑的法子，该用在山料上才对吧？"

掌柜十分干脆，把半块天灵盖往那头上一扣，道："好，那你看。"

林衍登时语塞。一旁穆嫣然浅笑道："林公子说的这两样，都得咱们自己看啊。这看的本事才叫赌，不然话都叫庄家说尽了，你我还赌什么呢？这些话他就不能说。"

掌柜躬身道："您高明。"

林衍道："可我自己，确实看不出什么。"

穆嫣然闻言，却背过身去，先绕到那水晶裹着的"山料甲"处，细细看了看，又掉转过头，凑到"籽料乙"近前，用纤纤玉手点了点那光裸的头骨，这才终于看向林衍，沉下脸道："你看不出？你进城就是为了查这些头的，你以为我不知道？"

此话一出，四下里登时一片寂静，只听见头顶风扇缓缓转动时，发出的呜呜轻响。外面无风无雨，日头大约也被云遮住了，故而这屋内也无光无影。一切都是灰色的，停滞的，警惕的。掌柜瞪着林衍，林衍头上沁出一层细密的汗珠。静默的对峙把时间撕扯得更长了。忽有一只铜鸟从窗口飞入，呼啦啦引得几人都转过脸去看。它泛金的羽翼削落了一朵红杏，在屋中飞了一圈，抖抖翅膀落在那山料侧旁，又扬起一边翅膀，嗒嗒地啄自己腋下，终于触动机关，打开腹部一道小门。铜鸟复又把头探进自己腹中，竟叼了一枚硕大的红宝石出来，一脚踩住，便站定不动了。

穆嫣然十分惊奇，"这是什么？"

掌柜忙道："应是有人进城时耽误了，先送来定金。"说着就要上前去取。铜鸟登时展开翅膀，作势要啄他。掌柜吓了一跳，往侧旁走了两步，那鸟儿随之歪过头去看他，眼珠横着，细看那眼珠竟是只西洋表，大约是两点一刻的样子。掌柜往回走时，铜鸟又用另一只竖眼看他。显然两只眼时辰不同。掌柜掐指一算，喃喃道："快到了。"

穆嫣然赞叹："此物真是精巧！"又追问掌柜："它这举动，是说它的主人要买下这山料吗？"

掌柜一边答："正是。"一边伸着头去瞧那宝石。

穆嫣然问："那我们岂不是不能赌了？"

掌柜笑道："既是赌脑，小娘子只需比他出价高即可。"

穆嫣然道："我怎么知道他这破石头价值几许？还不是看你想给谁。"

掌柜垂首道："自然是小娘子先挑，规矩都是给旁人的。"想了想，又舍不得那颗宝石，道："不过，他定的是山料，小娘子中意的是籽料，倒也无妨。"

林衍忙问："那我呢？"

"你？"掌柜哼了一声，怒目看向林衍，"你还是先说明白，你到底是来做什么的吧！"

穆嫣然轻轻"呀"了一声，也看向他，"被这鸟闹的，倒忘了这一出。"又对掌柜道："林公子先是在城外辗转跑了几家冷库，才进城直奔你这铺子而来——这可不像是要赌脑啊！"

掌柜道："这城里城外，哪有事情能瞒得过您！"

穆嫣然点了点头，又看向林衍，"你说明白是进城来做什么的，我就不难为你。"

林衍听她语气，竟是耍惯了威风的模样，终于察觉她不是平常女子，便问道："姑娘——是什么人？"

穆嫣然偏过头，浅浅一笑，"你还盘问起我来了？你猜我是谁？"

一缕发丝顺着她的脖颈散下来，直垂到胸口，黑得发亮，比锦缎还柔滑。林衍被她盯得有些心痒，笑道："姑娘手眼通天，在下初来乍到，怎么猜得着？只是听闻近来城中人口甚杂，'完人'越来越少，只城主家风严谨，从不许子弟出城一步。不知与姑娘可有什么渊源？"

穆嫣然坐下，端起茶杯道："我若是说有呢？"

林衍道："所以我才替姑娘担心呐。姑娘身为完人，最难得之处，就是从未经历过时空逆转，所以清楚知晓自己过往的一切。于这乱世而言，完人所说的话，比时间还要可信呢。然而，你只要一步踏出城去，外面的世界如何运转，可就不听姑娘的了。"说到此处，又摇头叹息，"加之姑娘还要赌脑……若是到时候没有参悟，倒扰乱了自己的记忆，实在是得不偿失！"

掌柜却冷笑道："先生东拉西扯这么一大通，是想绕开小娘子的问话，还是想打消小娘子赌脑的兴致？这等招数，未免太无趣了些。"

穆嫣然收了笑，微眯了眼，对林衍道："对。你胡诌这些做什么？只管说你为何找来这里就是了。"

林衍看看两人神色，知道再难搪塞过去，便坦然道："我来这里，既是想要赌脑，也是来查一桩案子。"

另二人同时开口问："案子？"

林衍颔首道："穆姑娘既知道我行踪，我也不好再瞒下去。此事说来十分不堪。我原在震国生活，六国之中，此处应是最繁华的所在。然而五日之前，那里却出了桩命案：有人在光天化日之下，在市集之中摘取他人头颅。"

穆嫣然惊道："怎么会有这样的事？"掌柜虽未开口，却也露出惊诧的神情。连那铜鸟也抓着宝石，扑棱着跳到近旁的方桌上，侧过头看他。

林衍低叹道："震国虽比不上城里安宁，但在闹市中杀人这样的事情，也是我记忆里头一桩。凶手选在正午动手，用一个束口袋子，套在路人头上，便一走了之。受害者在市集中挣扎许久，可他越是想要扯开那袋子，束口便收得越紧，直至他血溅当场，整颗头颅都被收入袋中，只剩一具无头尸倒伏在地……那惨状，简直无法用言语形容……"

穆嫣然急切地问："就没有人帮他吗？"

林衍道："在下恰巧在旁侧，虽想帮忙，却还是无能为力。眼睁睁看着他殒命当场，实在是难以平复，故而一直追查至今。"

穆嫣然道："真是无法无天！可抓到那凶手了？"

林衍道："非但没有抓到人，连受害者的头也在混乱中丢失了，恐怕就是被那凶手拿走了。"

穆嫣然怒道："震国人怎么如此无能！"

林衍道："事情太突然，市集人又太多，我原本是要帮忙的，倒险些被警司抓了起来。再说那袋子形状诡异，我问遍国人，竟无人识得，恐怕不是震国之物。二位应当知道，在这乱世之中，各国经历了不同次数的时空逆转，在时间上彼此相差数十年之多，掌控的技术差异极大。若是有人带了这样的事物，从别的国家穿城进入震国，我们也实在是防不胜防啊。"

穆嫣然道："可这凶手要人头来做什么……"说到一半，便像是想起了什么，看向掌柜。

林衍在一旁道："姑娘可听过'头颅猎手'？"

老掌柜僵直了背脊，硬邦邦道："你莫要血口喷人！"

林衍道："我如何血口喷人？还望庄家指点。"

掌柜自知失言，先掏出核桃来盘，没转几下又停下来，去看铜鸟眼睛上的时刻。穆嫣然道："我虽知道头颅猎手，但城里早就没有了。害人性命来赌脑，这般伤天害理的事情，是绝不允许的。"

林衍道："姑娘宅心仁厚。然而城中之事，你真的件件清楚吗？"

掌柜一拍桌子，"你敢说城主昏聩？"

他说完才发觉自己贸然点透了穆嫣然的身份。幸而穆嫣然并未注意此事，只道："你何必这样疾言厉色？倒显得你亏心。"她又问林衍，"你查到什么了？"

林衍也没想到这小姑娘竟是城主，难怪她知道的这么多，一时答话的语调都比先前轻柔许多，垂首道："我在震国经营许久，各处关节都有熟悉的人。故而虽晚了一步，但却一直知晓凶手行踪。此人先去冷库，将头颅冰冻，今早又由雷门入城。如今，也该到这茶馆里了吧？"

穆嫣然寒声道："是这两颗头中的哪一颗？"

掌柜叫道："小娘子这话是从哪说的？我这店最规矩，几时会从猎手那儿买头？"

林衍苦笑道："这便是他们胆大的关键了——单凭看，我确实判断不出这头是不是震国那位受害者。要想知道真相，还是得赌脑。"

掌柜正要说话，却听穆嫣然冷笑一声，"未必。"

林衍眼睛一亮，问："怎么说？"

穆嫣然伸出一只手，去抚摸那铜鸟颈上的羽毛。鸟儿瑟缩了一下，却并未抗拒，只是颤抖着抠紧了脚下的宝石。窗外狂风鼓荡，吹落一地花瓣。大门骤然洞开，却见一人提着个袋子，站在外面。

穆嫣然道："瞧，这就来了。"

【第二幕　风　巽】
Andante
（行板）

黄沙滚滚。

尘土从门外卷进屋里。在洒落的天光之下，众人初时只瞧见来人剪影，待走近些，才看清是个女子。又不尽然。此人自右眼以下的半边面孔，脖颈乃至手臂腿脚，都是钢筋铁骨铸成，纤瘦沉重，森森然泛着金属的寒光。那残缺的另外半张脸上，亦刻满了大小伤口。林衍起身把门关上，老掌柜则拖着步子去关了窗。屋里忽然又沉静下来，只顶上的风扇转得勤，微尘一阵一阵地飘散入内，弥漫飞舞。

女子摘下风镜，方露出两只完好无损的眼睛。她四下看去，目光先在掌柜身上停了一瞬，又略过穆嫣然，最后却落在林衍身上。好震惊地看着他，嘴角抽搐，面皮上生锈的铁片也在颤抖，"你……怎么会在这儿？"

穆嫣然正色问道："你是谁？"

女子对这问话置若罔闻，径自把袋子往邻近的桌子上一放一抖，便滚出一颗头颅来。众人没料到她这举动，都是一惊。穆嫣然吓得一下子站了起来，引得身侧的铜鸟都飞跳到茶壶上，脚下红宝石在壶壁上敲出咚的一声闷响。林衍去看时，却见那头颅外面裹了一层乌突突的黑冰，一时也瞧不出什么端倪。掌柜慌忙收起核桃，抖平袋子，盖在那头颅之上，颤声道："怎能给城主看这等肮脏的东西？！"

女子见那头还在，便几步走到林衍身侧，仔细看了看他，才长舒一口气，低叹道："这也太巧了。"又扬起脸，对掌柜道，"这头就给你了。"说罢抬脚便要走。林衍忙上前拦住她，"且慢！"女子冷笑一声，用机械手轻轻一推，林衍只觉眼前一花，毫无抵抗之力，狼狈地跌坐在一旁。然而，女子绕过他再去推那门时，大门却纹丝不动，似是从外面被拴住了。她这才回过头，问道："你们这是什么意思？"

林衍起身，一脸警惕站在门边。穆嫣然却不慌不忙坐下，缓缓道："你不能走。在这城中，做头颅猎手是死罪！"

那女子一怔，"头颅猎手？你以为我是来卖头给庄家的？"随即哈哈大笑起来。大约是喉咙有一半是铁的缘故，那笑声里夹杂着尖锐的嘶鸣，仿佛利爪划过石壁。穆嫣然道："哦，难道你不是？"女子一边笑，一边说道："你是城主。你说是，便是吧。"

穆嫣然道："你就没有什么要申辩的么？"

女猎手道："我说了你也未必信，又为何要多费口舌？我杀此人，问心无愧。"

林衍走到她面前，质问道："这死者是谁？"

女猎手却避开他的目光，道："想必你已经知道了。"

林衍只觉一股热流窜上头顶，"你就是震国市集上的头颅猎手？"

女猎手愕然道："你当时也在？"眉眼间的神情，显然是承认了此事。穆嫣然低声问林衍："这头到底是谁的？"

答案就在嘴边，林衍却说不出口。他又是愤恨，又是难堪，只道："请庄家把头化开，姑娘就知道了。"又狠狠看向那女猎手，"你为何要杀他？是为了庄家的酬金吗？"

女猎手嗤笑道："这颗头我是送给掌柜的，分文不取。"

掌柜闻言，急得直搓手，"姑奶奶，你是怕事情还不够大吗！"

穆嫣然抿了一口茶，对掌柜道："我倒觉得林公子说得有理，庄家还是先去把这头化开，既能解我的疑惑，又能保你的清白。"

掌柜慌道："这一时半会儿的，也准备不好啊。"

穆嫣然浅笑道："我知道你的本事。"又看了看那西洋座钟，"一点钟应当差不多。还是说，需要我找人帮你？"

她话说到这里，已是再不给他推脱的机会了。掌柜左右看看，见林衍也盯着自己，只得无奈地把头裹进袋子，缓缓走了出去。大门一开一关之间，只见外面一片惨淡的混沌。风已平息，但尘埃尚未落地，黄沙模糊了天地的边界，几乎分不清是昼是夜。门将掩上时，穆嫣然轻轻打了个响指，便听咔嗒一声，显然那门又锁上了。林衍见状，才真觉出这小城主确与旁人有些不同。他走到穆嫣然身边，发觉她的茶杯空了，便去拿壶，壶里的水又凉了，他便去屋角续了些水，将那茶壶置于火炉之上。穆嫣然坐下，对女猎手道："他走了，你只管放心告诉我们实话。你为何要杀那个人？"

女猎手不答。穆嫣然又柔声道："你说我们不信你，这话就不对。你说出来，信不信在我。我虽年轻，却不糊涂。"

女猎手依旧不做声。穆嫣然却一点不急，继续说道："就算你不在意生死，事情总也要分辨个对错。人活在世上，不过是争一口气。若是此人该死，我就为你正名，放你出城。"

女猎手道："他当然该死！"

穆嫣然道："那就说出来，为什么？"

女猎手静默不语。那边壶里水烧开了，咕嘟咕嘟响。林衍便去提了壶,来为自己和穆嫣然杯中添了茶,又坐到她身边。穆嫣然偏过脸,对他甜甜一笑。两人一时离得太近,直到那女猎手说到第二句,林衍才听见她在说什么:

"……我知道这个人,是很久以前的事情了。彼时我还是这城中的一个机械卫士,奉命去异国找他。"

穆嫣然愕然道:"你原先是机械人?"

女猎手眉头一皱,哑声道:"我自然是机械人,你看不出来么?"

穆嫣然与林衍对视一眼,再看向那半人半机械的女猎手,问道:"那你这身体是怎么回事?"

女猎手却冷笑道:"你到底想让我说什么?"

两人还未答话,女猎手便又道:"罢了,算是同一件事,只是要说得更久一些。"

穆嫣然道:"庄家去化那颗头,还要些工夫,我们不急。你先说你当日去异国找人,是得了什么命令?"

女猎手便说道:"去警告他,告诉他不要去震国。然而我却一时没有找到他,只能留在异国。"

穆嫣然问:"这是为什么?机械人没有完成任务,通常不是要立刻回城复命么?"

女猎手答道:"我去之前,城主给了我一段关于他的记忆,告诉我说,只有找到这个人,才能回到城中。"

"等等。"林衍疑道,"你说城主能给你记忆?"

女猎手没回答。穆嫣然倒十分乐意为他解惑,道:"城中的这些机械人,原是储存人类记忆的容器。但乱世降临后,城里留下了让机械接收人类记忆的法门,却遗失了让人类读取机械记忆的技术,所以他们就只能用来当卫士了。有时吩咐给他们的事情太复杂了,我就会用这个法子。不过,她所说的城主应当不是我,我不记得有这件事。"

林衍沉吟道:"人能把记忆存到机械人里,却不能读取?这事……同赌脑可有什么联系?"

穆嫣然想了想,才道:"确实像是同宗。我听说乱世之始,是源于一种名为'脑联网'的事物。此物能让人与人心灵相通,再无隔阂。这技术应用之初,还需要用机械做媒介,人们才能彼此连接;后来不再依靠媒介,却不知为何搅乱了时空……"

林衍听得瞠目,问道:"人脑与时空有什么关联?"

穆嫣然道:"这……我也不大懂。"

女猎手却在一旁嘶声道:"我倒是听人说过,这'脑联网'搅乱的并不是时空,而是人的记忆。人忘却过往,又看不到未来,就以为时空也乱了。"

林衍闻言,登时想起老掌柜说的"参悟"之事,再细想时,又觉得毫无头绪。穆嫣然对林衍笑道:"你这人总是东拉西扯,我们都被你带远了。"又将眼风扫向女猎手,"你继续说,那位城主给你看的,是什么样的记忆。"

女猎手看看林衍,道:"记忆里只有那个人的容貌,然而它却彻底改变了我。我去异国之前,竟然自己来到这间茶馆,问掌柜说:'我同人类有什么区别,为什么那段记忆里,有我无法理解的情感?'

"掌柜告诉我,他只懂人,不懂机械。但他认识一个异国的钟表匠,算是个世外高人,或许能帮上忙。于是我在去异国找人的途中,去了那个钟表匠的家。

"那是在沙漠里,一栋孤零零的小房子。门外有一颗枯死的杏树,树下一地羽毛。屋里空间极小,却有一张极大的工作台,四周摆了大大小小的架子，上面满满当当，全是各式各样的零件，几乎连让人站立的地方都没有。我到那里的时候，工作台上只有一颗核桃大小的鸟头，钟表匠正在用凿子撬开它的头骨。他看见我，就停下手中活计。我问他在做什么，他说他在制作一台西洋钟。

"他又问我为何来找他，我便告诉他，我想知道自己和人类有什么不同。

"钟表匠回答说，世间万物都有魂灵，只是各自被禁锢在躯壳里。通常而言，机械总会更愚笨，而动物天生便更有灵性。极偶尔地，会有一些生于乱世之前的机械，有异常聪明的头脑。钟表匠觉得，我应当就是其中之一。他知道一些古代的秘法，可以让我像人一样思考。

"我说，我不止希望像人一样思考，我还想要变成一个真正的人。

"他没有直接回答我，而是在屋中翻箱倒柜，末了，找出一台尚未完成的座钟，他把时针调到整点，便有一只机械鸟从钟里跳出来，羽翼僵直，鸟喙大开，举动无比蠢笨。他摇了摇头，又用铜针取出工作台上那只鸟的脑，小心翼翼放进机械鸟的头中。

"把脑装进去之后，钟表匠触发了一个机关，那机械鸟忽然就展翅飞起来，左跳右跳，活脱脱是一只真正的鸟。

"他问我，这就是你想要的吗？

"我告诉他，是的，我想要成为人。然后他告诉我说，如果是这样，我需要给他找来一颗人脑。"

穆嫣然蹙眉道："城外怎么会有这种疯子——看来，震国市集上死的那个人，并不是你杀的第一个人。"

女猎手正色道："我是杀了他没错，但我没有伤害过其他人。这个身体的主人——"她伸出纤白的左手，"她是自愿的。"

穆嫣然道:"我不信。"

女猎手道:"你从未出城一步,又怎会知道世间疾苦?外面有的是绝望的人,只要能挣脱苦楚,他们宁可放弃生命。况且,如今她与我合二为一,又怎么能说是死了呢?"

穆嫣然却不愿意听这些话,道:"你少来同我讲这些空道理。后来发生了什么?"

女猎手摇了摇头,继续说道:"我告诉钟表匠,我不会为了自己的欲望去害人性命。所以我就留在了他的房子里,一边做他的助手,一边等待我要的脑。"

林衍听到此处,又恼火起来,讥讽道:"难道你不是回到城中,同庄家买了一颗头,再去为他猎杀别的人?"

女猎手似笑非笑道:"既然你都知道了,那不如你来告诉城主?"

穆嫣然责怪林衍道:"自打她进来,你就没说过有用的话,你还是不要说话了。"言辞虽十分不客气,神情却非常可爱。林衍愈发心乱如麻,也就没再张口。

女猎手却对林衍道:"你说的也不无道理。我要寻脑,自然应当到城里来,所以留在异国,还是因为我没有找到那人,无法回城复命的缘故。然而两年后,我竟然在钟表匠的房子里见到了他。

"他带了一颗头来。到了这时候我才知道,那钟表匠的住所,也是人们在城中得到脑之后,读取脑中记忆的一个去处。

"然而钟表匠不肯帮他。钟表匠说,异国难得稳定这么久,他自己也有很多事情要做,不希望有人因读脑而参悟,致使时空逆转,一切重新开始。

"钟表匠建议他去震国,说那里也有人能让他读脑。"

林衍登时坐直了身子,"震国?"

女猎手道："正是。所以等他离开那房子之后，我在沙漠里追上他，告诉他当年城主的警告——"

穆嫣然低声道："不要去震国。"

林衍道："那他为什么还是去了？"

女猎手道："原因我也不知道，他就这么离开了。但分别的时候，我知道他已经犹豫了。后来钟表匠对我说，他不肯帮那个人读脑的真正原因，是从一开始他就不够坚定——他还没有想清楚，是应该赌上全部的记忆去追求参悟，还是留在当下的生活之中。"

她顿了顿。风又鼓荡起来，吹得顶上那风扇嗡嗡作响，然而却并没有浮尘再飘进来了。阳光从窗口洒进来，窗上的花枝纹样映在地上，像是变形的浮雕。女猎手继续说道："尽管完成了任务，我还是在异国多留了一天，就是那时候，我遇到了这名女子。"她一面说着，一面用右手挡住右脸，剩下的几乎就是一张人类的面孔。

穆嫣然看着那张脸，忽然觉得仿佛在哪里见过，低声道："自愿把身体给你的那个人。"

女猎手道："你也可以说，是我自愿把身体给了她。"

穆嫣然看了看时间，道："你说了这么久，我们却还不知道你究竟是如何得到这副身体，以及你为什么要在震国杀人。"

女猎手说道："就要有一个答案了。

"那女子来找钟表匠时，半边身子已动不了了，几乎是爬进屋门的。原本神色并不见卑微可怜，然而我才扶她坐下，她就对着钟表匠哭起来。她说她放弃一切，来异国寻找那个男人。可他为了读脑，要离开病中的她，全不在意会忘记她。

"后来我与她融合，才知道，那个抛弃她的男人，就是城主让我去找的人。"

林衍霍地站起来,"所以——这是情杀?你与那女子彼此融合,她也就成了你,然后你去了震国,为她复仇?"

女猎手看他许久,摇头苦笑,"你是这么想的?"

林衍咬牙切齿,恨恨道:"还能有什么缘故!两个人无法在一起生活,总有许多原因。只有女人,会为了分手这样的事情,自己寻死觅活不算,还要害人性命!"

女猎手沉默地盯着他,仿佛在看一头怪物。倒是穆嫣然伸手拽了林衍一把,"什么叫'只有女人',你这是连我也骂进去了啊。"说着竟亲自为林衍添了一杯茶,起身递给他,"我猜那死者必定是你熟识的人,才会让你这样难过。但现在还是不要感情用事,她既然都说这么多了,就让她说完吧。"

林衍喝了茶,气鼓鼓坐下。穆嫣然轻轻按了下他的手臂,算是安抚,又立在旁侧。铜鸟抖抖翅膀,飞落在她肩头。它因一只脚要抓着宝石,只得单脚站着。半响,女猎手才叹道:"我到今日,才真正理解她当日的话。"

穆嫣然抬眼问道:"什么话?"

女猎手道:"那女子对钟表匠拉拉杂杂说了许多,哭了又停,停了又哭,然而除了开头那句,也听不出什么重点。终于她收了眼泪,说,爱情会让人失去理智,从这一日起,她要抛弃所有的情感,再也不要为人心动。

"然后,她指着我,说她要变成我,变成机械,真正的机械。"

穆嫣然唏嘘道:"虽然可怜,倒也是个法子。所以你们就各取所需,变成了这副模样?"

女猎手道:"那钟表匠说,让机械人变成人的法子他有,但让机械和生物互换身体,他从没有成功过。说着,他给我们看另一台座钟，里面的鸟只余骨架，便是他先前失败的尝试了。他说只能试试让我们合二为一，也顺带算是为女子治病。这时，又有人送了个垂死的病人来，说听闻钟表匠这有存储脑的法门，能让人的头颅活下去。钟表匠便把我们几人叫到一起，告诉我们他的计划。

"他先对那女子说，你不想要的，无非是爱和恨。恨这东西肮脏，不值得留存，但爱终究是可贵的，他想要把这份爱存在病人的脑里面。

"然后钟表匠又问那垂死的病人，是否愿意在脑中多存一份爱？

"病人已说不出话来，只点了点头。于是钟表匠又继续问那女子，没有了爱与恨，人与机械也就差不多了——你还要变成机械吗？

"那女子毫不犹豫，说了声是。她说自己曾拥有世间一切，却仍觉得索然无味。她赌上一切，来追寻不一样的生活，可经历的这些美好与痛苦，如今看来也不过尔尔。现在，她想要成为世界的旁观者，不再参与其中。"

穆嫣然颔首道："这话我还是头一次听见。此人颇有气魄，确实与常人不同。"又看向林衍，"你看，她抛弃了恨，所以不是情杀。"

林衍道："她是在说谎。"

穆嫣然笑了笑，又对女猎手道："你不要理会这小肚鸡肠的男人。如今看来，这钟表匠是成功了？"

女猎手道："自然是成功了。只是他取脑之时，为了丢弃爱恨，扰乱了那女子的记忆，所以在我心里，总会觉得自己是机械人。"

穆嫣然垂眸道："爱恨没有了，自我也就消亡了。可惜。"

女猎手反驳道："消亡？不，这恰恰是我想要塑造的自我，完美的自我。我醒来，看着镜中的自己，觉得满意极了，便去向钟表匠道谢。他正把那颗融合了爱恋的头颅放进匣子里，随后他就提笔蘸了金色的墨汁，在匣子上画了个圈。"

穆嫣然挑起眉梢，"金圈——是籽料？"

女猎手道："是连着头存起来的，确实是籽料。"

穆嫣然没有再问，心中却隐隐觉得不安，仿佛自己错过了什么重要的信息。那边林衍又坐不住了，道："你到底还是没有说，你为什么要杀他！"

铜鸟飞跳到穆嫣然手肘上。她便顺势抬起手，对着窗口的光看那颗红宝石，见其大如黄豆，色泽更是浓如鸽血。她一边猜度这价值高昂的定金是何人所付，一边又想到震国死者的身份。林衍急切的神情让她明白，自己是这屋中唯一的不知情者，真相早晚要浮出水面。他便也不再多说，只略带嗔怒道："你就不能好好听着么？"

林衍不语。女猎手终于继续道："虽说晚了两年，我也变了模样，但我还是完成了城主交给我的任务。所以钟表匠确定我的身体无碍后，我就回城复命。然而等我到了城中，却发现一件非常奇怪的事情：城中无主。"

穆嫣然怔住，"你说什么？"

女猎手对上她的视线，一字一顿重复道："城中无主。"

穆嫣然沉下脸道："这不可能！这是什么时候的事情？"

女猎手却不答她的疑问，"我也觉得不应当。于是，便又来这茶馆里，问老掌柜，城里发生了什么。

"掌柜告诉我，城主离开已有一段时日。近来城外诸国时空接连逆转，有人说这是末世将至的征兆。我告诉他说，只要城还稳定，就不会有大乱。

"然而掌柜说，城中无主的消息恐怕已经泄露到城外。他听闻震国有人打通了各处关节，要将读脑的器物偷偷送入城中，倘若城中时空逆转，这天下最后的秩序也会消亡。他希望我能够去震国猎杀此人。

"我告诉他说，没有城主的命令，我不能出城做这样的事情。

"他听了这话，奇怪地看着我，仿佛这时他才认出我是谁。最后他说，你不再是机械人了，你是你自己的主人，你可以做你觉得正确的事情。"

穆嫣然沉声道："可那个人——为什么非要在城中读脑？"

女猎手答道："掌柜说，此人曾来过他的茶馆，坚称天下早已失去正道，须得涅槃重生，才能终结乱世，回归正途。"

穆嫣然怒道："一派胡言！"

女猎手又道："掌柜也是这么说的，他还说此人是个老赌徒，应当是寻常赌脑已无法让他满足，才会妄想要进城参悟，并不是为了终结乱世。"

穆嫣然骂道："自私！无耻！"

林衍道："就算她说的是真的，那个人也没有犯罪。自私并不是罪，杀人才是罪！"

女猎手道："他打算要做的事情威胁到城的安危，我必须阻止他。"

穆嫣然叹道："的确。若是我在城中，应当会让你去杀他的。"

林衍霍然起身，道："你也听信她的话？这些都是推测，是诛心之论——你们有什么证据？！"

女猎手淡淡道："我去问他了。"

林衍疑道："什么？"

女猎手道："我去震国原本并不是要杀他，而是要劝他。我知道他在震国会住在哪里，毕竟我还有这女人的半边身体，和他们之间的一些记忆。

"我在离城不远的地方见到了他。他已不认识我了。我说自己是城中卫士,他就问我是否能偷偷帮他打开城东通向震国的雷门。

"我问他,你为什么不光明正大地进城?他说,他有一样禁忌之物非要送入城中不可,又许诺给我许多钱财。我假意应下,随即回城去找寻当年城主抓捕头颅猎手时收缴的凶器。再之后,就是震国市集上,你所看到的那一幕。"

她说完,窗外的风忽然猛烈起来,吹得花枝刮在窗棂上,敲出笃笃的声响。半晌,穆嫣然终于说道:"故事编得不错,但你还是要死。"

女猎手惨然一笑:"我说过,你不会信。"

穆嫣然道:"我自然不会信。林公子和你从震国先后进城,不过是这一两天的事。所以你方才所谓的城中无主,也就是前几日,可那时我就在城里——你怎么说?"

女猎手怔了怔,竟被问得哑口无言。穆嫣然又道:"你不要以为扯上庄家,我就没办法印证此事。他这段时间闭门谢客,专为等这两颗头。"说着指了指台子上的山料和籽料,再看向女猎手时,语气愈发冰冷起来,"再说,怎么会有人在我不知道的情况下,进城来到这间茶馆呢?"

女猎手问道:"你是完人?你记得过往的一切?"

穆嫣然道:"当然!我可是城主。"

女猎手却像是入了魔,喃喃念道:"完人,完人……"她半边面孔发红,另半边的铁皮之中,却隐隐透出机械内核飞速计算时才会有的呜呜声响,自言自语道:"我没有说谎——若你说的也是真的,那么……"

正当此时，门又嘎吱吱打开了。是掌柜。几人都转过脸去看他。却见他拎了个红木匣子，垂头丧气，一步一颤走了进来，又抖着胳膊把那匣子放在中间的台子上。

穆嫣然展颜道："庄家果然利索。"

掌柜畏惧地看了一眼林衍，问穆嫣然："小娘子真要看吗？"

穆嫣然道："当然。"

掌柜无奈地塌下肩膀，伸手在那匣子顶上轻轻一拍，内里头颅真容终于露出来。穆嫣然去看时，恰恰对上死者圆瞪的双眼，不由得倒抽一口凉气。那五官眉目，分明就是——

林衍。

甚至看着年岁都相当。那头颅的面容因过于苍白，又有些浮肿，所以分辨不出到底与身边这人相差几岁。穆嫣然看看那头颅，又看看林衍，问："你……有双胞胎兄弟？"

林衍只看了一眼，心里便难受至极，扭过脸去，道："据我所知，是没有的。"

穆嫣然道："所以此人——就是你？"

林衍道："或许是几日后的我，也或许是三五年后的我。"

穆嫣然不明所以，道："这怎么可能？"

林衍不语。掌柜叹道："城外诸国时空逆转之后，人确有可能在同一空间中遇见另一个时刻的自己。但此事并不常见，小娘子久在城中，难怪不知道。"

穆嫣然道："如此……"又看向林衍，"你是因为亲眼看见自己被害，才一路追进城来？"

林衍咬牙道："正是，我必须要查清楚此事！"

穆嫣然看他的目光里不禁多了几分怜悯，道："你放心，我定会给你个公道。"

她话音才落,西洋钟就敲了一点。鸟骨架探出来,发出轻柔的"布谷"低鸣。穆嫣然手臂上的铜鸟像是被这声音吓了一跳,展翅飞起,不想脚下一松,那红宝石骨碌碌掉在地上,正停在林衍身旁。铜鸟见状,扭身急转,直冲而下,谁知飞得太快,不及缓缓停下,竟一头撞在地上——碎了!一时间,铜皮铁板,齿轮指针,稀里哗啦散落一地。全分不清哪里是头,哪里是腹,唯剩一只脚爪还算完整,在地上抓挠抽搐几下,终于捏住宝石,不再挣扎,算是吐出最后一口气。

掌柜眼睛一亮,忙走过去,要拾那鸟爪和宝石,忽听门外有人叫:"庄家,我的定金,可送到了么?"

【第三幕　水　坎】

Allegro con brio

（活泼的快板）

浓雾弥漫。

门敞开时,细白的雾气如同水流般在地面氤氲,另一边的窗子外面,却是明朗的湛蓝天空。来人缓步入内时,看着倒像是脚踏白云,面带金光,然而仍难掩其褴褛的衣衫,佝偻的腰背。林衍扭头去看,竟认出是早前送他来此地的车夫!掌柜先去作揖,道:"您怎么来早了?"另一边女猎手则脱口叫道:"钟表匠?"

车夫全没注意到女猎手是在叫自己，笑得几乎看不见眼睛，给掌柜回了礼，又去给林衍请安，"呦，是先生您！您万福！今儿可多亏了您！您晌午那两块银元，刚好凑够了这宝石的钱。我急急跑去买，车偏又陷在雪地里了，只能让鸟先送来定金，生怕晚了。"又四下看看，"欸，我的鸟呢？"

　　掌柜举起那抓着宝石的鸟爪，道："鸟跌在地上，碎了。"

　　车夫撇下嘴角，当场便落下泪来，"我可就这么一只了啊……"说着用破烂的袖子去拭泪，"这鸟的命，同我一样苦啊！"

　　穆嫣然全不明白这人唱的是哪一出，才还有些不快，便见他揩净泪水，又变脸似的挂上笑容，躬身问掌柜道："如何，那山料可有人出价比我高？"

　　掌柜不答，冲着穆嫣然的方向努了努嘴。车夫这才瞧见她，先一怔道："呀，您也在。"又垂下头，"敢问小姐……中意哪一颗脑？"

　　穆嫣然道："我不会同你争山料。"

　　车夫长舒一口气，道："可不是，山料哪入得了您的法眼？"说着喜滋滋走过去，绕着那颗水晶头颅左看右看。掌柜见状，对林衍道："先生可还要出更高的价么？"

　　林衍本就不是为这事儿来的，如今自己的头摆在台子上，连多看一眼、多说一句都不愿意，只摆了摆手。掌柜便高声道："那这笔交易就成了！"把鸟爪和宝石往口袋里一揣，又对车夫道，"我帮您包起来？"

　　车夫道："嗯，包起来。"又对掌柜拱手，"多谢庄家。"

　　掌柜便把那匣子的四壁竖起，按下盖子。诸人只听咔嗒一声轻响，正是先前那机关又合上了，真真儿的严丝合缝。掌柜又利索地在匣子外面包了一层黑绸，用布料端头在顶上系出个提手，这才把木匣从台子上拿下来，捧到车夫手边。车夫笑着接过去，正要道谢，忽听女猎手问他："你怎么会来赌脑？"

车夫像是才注意到她。抬起头，眼珠子却极快地在台子和几人脸上都扫了一圈，笑答："嗨呀，我现在是穷，但该花的钱也不会含糊。"

女猎手正色道："我是问，你自己有储存头颅的冰库，为什么还需要来城里赌脑？"

车夫含糊道："早就没了啊……"

林衍冷哼一声，对女猎手道："你还指望这车夫给你圆谎？"又对穆嫣然道，"穆姑娘，你先前既说过，头颅猎手是死罪，那便希望你能够言出必行。"

掌柜忙劝道："先生这又是何必呢！"又对穆嫣然道，"小娘子还是不要妄言生杀，对自己的福气不好。"

穆嫣然迟疑道："她说了谎，我们总要问出真话来，再处置也不迟。"

掌柜忙道："这才是正理！"

林衍拍案道："她怎会认罪？"

穆嫣然柔声道："我还以为，你会想知道真正的缘由。"

林衍道："真相就是，我们不能让这样的人继续活下去害人！"

掌柜终于也沉下脸，道："你以为逼死她，你就安全了？你是低看了命运，还是高看了你自己？"

林衍肃然道："我只是希望城主能匡扶正义！"

几人你来我往，声调越来越高。女猎手却仿佛事不关己，只静静看着车夫。车夫被她盯得浑身不自在，终于把木匣放在身侧的凳子上，上前问道："几位稍静静，稍静静。这女人我认识的。不知究竟是什么事情，让您几位如此忧心？"

诸人都停了话头，扭头看向他。穆嫣然问："你认识？你怎么认识她的？"

车夫哈着腰说道："我早前在異国，是个钟表匠人。这女子还是机械人的时候，就在我那里帮忙。我们是有些交情的。这人脾气硬，但确实不大说谎。倘若她有什么不是，哎，我替她跟诸位赔罪，赔罪。"

说着，凑到每个人面前拱手作揖。林衍避开一步，根本不受他的礼。穆嫣然道："你是说——她没有说谎？"

车夫道："您这话问的，我哪知道她说了什么呀。"

穆嫣然道："她确实说了一些在異国的事情。"

车夫笑道："您看这样行不行，要是她刚才的话里提过我，那您来问我，我答，您再看对得上对不上。"

穆嫣然想了想，颔首道："也是个法子。"

林衍冷笑道："这种漏洞百出的故事，你们还要再听一遍吗？"

穆嫣然横了林衍一眼，示意他不要再说浑话。林衍只得把自己一肚子火气都吞回到肚子里。穆嫣然坐下，轻轻抿了口茶，便问车夫："你原先是个钟表匠？"

车夫道："是学过点儿手艺。这屋里的钟，还有之前那鸟，会飞的那只——都是我做的。"

掌柜在一旁道："确实是，我们很久以前就认识了。"

穆嫣然道："手艺很不错啊。怎么又做起车夫了？"

车夫懊恼道："好赌啊，都赌没了。庄家这屋子里好多摆设，还有他的冷库，以前都是我的。您看这儿——"他走了几步，去指籽料上面的金圈和字，"您信么，这字还是我写的呢！"又叹了口气，"人可真不能赌啊。"

穆嫣然道:"你说她是机械人,那她身上另外半个女人是怎么回事儿?"

车夫看看穆嫣然,踌躇道:"哎哟,这说来话就长了。"

穆嫣然冷冷道:"你要想让她活命,就说。"

车夫道:"是是是。她身上这姑娘吧,我也认识有些时日了,早年算是个富足人家的孩子。您也知道,这种孩子不愁吃不愁穿的,就是爱幻想。她总觉得吧,这世间有一些天上飘的大道理,人只要活着呢,就非得要搞清楚不可。您说这是不是挺可笑?"

车夫顿了顿,见没有人接话,便尴尬地挠了挠头,继续说道:"不瞒您说,我巽国那钟表铺子,早年其实也是个读脑的去处。我第一次见着这姑娘,是她拎了颗头找到我,说她要读那脑。"

穆嫣然有些疑惑,问道:"这是什么时候的事情?"

车夫道:"可早了……大概是在我认识这机械人之前。她没跟您说?"

穆嫣然道:"没有。你接着说吧,你可帮她读脑了?"

车夫道:"我当时很犹豫,先劝她回家去,别让家人担心。她不听啊,特别执着,在我那儿等了三天,一天加一倍的价钱。我也是没办法了,就只好应下来了——"说着把两手一合,脸上露出十分无奈的表情。一旁掌柜摇头道:"你居然是为了钱做这件事儿,造孽啊!"

车夫哭丧着脸,"所以我不是遭报应了嘛,现在穷得连裤子都买不起……"他见穆嫣然仿佛有些不耐烦他的抱怨,忙咳嗽一声,转口说道:"其实吧,我也不大清楚那脑里有什么,可那姑娘读了那颗脑之后,就跟中了邪似的,非要去找一个男的,给他做夫人。"说着指了指林衍,"哎哟,真巧——就是您。"

林衍原本背过身去，站在屋子一角。这一下，他却成了诸人的焦点，不得不回过头，开口道："我之前认识你？"

车夫笑道："可不是，咱们可打过不止一回交道了。您不记得了？"

林衍干巴巴回答道："不记得。"

车夫叹了口气："忘了也好，忘了也好。不过这么说来，我对您的了解，指不定比您对自己的了解还深呐！"他似是有些累了，先对穆嫣然笑了笑，才欠身坐在身边的长凳上，继续对林衍说道，"只不过，您和夫人之间的事，我并没有没亲眼见过。"

林衍道："都未必有你说的这件事！"

车夫道："有是一定有的……毕竟你们后来，又分头来找过我。"

穆嫣然闻言，略略有些好奇，"他们分头来找你？这是怎么回事？"

车夫道："这事还得从头说起。当初那姑娘离开我那儿，去找林先生后不久，这机械卫士就来找我了。我一看，嘿，好家伙，难得见着一个有灵性的机械人，就连哄带骗把她留下来了。我想要研究她，却研究不大明白。听说治世那些关于机械的秘术，都不会写在纸上，反而是记录在云上的——那我哪儿找去！如此胡乱混了两年，我越是整天看她，越觉得自己无能，正想寻个借口把她支走，偏巧这时候，林先生您来找我了。"

穆嫣然对林衍笑道："如何，对上先前那段了吧？可见她还是说了些真话的。"

林衍道："若是他们先串过词呢？不然——为什么这两人都是今天来？"

车夫道："您这话问的！当然是因为今儿庄家开赌脑局啊，否则您怎么也在？"

林衍一时语塞。穆嫣然觉得他这生闷气的模样颇有趣，忍着笑对车夫道："你继续说。他来是做什么的？"

　　车夫道："林先生带了颗头来，可是我看都不想看。来找我读脑的，有两种人。一种是知道自己要什么的，比如早前那姑娘，她真有这个心，要变！谁都能从她身上看出那股子劲儿来！另一种，就是像林先生您当时那样，想要逃避现实的，浑身上下散发着绝望的失败者气息——哎，您可别生气啊，我不是说现在的您。

　　"您那天跟我絮絮叨叨说了好多，什么生活多艰苦，什么夫人病倒了，什么自己撑了大半年，再也撑不下去了。那我又能做什么？我自己不也挣扎着活在这乱世里头么。您说您爱她，忘不了她，想融合一颗头，让时间倒流，一切重新来过，您一定好好保护她。这不瞎扯嘛！且不说您能不能参悟，就算时间逆转，您那时候也未必能记得这些事儿，该来的灾啊病啊，早晚还是会来的嘛。所以这种事情我怎么能做呢！就把您劝走了。结果第二天，您那夫人就又来找我了。我才知道，就是先前找我读脑的那个姑娘。"

　　穆嫣然不由得看了看女猎手，叹道："真是她啊。"

　　车夫也低叹："可不是么？要说这命运真是不公平，那么水灵的姑娘，两年的工夫，回来半边身子都瘫了。这病的缘由我不清楚，然而说到底，她当初会跟了您，也应该是因为在我这里读了那颗头，事情算是因我而起。所以我当时就想，要帮她！可我只会修机器，不会治人的病啊。于是我就想了一个法子，把她，和那个机械人拼凑在一起。"说着又指了指女猎手，"我本领有限，算不上太成功，就是这个样子了。"

　　掌柜道："这世上也找不到比您本领更大的了。"

　　车夫忙摆手道："您太抬举我了。"又转向林衍，"那姑娘身体既然好转，我也就没留她。谁知道，她这边走了，林先生您又回来找我，说是夫人不见了。我想人家模样也变了，又把您忘了，我也别多嘴了吧。于是就遂了您心愿，让您读了您带来的脑。如此，这些前尘旧事，也就都了无痕迹了。"

大约是人多的关系，屋里竟有些气闷。掌柜去开了一扇窗，舒爽而温柔的风卷进屋里，空气忽然变得清凉，让人的身心也轻快起来。唯独林衍依旧阴沉着脸。穆嫣然看向他，"怎么，这人的话里还有什么疏漏？"

林衍震惊地对上她的视线，"你听不出来？"

穆嫣然道："有一两处，还是你先说说吧。"

林衍大步走到车夫面前，倒吓了他一跳，慌慌张张伸手抱住装山料的匣子，撇着嘴道："我哪儿说的不对，您说就是了，别，别动手啊。"

林衍哪管他演成什么可怜样，说道："你说的我都不信。我只问你一样，你为什么能讲出这些故事来？"

车夫眨眨眼，"啊？"

林衍道："你刚刚说的故事里头，有两人先后在你的住处读脑。而人融合了脑，就会参悟。参悟之时，所在之国时空逆转，人人忘却过往。所以，你为什么能够记得所有的事情？"

穆嫣然笑道："我正想问这一条。"

车夫闻言，反倒收起畏缩的神气。松开手，把木匣放在一旁，又缓缓起身，对林衍道："先生的问题很好回答，我以为赌脑之前，庄家会同您说的。"

穆嫣然问掌柜："哦？庄家说过么？"

掌柜忙道："是我没同您二位说明白。我先前说，人融合脑之后，倘若有所参悟,时空就会逆转——但并不是所有人,读了脑都会参悟啊!不然还有什么好赌的呢?这乱世里每天都会死许多人,只要是颗头,拿回家去就行了!"

车夫道:"正是如此。这对夫妻虽分别读了脑,然而都没有参悟,只是各自多了些记忆,又丢了些记忆。再者,小姐身为城主,也应当知道,近几年異国的时空风平浪静,没有什么动荡发生。"

穆嫣然道:"确实。"又问林衍,"你还有什么问题?"

林衍道:"如果我和那个姑娘没有参悟,那么你,一个老赌徒,怎么也没有参悟?你从前在異国坐拥头颅冷库,如今却进城拉车,能输成这样子,恐怕也赌过好几次脑了。你方才说读了这些脑的人不一定参悟,但一定会改变记忆。所以你说的话,又有几分可信?"

穆嫣然颔首:"这一条更有道理。"

车夫看看林衍,一时竟撑不住面上的一团和气,垮下脸,飞快地说道:"没错,我是个老赌徒!可我赌来的脑,不是给自己用的——还有给你的呢!"

林衍瞪目道:"给我?"想了想,又问,"你是说異国的那一颗头?是你——塞给我一个头,让我忘记我的妻子?"

车夫被他这问话气得直跳脚,喝道:"当然不是!我怎么会给你那颗头——是在坎国!你在那里问我要的头!"

穆嫣然也被车夫绕晕了,问道:"林公子几时又去坎国了?你为什么会把赌来的脑送给他?"

车夫却不答。他背着手弓着腰走到门口,又绕回来,骂骂咧咧道:"我输光半生心血,就是为了给你找头,到头来得了这么句话!我图什么啊!"一口把杯中茶水牛饮而尽,坐下喘息几声,忽然那卑微的笑又挂到脸上来了。他先哈着腰对林衍拱了拱手,道:"得罪了,

得罪了,我有些癔症,许久没发作,不是冲着您来的。"又对穆嫣然道:"方才可吓到小姐了?"

穆嫣然淡然道:"无妨。"

车夫从怀中掏出一条破手帕,擦了擦头上的汗,又道:"咱们说到哪儿了?"

穆嫣然道:"坎国。"

车夫缓缓道:"对,就是坎国。这地方小姐您大概没去过,在城北边的湖里,人都住在船上。无根无基,漂浮不定……"他说着,又转向林衍,"有人从坎国辗转到异国,给了我一笔钱财,说他家主人请我去那边,我也没想到会是林先生您。"

穆嫣然笑道:"又是他?"

车夫道:"可不是么?"又对林衍说,"您在坎国住的那艘船,简直同城主的宅子一样气派,甲板之上是亭台楼阁,还填了土做园子。我去的时候,红杏开了满园,透过厅堂的窗户看出去,就跟飘在火烧云里似的。您说,您在坎国成就了一番事业,但却忘记了自己是谁,只记得当初读了脑,在我那小屋子里醒来,看见满屋的金属零件;又说,您因为不知道过去,所以看不到未来,眼前有再多的东西,都唯恐转瞬即逝,变为过眼云烟。这样的无明之苦,真是太可怕了。您试着用无尽的贪婪,来填补心中无底的痛苦,却始终觉得自己还是缺了点什么,想要补回来。

"您问我,有没有什么办法,能找回您的过去。您不在乎钱,只想找回内心的安宁。

"偏巧我知道有颗头,能治您这心病。我回城之后,才听闻那头在庄家这里,就来同他讨。谁知这老鬼一听说是给您找头,就开出天价来。我最后那点儿家底,就是为着您这'内心的安宁',才败光的。"说着又摇了摇头,垂首坐在那山料侧旁,肩膀佝偻着,显得更疲惫了,"您要还觉得我在说谎,我也没办法证明自己。您乐意怎么想,就怎么想吧。"

穆嫣然不等林衍开口,先道:"这次不用林公子问,我也有不明白的地方。"

车夫道:"小姐请讲。"

穆嫣然道:"他既然在坎国那么富有,为何这赌脑的钱,又要你来出呢?"

车夫对她的疑问却十分有耐心,仔细回答道:"我原先以为那头早已遗失,所以并没有立刻答应林先生的请求,自然也就没有问他要定金。后来我进到城里,才从庄家这边得到消息。再返回坎国时,又到了旱季,许多水面干涸,航路都断了。我想着庄家开赌局的日子就在眼前,再去找他定要误事,才不得不变卖家产。谁知还是不够,最后短的那一点儿,就只好进城来做车夫了。"

"所以,"穆嫣然双目炯炯,"你今日买的这山料,是要拿去给坎国的那一个'林衍'?"

车夫闻言,下意识地把一只手放在木匣上,嗫嚅道:"这……这可未必。"

林衍道:"倘若坎国的事情是真的,我还真是要多谢你!可你上午遇见我的时候,为什么只是把我送到茶馆,没告诉我这些事儿?"

车夫答道:"您早上显然不认识我啊!您如果都不记得,我同您说又有什么用呢?"说着,接过掌柜递来的茶杯,喝了口水润喉咙,忽然又放下杯子,盯着林衍道,"照这么说,我到现在还不清楚——您究竟是我认识的哪一个林衍?您是从巽国来,还是从坎国来?"

林衍没料到他会这么问,怔了怔才答:"我从震国来。"

车夫"咦"了一声，自语道："这就怪了……你为什么会去震国？"

穆嫣然对林衍道："正是。今日可是从审你开的头，几件事儿也都同你有关。你不如说说看，为何会到震国去吧。"

矛头一下子转到林衍身上。他无奈地摇了摇头，对穆嫣然道："姑娘还疑心我？"

穆嫣然浅笑道："我方才说了，我年轻，却不糊涂。你总要说出来，我才好裁决。"

林衍道："好，那我也不瞒诸位。我恐怕确实是读过脑的，我醒来的时候，就是在震国。直到现在，我都对自己的过往一无所知。"

车夫问："之前的事情都不记得了？"

林衍道："不记得。"

车夫道："那只能说是震国有人参悟，致使时空逆转。至于这读脑的人，却不一定是你。"

林衍恍然道："你这么一说……也确有这个可能。彼时我醒来之后，发觉自己在闹市中的一家旅店里。我走出房门，在过道里遇见一名店员，我与他对视良久，后来他看了看自己手中的扫帚，便继续去打扫了。我又走到街市上，见很多人正从家中出来，虽然都是一副不明所以的模样，然而不多时就回去了，并不混乱。"

穆嫣然问："为何会这样？如果人人都不记得自己是谁，那不该天下大乱吗？"

车夫在一旁解释道："会小乱，不会大乱。世事变化之时，总有些人反应更快一些，从而占到别人的便宜。然而，即便记忆消失，每个人自己的格局并不会变，懦弱的依旧懦弱，懒惰的依旧懒惰。大多数人一旦找到自己的位置，就会安稳地留在那个壳子里，不愿意再离开了。"

穆嫣然道:"你这么说,这乱世倒更像是她所说的那样——"说着指了指女猎手,"被扰乱的是记忆,而不是时空了。"

掌柜闻言,笑道:"这记忆之说只是一家之言。我认识几位高人,都猜度这世间的时空也乱了。毕竟,倘若时间还如治世那般永远向前,那么人就不可能会遇见自己。"

穆嫣然"咦"了一声,想了想,又看向林衍,道:"对啊,你是怎么遇到自己的?"

林衍嘴角略微抽动了下,道:"我醒来没多久,他——就来找我了。"又背过身去,不肯看那台子上的头,许久才继续说道,"我初见此人,自然极为惊诧。他说自己名叫林衍,并说他就是几年后的我,因为他耳后多了一道读脑留下来的疤痕。"

掌柜忙绕到那头侧旁去看,又对穆嫣然点了点头。林衍继续说道:"他说他从坎国来到震国,是为了参悟。他融合第一颗头时,得到了许多无用的记忆,令他十分厌烦。然而,读第二颗头时,却感到心头有一种巨大的甜蜜,仿佛骤然理解了自己一生的使命。醒来之后,一切又恢复往常,唯一的区别是,他没有像震国其他的人那样忘却过去。"

车夫听完他这些话,接口道:"这确确实实是参悟了,可见致使震国时空逆转的人,是这一个林衍。"

林衍忙问道:"如果是参悟,为什么他会告诉我说,他在醒来之后,更清楚、更具体地感受到了痛苦?"

车夫道:"时空逆转之后,世人往往会更深地陷入眼前的琐事之中,愈发没有胆量超脱自我。而参悟的人,却因曾经饱尝'得道'那一瞬间的甜美,反倒会对现实更为警惕,甚至觉得现实的世界并不真实。"

女猎手冷哼一声,"所以他就妄想要进城参悟!"

林衍道:"你又在胡诌!我从未听他说起过此事。"

女猎手道:"是么?那么你后来有没有帮他做事?"

林衍略略迟疑了一下,才道:"此人……确实很富有,然而我帮他,并不是为了让他进城赌脑。"

女猎手道:"你果然是同他一伙的!"

穆嫣然忙问:"你为他做了什么?"

林衍踌躇道:"他说,他有一批货物要送到城中,让我帮他打点从震国到雷门的各处关节……"

女猎手笑着对穆嫣然道:"现在,城主还觉得我在说谎么?"

林衍忙道:"穆姑娘!那货物我见到了,绝不是她所说的那件事物。此人是商人,有货物要从震国送回坎国,经过城中也是寻常的事情。"

女猎手嘎嘎怪笑道:"是么?那么证据呢?货物在哪里?"

林衍道:"我只负责打点送货的渠道,又不管他的货物,我怎么会知道在哪里?你先杀了人,又要来栽赃我?真是岂有此理!"

穆嫣然见这两人开始打起嘴仗来,忙道:"先不谈这些。林公子,你继续说。"

林衍深深吸了一口气,强忍住怒火,说道:"也没什么好说的了。我从雷门处回到震国市集,就见着他被人当街杀死,然后一路追着头的踪迹进了城,摸进这茶馆来,誓要为他讨个公道!"

他说完,诸人都许久没有开口。外面不知何时下起了淅淅沥沥的小雨,忽而随着微风飘洒到屋里。林衍的那颗"头",因在台子上摆得靠近窗户,竟有半边脸被雨打湿了。掌柜发觉时,不由得打了个寒战,忙拖着步子去关上窗户,再回过头时,发觉所有人都盯着穆嫣然，等她开口。却听女猎手又道："我，钟表匠，还有这姓林的，说的其实是同一个故事。城主可听明白了？"

此时，穆嫣然端坐屋子正中，余下几人分立她的左右。这情形倒真像是一城之主要对案件做出裁决的样子了。穆嫣然十分镇定，不紧不慢道："你们之中，有人在说谎。"

林衍忙道："姑娘是明白人！这女人所说的'城中无主'，是在挑战你身为'完人'的威信啊！"

女猎手懒洋洋道："林先生要往城里运的东西，是不是为了读脑？"

车夫叹道："那死掉的林先生可是个老赌徒。人一旦开始赌，就很难停下来喽，而且通常，是会越赌越大的。"

掌柜道："话虽如此，这些日子，城主确实一直是在城里的……"

女猎手愕然看向他："什么？'城中无主'这话，可是你说的。"

掌柜忙摆手道："这句我真不记得。"

林衍哈哈一笑，道："说谎的人总会露马脚。"

穆嫣然起身道："够了！"几人都停下话头看向她。少女蹙着眉头道："我不管谁在说谎，你——"她凌厉的目光扫向女猎手，"未得我命令，出城去杀人，这件事儿总是有的。"

女猎手挺直身子，略带轻蔑地看向她："这就是你的结论？"

"对。"穆嫣然毫不迟疑地说道，"所以你必须死。而你——"她又看向林衍，"你今日必须出城，再也不许踏入城中一步！"

【第四幕　地　坤】
Allegro
（快板）

大雪纷飞。

两点整的"布谷"声响起时，屋中只有林衍一人。掌柜和车夫都随穆嫣然出去观刑。先头茶馆大门敞开的一刻，外面围了至少三十个机械人。这等阵势，倒让林衍一点都不想跟去看了。他只觉得精疲力竭，内心又无比安宁。他想，猎手已死，这下自己安全了。

趁着左右无人，他换上早前进来时的衣衫。果如老掌柜所言，不过是一时一刻的晴朗，就足以让湿掉的衣衫干透，只皮鞋还有些潮气，但也可以忍受。穆嫣然回来的时候，便见他一身笔挺的洋服，不由得眼前一亮，笑道："果然人靠衣装。这样一打扮，倒显得沉稳了许多。"

林衍见她自刑场归来，却毫无惧色，忽而又忧心起来，勉强道："多谢。"

穆嫣然仿佛知道他在想什么，收了笑，肃然道："你不必担心城中法度，我既说了要那猎手死，她便一定会死。不过此人心性并不坏，我让庄家把她的脑存在水晶里，日后再寻有缘人送出去就是。"见他不语，又歪过头微微一笑，"难不成，你连我也信不过？"

林衍暗自松了一口气，忙道："怎么会？！我只是在想，这一个山料又会为谁所得呢？"他见外面雪景极美，便去开窗。探进屋的杏花枝条上，竟有许多艳红的花蕾，上面凝了一层雪白的冰霜，毛茸茸的，煞是可爱。他忙招呼穆嫣然："快来看！"

穆嫣然还裹着外袍，所以倒不惧寒冷。没想走过去时，脚下一滑，险些摔了一跤！还好她眼疾手快，扶住了侧旁的凳子。林衍忙凑过来，一手握住少女柔软冰凉的手，另一只手则扶在她腰际。穆嫣然微微吃了一惊，仍笑道："地上居然结冰了……是方才飘进来的雨吧。"说着站直了身子。林衍忙又松开手，心却怦怦直跳，胡乱道："仿佛是层霜。"

两人各自站定，一时都没有开口。穆嫣然看向窗外，轻声道："我不许你再进城——你不会怨我吧？"

林衍道："我没能自证清白，所以你做出这个决定是正常的。我只是很伤感，恐怕今后再也无法见到你了。"

穆嫣然眨了眨眼睛，"为什么？——啊，你不能再进城来了。"

林衍沉声道："而你不能出城。"

穆嫣然黯然道："确实。我们再也见不了面了。"她顿了顿，又道："我好像都没有什么朋友。"

林衍问道："怎么会呢？"

穆嫣然道："同我一起长大的伙伴，都去别的国家了，就算偶尔回城里来，大多也把我忘记了。"

林衍唏嘘道："所谓聚散无常，在城外的我们其实体会更深。人与人之间，今日还是相熟的，明日或许就彼此忘却，渐行渐远了。姑娘起码还知道自己曾经有朋友，而我，只能看到现在你在我身边。"

风吹雪落。穆嫣然打了个寒战，便要去关窗。林衍忙跟过去，却见她驻足于窗口，向外望去。近处红杏似火，远处浓云翻滚如海。

阳光被无边无际的云朵遮住了，偶有几束从缝隙中透下来，金丝般直坠到地面，像是天上的神明在借此洞察世间。正当此时，大地忽然震颤了一下。穆嫣然面色微变，向窗外探出手去，一只灰喜鹊喳喳叫着落在她肩头。它抖了抖翅膀，将口中衔着的一枚金丸放入她手中。穆嫣然两指轻轻一捏，那金丸登时化为粉末，随风飘散。

"是異国。"

林衍一时没听懂她在说什么。穆嫣然回过身，又看着林衍，蹙眉道："異国有人参悟——时空逆转了。"

林衍忙问："所以你要做什么？"

穆嫣然稍稍抬了下手，那喜鹊便又扑棱着翅膀飞走了。她说道："只是觉得有点巧。我们才在说異国这些年都没什么风波，忽然就又变了。"她说着关上窗，回到房间中央，自顾自斟了茶，捧起杯子，似是在暖手，一副若有所思的模样。林衍远远看着她，半晌，才低声问道："你就不想出城去看看吗？"

穆嫣然答道："想啊。方才我一边听你们说话，一边在想——坎国水上的人家是什么样，異国大漠中的小屋是什么样，还有震国……"她止住林衍，"你别说，让我来猜。震国的市集，一定很热闹，有很多很多人，对不对？"说完又十分失望，低叹道，"我真想去看看。"

林衍定定看着她，说道："如果这些地方你我能够同去，该有多好。"

穆嫣然摇头道："城主若不在城中，这里便会法度尽失，人人皆可在此作乱。"

林衍道："我知道。但你从此却会失去自由——这样的代价，真的值得吗？"

穆嫣然微微一怔，本能地答道："我不知道。"再细想时，竟愈发不甘心。那一点点不安分，仿佛燎原之火，从心底窜到四肢百骸。她抿了口茶定定神，转而问道："所以你出城之后，会去哪里？"

林衍道："应该不会回震国——大约是巽国吧。"

穆嫣然忽而掩口笑道："去见你的妻子？"

林衍一怔，"我的妻子？"

穆嫣然浅笑："巽国时空逆转，一切重新来过。你去了巽国，说不定就会遇见她呢。"

林衍断然回道："我不信那个故事。"

穆嫣然道："你一定信，不然你为何要去那儿？"

林衍想了想，才道："就算……就算那故事是真的，我现在也不记得这女子，不知她究竟是在未来还是过去。所以我去巽国，也不会是为了她——"又略略放轻了声音，"我只是想印证一下车夫的话。倘若能找到钟表匠的房子，我也算知道了自己是谁。"

穆嫣然闻言，却有些失望。她放下杯子，道："你还是只想着你自己。"

林衍忙道："我更想来城中找你。"

穆嫣然丝毫不为所动，淡淡道："这就不必了，你还是别再进城，我怕你要在城中参悟。"

林衍道："我不会那么做。我只是想时常见你。"

穆嫣然微微一哂，道："见了我又如何？"看了看那西洋钟，"不早了，你该走了。"

两人正说着，门又开了。外面雪早停了，独留下阴云密布，但天地间却是透亮的，一眼能望出去好远。掌柜裹着外面的寒气，拎了个黑绸裹着的匣子，拖着步子走进屋里。他看见穆嫣然，忙把匣子放下，点了点头算是行礼。

穆嫣然问："事情都办好了？"

掌柜指了指那匣子，答道："就是这个山料。"

穆嫣然颔首道："很好。她后来可说什么了？"

掌柜看了看林衍，欲言又止。穆嫣然道："你说就是。"

掌柜这才说道："她对我说，她去震国杀那人，着实不值得。如今城中也没有了公道，不如让一切涅槃重生。若有来生，她一定要进城参悟，颠倒乾坤。"

穆嫣然嗤笑道："痴心妄想。"说罢又看了看林衍，复对掌柜道，"林公子正要出城去呢。"

掌柜这才挤出一个笑来，"今儿还没怎么招待先生呢……让您空手而归，真是对不住。"

不等林衍答，穆嫣然先道："怎么会空手？让他把他自己的头拿走。"说着，便指向台子上那颗被女猎手收来的头颅。其余二人闻言，都愕然无语。穆嫣然见他们不答话，便又问掌柜："庄家是舍不得么？这算是不义之财吧？"

掌柜忙道："怎么会舍不得？！本来就是林先生的头，理应让他带走——我这就去帮他包起来。"说完一通忙乱，从屋角翻出个匣子，把那头放入其中，再扣上机关，送到林衍面前。而林衍只要一见自己这颗头，便会方寸大乱，竟没有拒绝，迷迷糊糊接了过去，还道了声谢。掌柜一路将林衍引至门外，招呼车夫道："送林公子去——"说着探头回来，看了看穆嫣然，见她比了个手势，才继续道，"去风门。"

这风门正是通向異国的城门。车夫连声答应，把空鸟笼往车头上一挂，用袖子把椅面擦了擦，便请林衍上车。林衍把匣子往内里一放，松开手，才想起自己几乎挑明了问穆嫣然，她却毫无回应，简直无情之至。此时再往茶馆大门处看时，更连她人都没看到。再想到与她分别之时，连句"再会"也没有，一时又是失落，又是怨恨。天上的云渐渐散开了，又起了风，一时竟冷得刺骨了。车夫耐不住寒气，把手往袖子里一缩，再隔着袖口的布料握住车把，如此拉起车便走了。

掌柜见两人远去，才合上门。他回过身，一边搓手，一边对穆嫣然道："这屋里也这么冷！可别冻着了小娘子。"就要去生火。穆嫣然倒不大在意，道："冷不了多久的。"

果然屋顶上风扇渐渐转得慢了。不多时，阳光也从窗口撒进来，四下里很快便暖起来。穆嫣然不愿再久留，问掌柜道："别的买家都走了，你给这'籽料'开个价钱吧。"

掌柜挠了挠头，讪笑道："这城都是您的，您只管看着给吧。"

穆嫣然道："我总不能比车夫给的少。"想了想，褪下手腕上的翡翠镯子，递给掌柜，"此物我向来不离身，今日便给你了，连着方才给林公子的那颗头一起算，也没亏待了你。"

掌柜定睛一看，见那镯子通体碧绿，水头极佳，显然价值不菲，遂一边喜笑颜开，一边摆手道："呀，这也太贵重了，我哪里敢收！"

穆嫣然只把镯子往桌上一放，道："你收着就是了。林公子不知道你这家店的门道，我还能不知道么？每一颗头的来龙去脉，你心里都跟明镜似的，无非是不能告诉我们罢了。你今日给我的这颗头，一定是千挑万选过才拿到我面前的，值这个价钱。"

掌柜闻言，却收起笑，不去拿那镯子，反而问道："脑子里的东西值多少钱，小娘子还得给我个评判的准则才是。不然我哪里敢收呢？"

穆嫣然道："能让人参悟的，自然就是好了。"看了看他，又笑道,"我知道是要赌的。不然这样,若是我参悟了,这镯子就归你;若是没有,我再来问你要,换一样别的给你,如何?"

掌柜道:"小娘子这是拿我取乐呢。您又不能出城,根本不会去读脑,这镯子不就归我了么?"

穆嫣然莞尔笑道:"谁告诉你我不会读?不然我今日又为何要来赌脑?"说着坐在长凳上,跷起脚道,"我说不出城,那是吓唬别人呢。我要出去,自然得是悄悄的,还能满世界宣扬么?"

掌柜惊道:"您要出去——城中岂不是没了主人?这,这不全乱套了?"

穆嫣然道:"早前的城主墨守成规,那是他们胆子小。方才你也听到了,这世界这么大,我为何要把自己困在这四方天里?再说,知晓世界的模样,不也应当是我身为城主的职责么?不过出去一趟,几日工夫罢了,能有什么事情?"

掌柜颤声道:"当然有事情!只说那女猎手虽死了,但方才异国时空逆转,却难说时间究竟退回哪一刻。倘若倒退得不久,正是她还在異国的时候……"

穆嫣然恍然道:"就会有另一名女猎手——去震国追杀林衍?"

掌柜却没料到她往这里想了,怔了怔才道:"确实。"

穆嫣然起身道:"这林衍方才还一脸得意,以为他改变了自己的命运呢。"走了两步,愈发不安,"不行,我得去警告他。"就往门外走。

掌柜急急追过去,道:"小娘子,我要说的不是这个……"

却见穆嫣然打开门,吩咐近处的一个机械人:"你去異国,找林衍,告诉他不要去震国。"

那机械人木愣愣地,仿佛没有听懂。穆嫣然极不耐烦,把手往它头上一敲:"记住这人的样子了么？若是没找到，就不要回城了！"

机械人微微一震，才答了声"是"。穆嫣然这边关上门，掌柜又跟着劝道:"小娘子万万不能这样冒险啊。您记得那女猎手说过的话么——城中无主！"

穆嫣然道:"我近来都在城中。这是她编的谎话。"她松了口气，又对掌柜道,"你放心，我会尽快回来的。"

掌柜道:"您要是出城读了脑，指不定都会忘了自己是谁呢！哪里还能记得回来——咱们可不敢赌这么大啊！"

穆嫣然眼睛一亮，道:"你说得对——这才是赌。钱财不是赌，命运才是赌。"竟愈发兴奋起来,对掌柜道:"庄家当初选赌脑这行当，也是觉出这里面的趣味吧？看着他人因你而变，世界因你而陷入轮回，这种主宰命运的感觉，又有几人能体会到呢？"

掌柜哭丧着脸道:"我能改变什么啊？！我什么都改变不了！"

穆嫣然道:"你不必自谦，也不必再劝我。我既已下定决心，就一定会去。如今这城中一潭死水，城外颠三倒四，这乱世的模样也不能更坏了。倒不如赌上一切，看看是否能有所改变。若我能参悟，说不定就能找到法子，让这世界回归治世！"她说着，走到籽料面前，深深看着那颗头，"而一切变革的源头，就是它了。"

掌柜道:"您——真的要读这颗脑？"

穆嫣然道:"对。"

掌柜几乎语无伦次，道:"可，可这个籽料，就是存了对林——"

他话未说完，门却嘎吱一声开了。车夫佝偻着肩膀，探进头来:"呀，您二位还在呢！"

掌柜却像是一下子失去了勇气，颓然道:"可不是么。您……把林先生送去风门了？"

车夫擦着汗走进屋内，道："送去了，眼见他出的城。没想到跑一大圈回来，你们还在这里。"

穆嫣然道："你腿脚确实快。林衍离开之前，可还说了什么？"

"没什么。"车夫看了看她，又笑道，"小姐十分关心此人，难不成是喜欢他？"

穆嫣然一怔，蹙眉道："怎么会？此人先亢后卑，满口仁义，却又贪婪无情，实在俗不可耐。只可惜了那张好面皮——城外的人都是他这样的？"

车夫搓手道："不都是，但也确实不少。"看了一眼桌上的镯子，又道，"真不愧是咱们小姐，出手大方。"对掌柜挤了挤眼，"你这次可满意了吧？"

掌柜叹道："我宁可不要这镯子。"

车夫讶然道："当真？"

掌柜却不接他的话，问车夫道："您回来做什么？"

车夫道："我那山料还没拿呢。"说着走到屋角，拎起那黑绸包着的匣子。穆嫣然见了，便对掌柜道："把我那籽料也包起来吧，我这就要走了。"

掌柜听了她的吩咐，才极不情愿地走到那台子前面，慢吞吞地竖起匣子四壁。这边车夫又凑到穆嫣然身边，笑问："小姐是要收藏这二头——"看了看她神色，"还是要出城去读取脑中的信息呢？"

穆嫣然淡淡道："这与你有什么关系？"

车夫忙道："自然是无关。然而……"侧旁掌柜咳嗽了一声，车夫却像是没听到，继续说道，"然而要说到读脑，我还是觉得最久远的那些技术更好。您知道吗？我异国那屋子里藏了一本笔记，是早年人们还记得治世模样的时候，从云上读出来的。"

穆嫣然沉吟道:"你是说,我要是想读脑,就应当去你的钟表铺子?"

车夫道:"嗨,您不知道,外面有些人啊,说是有手艺,其实都是假的、骗人的!您要是把自己交给他们,那可就太危险了。"

穆嫣然颔首道:"从那女猎手身上,确实能看出你有几分真本领。"忽而又问,"你那笔记里,可说过云是什么样子的么?"

车夫一拍大腿,"哎哟,您可问到点儿上了!里面真写了!"

穆嫣然一下子有了兴致,问道:"怎么说?"

车夫摇头晃脑地说道:"这云吧,不可见也不可触,偏偏藏了世间的一切知识。"

穆嫣然愈发感兴趣,"真的?怎么藏的?藏在哪里?"

车夫道:"说原先有两个云。头一个在天上,早年人们给它起名字,管它叫'乾',它是源于一种叫'互联网'的技术,人们通过机械,就能在互联网上面交流,也能从世界上任何一个地方,把自己的所思所想写到云里,让其他人去读。然而乱世之后,人们忘记了如何才能进入'乾',故而只知道这世间曾有个互联网,却不知如何读取其中的信息。这第二个云,就更有意思了,叫作'坤',它的源头,是'脑联网'……"

穆嫣然惊道:"脑联网?我听人说过这个。"

车夫道:"您见多识广,我就不卖弄了。"

穆嫣然忙道:"你说你说,我想听!"

车夫便继续说道:"这脑联网在地上,它把所有人的大脑相互联通,让人们不用语言就可以彼此沟通。'坤'储存了人们所有的记忆,甚至那些无法用语言表达的情感也在其中——他们消灭了无知,也消灭了孤独。人们进入这一个云之后,沟通理解再无障碍,这是真正的世界大同！"

穆嫣然点头道："这才是治世的气象。"

车夫却不认同她的话，说道："您这话就错了。引起乱世的，就是这脑联网。"

穆嫣然问："此话何解？"

车夫道："'坤'虽有种种好处，却让人们对自己真实世界里的身体产生了严重的认知障碍。他们搞不清楚自己是谁，拒绝承认某一个身体是属于自己的，使得许多老人和穷人都饿死街头——"

穆嫣然问："这是为什么？"

车夫道："因为即便他们的肉体死去，精神却依然在'坤'中活着，甚至可以去争夺那些年轻的身体。然而'坤'再强大，也需要真实世界里的人类大脑，作为'脑联网'成长更新的基础，如果人再这样大批死去，整个世界就都要消亡。"

穆嫣然沉吟道："这些古人聪明到能建立乾坤——就没人想个法子来解决这些问题吗？"

车夫道："这问题出来的时候，人人都已是脑联网的一部分，早就难分彼此了。故而他们找到的解决之道，就是打断人们的记忆，让生活变成只有此刻的片段，不知过往，不辨未来，单单活在当下。"

穆嫣然怔怔重复道："当下？"

车夫道："正是。而一旦有人明白自己身处于脑联网之中，就会导致所有人的记忆被清空——"

穆嫣然眨眨眼，迷茫地看向他："你是说，所谓参悟——就是一个人看清楚脑联网的整体，明白自己是其中的一部分？"走了两步，又道，"而时空逆转——就是这脑联网为了生存下去，而对人类个体采取的制约手段？"

车夫比了个大拇指，道："您说的这两句，比那笔记上写的还要高明。"

另一边，掌柜终于把装着籽料的匣子扣上，对车夫没好气道："你同小娘子说这些玄而又玄的鬼话，是要哄骗她去你异国那破屋子里读脑么？"

车夫忙道："这是怎么说的！小姐就算去了，我也不在异国啊。"又指了指山料，"我是要去坎国！等那姓林的商人付了钱，我就能把自己的铺子赎回来喽。"

掌柜道："你何必舍近求远？异国刚刚才时空逆转，你直接去，你的铺子就还在那里呢。"

车夫笑道："那儿只有一栋房子，哪容得下两个我？我不如在坎国拿了钱，去震国再开一家钟表铺吧。"

这边掌柜终于把籽料包好，又寻了一块黄绸，照着先前那样，在匣子外面裹了一层布。这才恭恭敬敬递给穆嫣然。穆嫣然接过去，险些没有拿稳，惊道："这么重！"

掌柜道："可不？这里面不只是一颗头——也是小娘子的未来啊。"

穆嫣然定了定神，握紧绸缎的端头，"未来不过是出城的一个方向罢了。我想明白了，不管这世界的真相是什么，我都要自己去看看。我的未来，我来选择，我也会对自己负责。"

掌柜叹了口气，从袖中掏出核桃，慢悠悠盘了起来。穆嫣然对二人略一施礼，说了声"告辞"，便拎着籽料走出屋去。只见门外晴空万里，竟连半片云都看不到了。她微微一笑，自语道："好兆头！"又钻进一架机械轿子里，携着众机械人浩浩荡荡地走了。这一行人的履带铁足踏过之处，扬起些微的沙尘，就像是在天上拖了个模糊的影子。掌柜与车夫在门口远远看着,末了各自叹了一口气,又对视一眼。掌柜问车夫道:"你为什么叹气?"

车夫弓着腰,就近捡了把椅子坐下,说道:"你怎么能给她那颗头啊……"

掌柜把两只核桃捏在手心里,"什么头?"

车夫摇头道:"这籽料是我给你的,那匣子上的字还是我写的呢!——这里面,藏了她对林衍的爱恋!如果她不是去异国读了这颗头,一切也未必会变成今天这样。你还说我为了钱作恶,你自己为了钱,又做了什么啊?"

掌柜警惕地看着他,低声问道:"你什么时候知道的?"

车夫一怔,才复又笑道:"我又不是瞎子,她现在的模样,同当年第一次来找我的时候一模一样,我自然是一进这屋子就知道了啊。"

掌柜还不肯认,撇嘴道:"你知道什么?你什么都不知道!"

车夫看了他一眼,"我不知道?这穆嫣然就是林衍在异国的妻子——也就是女猎手身上那半个女人。她现在出城去异国,不就是让一切回到原点了么?"

掌柜没想他大咧咧说了出来,惊得眼睛都瞪圆了,先用食指压在嘴唇上,摆了个"嘘"的口型,又到门口去看了看,这才走了一圈转回来,低声对车夫道:"这话是能说出来的?!"

车夫道:"你做得出来,我怎么就说不出来?当初我帮她读脑的时候,可不知道这些前因后果——你就不能提醒她一下么?"

掌柜继续盘着那对核桃,悠悠道:"我怎么告诉她?你我这一辈子兜兜转转,也是到今日,才算把这因果看明白了。我现在告诉她,她既听不懂,也不会信啊!"

车夫道："你看明白了？恐怕你才是什么都不知道。"

掌柜道："您是高人，我向来都只有听您说话的份儿。"

车夫转过脸，"你要是讥讽我，我就不说了。"

掌柜一揖到地，正色道："我是正经跟您请教呢！"

车夫这才说道："方才我同穆小姐说了脑联网，时空向来是一体的，你就没再想想我们这座城么？"

掌柜疑道："城？"

车夫道："东雨西雪，南夏北冬，世间哪里有这样的地方？这里是大千世界的剪影啊。"

掌柜微微一凛，"你是说——这座城，其实就是——"

车夫却不再回答，拎了匣子，起身缓缓走向大门，背着身子道："你做了一辈子的庄家，还不明白吗？真正的参悟，根本就不需要赌脑。"

大门开关之间，掌柜被外面的炎炎烈日晃了一脸金光。待再暗下来时，他颇等了一会儿，才看清周遭的模样。如今这茶馆只余他一人，四下里空落落的，仿佛什么都没有发生过。西洋钟敲响了三点，鸟骨架探出来，白得瘆人。他忽然觉得有什么不对，走了几圈，视线终于落在地上的山料上。

——这是哪一个山料？

他把核桃放在桌子上，走过去把那黑绸拆开，里面锋骨毕露的"山料甲"字样，激得他汗毛倒竖——车夫拿错了！他拿走的，是女猎手的头！那个在死前要"颠倒乾坤"的人！掌柜再急慌慌出门去看时，哪里还能见到车夫的影子？他清楚自己的腿脚，根本追不上车夫，便无奈地回到屋中。又忽然想到——

难不成，这颗头，车夫是拿要给坎国的林衍？

"颠倒乾坤,颠倒乾坤……"掌柜喃喃自语。所以没有人说谎——穆嫣然去异国,读了藏有爱恋的籽料,嫁给了林衍。她病倒之后,被林衍抛弃,决心抛弃情感,与机械人融合,变成了女猎手。而她丢弃的爱,又被钟表匠存到了病人脑中,变成籽料。林衍得了机械人的警告,知道不能去震国,却与穆嫣然擦肩而过,在异国的钟表匠那里读了自己的头。他忘记过往一切,去了坎国经商。商人林衍得了车夫拿来的山料,从坎国一路摸到震国,在新的钟表铺里读了山料中的记忆,却阴差阳错继承了女猎手的遗愿,要找机会去城中参悟,又在市集上被女猎手所杀!

真是因果循环,报应不爽——

外面忽而妖风四起,直吹得风扇呜呜哀鸣。天色骤暗,掌柜到窗边去看时,竟见太阳被一坨黑影遮住了,只留下一圈浅浅的金边。他活了一辈子,自以为在城中什么怪天气都见过,但这般奇景还是第一次见——"城中无主。"他低声道,这样的异象,定然是穆嫣然出城去了。她终究还是解开自己的桎梏,走出了这座围城。所以,如今只有一件事说不通了,这城里的时间,究竟是在何时乱了的?不然,女猎手早前为何能说出"城中无主"?

——谁,在城中参悟了?

背后,门忽然嘎吱一声开了。掌柜吓了一跳,转身去看,却是一个机械人。它说:"先生好。"

掌柜道:"什么事?"

机械人说话极为缓慢,仿佛每一个字眼都需要用很久的时间来找寻。它说:"先生,我想请教您一个问题。"

掌柜道:"说吧。"

机械人道:"我想知道,我与人类有什么区别?方才城主给我的记忆里,有一些情感,我无法理解。"

掌柜正心如乱麻,哪有心思回答他这问话,便道:"我只懂人,不懂机械。"

机械人苦恼道:"然而我想不通,先生得帮我。"

此物如此呆笨,掌柜实在不想同它周旋,忽而想起车夫来,便笑道:"異国有位世外高人,或许能解开你的疑惑。"又告诉了它地址。机械人便道谢走了。

掌柜阖上门,收了笑。嘴角拎起一整日的皮肉,也终于如幕布般垂坠下来,堆在干瘦的两颊旁。窗外天色大亮。他怔怔坐下,再次陷入这一日层叠堆砌的话语迷宫中。当这故事再嵌套到世界的时空架构之中时,每一件事情都仿佛有了新的含义。然而,这些思虑对他这个年纪的人而言,实在太过沉重。不多时,他便昏沉起来,恍惚发觉房屋四壁往下坠落,屋顶掀开,风扇坠落,末了一切物质都沉入土中。地面变成一片冷光照射下的惨白,他知道自己梦到了茶馆地下的冷库。面前的架子排排展开,无边无际,里面是难以计数的头颅——

脑联网?

不,这不是脑联网,而是头颅冷库。年迈的冷库看门人用大半辈子的闲暇时光,读了每一颗头的生平,仿佛这些头是他真正的朋友。然后,科学家要用这些头来实验脑联网,而他却在临死前决定加入实验,同他们一起踏入这片广阔无边的云。

他变身为这乱世中的道标,为每一个迷途的人指路。他看着他们来来回回,去而复返。一切在冥冥中皆有定数,尚未开始的,其实早已结束。

——却又未必。

照那车夫的话说,城外就是真实的世界,满是鲜活的人。每一个生灵加入脑联网,都会带来新的变数。他想起穆嫣然离开时坚定的目光,那里面饱含孩童的无知和勇敢,以及无限的可能。或许时间在循环,或许因果有关联。然而今日之果只对应今日之因,未来并非一成不变。

她踏出城门,会往何处去?

——那就是明天的故事了。

掌柜想到此处,释然一笑。他睁开眼睛,起身把水壶摆在炉子上,披了件马褂,缩到屋角,沉沉睡去。

东方乌云蔽日,应是雷震将至。

最终档案

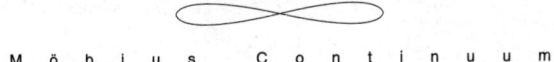

Möbius Continuum

这么多年之后,他终于明白,
他和这个世界上的每一个人都只是偶遇,
很有可能下一瞬间这些人就消失不见了,
他再也找不到他们。

1. 真正的选择

徐杰瑞站在超市货架前，绞尽脑汁回忆，妻子文莉莉让他买的，究竟是"卡米拉"牌洗涤剂，还是"米兰达"牌。

因为买了错误的东西回家，她已经跟他大吵了一架，为此，他不得不读取了下午的存档，回到超市重新来过。

然而此时回想起来，他也只记得文莉莉尖叫时那张歇斯底里的面孔，而让他买的那样东西，却依然陷于记忆混沌的迷雾之中。

超市女售货员从他身旁走过，徐杰瑞问道："请问，哪种洗涤剂更好？"

"当然是卡米拉。"对方毫不犹豫地回答道，"相信我，先生，如果你选择另一种，过不了多久您就得重新读取存档，回到这里再次选择。"

"好吧。"徐杰瑞拿起售货员推荐的那一款，放到购物车中。他不想同这个人继续交谈，因为她刚刚说了他最痛恨的字眼：选择。选择就意味着，他很有可能要重新来过，把每一个错误都修正过来。

走到冷冻货架的时候，他才猛然想起自己忘了存储记忆，赶忙停下脚步，把右手搭到左腕上去。

存储——2301年7月12日,5:21:37pm,第32031次存档——确定。

在存入记忆的同时，徐杰瑞的视线扫过视网膜内置虚拟屏幕上的许多过往记录，它们以年份打包，其次是月，再之后是日。由于数量太多，有时候徐杰瑞对到底该如何选择感到犹疑——其实这才是真正的选择，因为其他选择，都可以重新来过。

而重新来过，实在是一件让人厌恶至极的事情。

他的手松开，眼前的世界又恢复真实。他左手边的一位太太突然惊叫一声，"我忘记给宝宝喂奶了！"他相信她说了这样一句话，她飞快的语速几乎把所有字眼混成了一个音节，然后，她迅速从他眼前消失——显然，她读取了另一份存档，从这里离开了。

徐杰瑞叹了一口气，他很不安，这是他第二次看到这位太太，在上一次买东西的时候他见过这一幕，而此刻，他觉得这相同的场景就像是一个诅咒，他不知道自己是否买了正确的东西。

他有一种不好的预感。

2. 时与空

走在回家的街上，会看到和听到各式各样的广告。当然，最多的就是"时间轴"公司的广告。作为人生记忆录入的领军者，这家公司改变了所有人的生活。从上小学开始，孩子们就开始学习建构"时间轴"的理论，还可以使用时间轴公司提供的免费存储空间。所以每当期末有同学没有考出满分时，老师总会要求他回到过去再次考试。但是，当时的徐杰瑞性格古怪，他拒绝了老师，并且反问道："如果我们把每个人的世界都复制无数份，那它有一天会不会陷入混乱？"

老师不屑地回答："我们有足够大的存储空间，这个空间足以为每一个人创造一个世界，相信我，孩子，每个世界都是独一无二的。"

徐杰瑞最终还是没能在那次考试中拿到满分，现在看来，这种固执是毫无意义的，他总要重新选择，一次又一次，修正错误，修正所有矛盾，过上一份完美的生活。

当他的汽车停在红绿灯前时——太完美了，他不需要在这里选择走还是停——电台广播里突然响起喧闹的音乐，让他的心脏猛地搏动起来。

他换了一个频道，他心底的不安正在扩大，他想要逃跑。

"你怕什么呢？"他对自己这样说道，不管怎样，不管发生了什么，都可以再来一次。

再来一次。

再来一次。

他快疯了，哦，天哪！当然，在疯之前——哪怕是之后，他还可以回到从前，再来一次。

红灯终于熄灭，绿灯亮起，他踩下油门，意识回到眼前。"这里是《新锐评论秀》，汇集人民的智慧，"广播里的女声正在说着，"让我们来看看这一篇评论——哦，它居然在讨论时空观，这真是太有趣了。"

当科技发展，空间就具有了弹性——距离不再以长度来衡量，而是用时间。"从北京到纽约只要一小时"——这是另一条插播广告，所有的地理屏障都消失了，我们可以轻松地到达世界的任意一个角落（可我不想去那里——徐杰瑞想）。

尽管时间的方向具有单一性，无法从真正意义上"重新来过"，但当平行的信息创造出一个新的世界，从未来回到被保存的过去，也成为可能。"这就是为什么，"广播继续说着，"你只能读取过去的存档，在那个时间点之后的一切存档将会消失，你将无法再一次回到这个'现在'"。

就这样，时间也有了另外的度量衡——空间，或者像商人们说的那样——存储空间。用这些存储空间，就可以保存某一个时间节点下一个人的所有信息，甚至保存他所处的那个世界。"你需要购买更多的存储空间吗？"徐杰瑞摇头晃脑地跟着适时播出的广告哼起来，音节丝毫不差地压在广播的那个女声之上，"请致电'时间轴'公司吧，1111-111。"

音乐响起，他把车停下，重重地吐了一口气。眼前的景象再熟悉不过，这是他的家。徐杰瑞关掉了汽车的电动开关，周遭的音乐猛然停止，他沉溺在这短暂的安宁之中，突然觉得精疲力竭。他三十岁，但是他知道自己经历的时间远不止三十个年头，他把很多事情重复做了很多次，他考了很多遍高考，找了很多份工作，和很多个女朋友从头再来，直到他有了学历，有了事业，有了金钱和权力，有了文莉莉——他生命的唯一。然而，当他们的婚姻进入第六个年头——或许是第十个（如果算上重新来过的那些时光的话）——他又一次对一切都不确定起来。

或许他选错了——这个可怕的想法在徐杰瑞的脑海中回荡着，或许他可以回到二十四岁，再选另一个人。

不，不要！

他觉得厌恶极了，甚至生理性地感到反胃——他不想再来一次。

他买了正确的洗涤剂，她会很开心的。

他在后视镜中仔仔细细地观察自己，然后，露出一个自信满满的微笑。他会打开门，给她一个拥抱，亲吻她，然后，所有的一切都会好起来的。

他走下车，推开家门，拎着袋子走进客厅，"亲爱的，看我给你买了什么……"

他的话停下来。

她不在。

她不在家。

徐杰瑞突然觉得很恐慌，每一次他回家而她不在，都会让他很恐慌。

"所以我会每天都在这里等你的，亲爱的。"她这么说过。

或许她只是出去遛狗——他想着，深呼吸，然后坐下来。她一定是去遛狗了。他试探性地叫了一声"阿尔法"——这是那只该死的牧羊犬的名字，自从有了它，文莉莉就只会热情地爱抚亲吻它了，就好像它才是她的丈夫。然而当他叫过之后，那毛茸茸的家伙却没有像往常一样摇着尾巴跑过来。好了，看，她就是去遛狗了！徐杰瑞咕哝着。他把食物放进冰箱里，然后把洗涤剂放在最显眼的地方，满意地端详着。

上一次——她还在这里呢！徐杰瑞突然想。那会儿文莉莉冰寒着脸，见他进门也只是淡淡看了一眼。他只得自己把所有东西放置整齐，可当他把洗涤剂拿出来的时候，她尖叫起来。

"你竟然买卡米拉！"她叫着，跺脚，狠狠把洗涤剂丢到地上，"我告诉过你一万次，我最痛恨这玩意儿的气味！"

哦，上帝啊，当他想起这句话时，不禁猛然扶住额头——他买错了,他又买错了。

3. 孤独世界

徐杰瑞等到晚上十一点,文莉莉也没有回来。他在考虑是否要报警。但他不用打电话也知道警察的答案——哦,您应当先致电时间轴公司,您的太太可能只是去了另一个存档,这并不值得大惊小怪,不是吗?

当然,他可以在报警前存档,如果警方的回答太令人尴尬,他就回到现在,重新来一次。

他这么干过,当时消失的是他父亲。他眼睁睁地看着父亲不见了("哦上帝啊,我忘记关灯了!"),然后父亲就再也没在他眼前出现过。那时候他七岁,而他从来没有见过自己的母亲。七岁的徐杰瑞给警察打电话,一边打电话一边哭泣,"如果他再也不回来了,怎么办?"

"哦,没事儿的孩子,"那个警察这样说,"你很快就会习惯一个人生活。"

徐杰瑞孤独地长大,如同大多数孩子一样。很快他发现,没有任何一个人可以在他身边待很长时间。他们总是会突然消失。有时候为了留住朋友们,他宁可重新来一次,回到过去请求他们,甚至乞求他们,不要离开他的世界。

可他知道他不能这么要求别人,因为他自己也经常无意识地选择一个存档。或许是因为出门的时候忘记带钥匙；或许是因为钱包被偷了；或许根本毫无理由，就是心情不好，他就选择抛弃一个世界，投入另一个之中。这么多年之后，他终于明白，他和这个世界上的每一个人都只是偶遇，很可能下一瞬间这些人就消失不见了，他再也找不到他们。当然，他可以随时回到过去，回到那些人身边，然后充满恐惧地等待他们离开。

他曾经怀疑过，这是否就是一个孤独的世界，不管他回到哪一个存档，都只有他自己。

只有他自己。

所以当他遇到文莉莉的第一天，他就决定要和她结婚。尽管她算不上漂亮，脾气不好，既不肯做家务，也没有谋生的本领——她甚至不肯给他生孩子，可他还是满心欢喜地和她在一起，因为她没有任何使用时间轴的记录。她说，她不相信重新来过，她只活这一次，一次就够了。

他依恋她，爱慕她，他知道只要他不去选择那些他们相遇之前的存档，她就会一直在这里，在这个世界，她不会离开他。

但是现在，她不在家。

她不在家她不在家她不在家。

徐杰瑞快疯了，彻底疯了，他愤怒地想：明明是他自己的选择错误，是他应该离开，干脆地回到很久以前，和他的前女友——超级漂亮的女强人罗西结婚，是他屈尊选择了她。可到头来，竟然是文莉莉离开了他。这简直荒诞至极！他几乎下意识地要把存档拨到那个时间，但在最后一秒钟他停了下来，哦不，他不能这么做，说不定回到那个时间之后，他就再也无法遇到文莉莉。

他不能失去她，他受不了。

他不想再来一次了。

他不想——选择。

4. 无数次抛弃

"当然是幸福。时间轴的存在，就是为了让每一个人都感到幸福。"

午夜档，电视上正在重播对时间轴公司老总史泰姆的访谈。

徐杰瑞的身体陷在沙发中，眼睛茫然地盯着前方的虚空。文莉莉还是没有回来，他打电话到警局，得到预料中的答案。

"是的，中国有一句古话，叫作'世上没有后悔药'，而我们就是要改变这一现实。"电视里，史泰姆抚了抚他圆滚滚的肚子，柔声说道，"你后悔了？回到过去吧！你不知道该怎么选择？不用怕，你可以把人生中每一条岔路口都尝试一遍。这不是太美妙了吗？"

选择！

徐杰瑞混沌的眼中猛然有了光亮，他跳起来，抄起面前的洗涤剂，就往屏幕上砸去。虚空中的画面一阵晃荡，洗涤液泼洒开来，黏稠的液体四处乱溅，但很快一切都恢复了常态。徐杰瑞气喘吁吁，眼窝深陷，发丝凌乱，就像他曾经遇到的无数个发疯的人一样。

"但是，您怎么解释如今越来越高的自杀率呢？"主持人尖刻地提问，"请您看看这张图表，这是时间轴普及率与国民自杀率的统计数据，我们可以很明显地看到这两者之间的相关性，尤其是最近……"

"哦!"史泰姆发出一声悲伤的叹息,打断了对方的话,他圆圆的脸猛然皱起来,就像是一只干瘪的橘子,"这的确让人感到十分不幸。然而,我们必须要认识到,自杀率的升高有着多方面的原因,并不能单一地归结于时间轴。"

"是吗?"主持人步步紧逼,"我想您也知道,有议员认为贵公司'欺骗了全体公民',而也有民间组织正在发起'拒绝存档'行动……"

"当然,我知道。"史泰姆又一次用柔和的语调打断了对方的话,"我有幸认识这个组织中的几名发起者,根据法律和时间轴公司的规定,我们不能公布他们使用存档的情况,但是我有足够的证据可以证明,他们在组织这次行动的过程之中,大量存储并读取了存档。"

史泰姆的声音并没有提高,但他的小眼睛却在灯光的照耀下熠熠生辉。他停顿了一下,继续说道:"请问,究竟是谁在'欺骗公民'?"

在众目睽睽之下,主持人把手搭在左腕之上,凭空消失了。他显然回到了采访之前的存档,重新去准备他的提问了。史泰姆独自一人坐在演播室里,缓缓地把面孔对着摄像机,他脸上的每一根细微的线条都在灯光下暴露无遗,构成一张充满苍老表情的年轻面容。他的微笑成熟、圆滑、毫无破绽,就像是一颗触手生温的玉石,在时间中浸润出非凡的光辉。

"请看吧,请看吧,"他开口说道,"这难道不是一个最完美的答案吗?我亲爱的朋友们,请不要拒绝时间轴,请不要拒绝对你的人生进行选择。每一次机会都会有难以预想的答案,为什么要拒绝更多的尝试?你的人生永远有别的可能!"

他停顿了一下,站起来,摊开双手,继续说道:"我还有一个好消息要告诉大家。在最新版的时间轴产品中,我们已经实现了存档交叉技术,也就是说,只要您与您的朋友签署'存档共享'协定,就可以在后续的生活中共享彼此的世界,当然,这同样要求每一次对档案的读取,你们都必须共同完成——我们把它设计为'家庭专属'产品,如有需要,请致电 1111-111 提出申请。"

这个提议听上去极为诱人,但徐杰瑞却无动于衷地缩在沙发深处,像一个被抛弃的孩子,僵直着背脊,手指痉挛地抓着靠垫。他的鼻翼因为恐慌而翕动着,他在想——他完全可以回到今天早上,回到任何一个有文莉莉在的时间,为什么他就是无法这么去做?接着他突然想起了某一次争吵——某一次被他抹掉的争吵,那会儿文莉莉还不是一个冷淡的太太,她还有热情,还会充满爱意地亲吻他的嘴唇,那一次吵到一半,她突然哭了,说:"我不知道你什么时候会消失,我总有种错觉,你把我抛弃了无数次。"

那个时候他回答她说:"我不会离开你,我怎么可能离开你呢,亲爱的?"

但是,当她让他把手腕上的时间轴内置控制器摘除时,他却拒绝了她的请求。

"哦不,你知道这样做毫无必要,我一直都和你在一起。"他这么说完,就把手搭了上去,回到争吵之前,然后不顾她似乎要说什么的表情,狠狠地用唇舌堵住她所有的愤怒和疑问。

这样,问题就都解决了。

所以现在的文莉莉,这个在他身边六年之久的女人,从来没有和他发生过任何争吵,因为他总能在争吵前就让她的怒火消失,因为他总是做出让她无法挑剔的事情。后来她也不再争吵,她变得冷淡,冷得像一块石头,无论他做什么、说什么,她都用一种略带嘲讽的神情安静地看着他，直到这一瓶该死的卡米拉。

正当他恨得牙根儿发痒的时候，家里的电话响了。

他急忙起身，拿起听筒。

"您好，这里是时间轴公司，"对方的声音美妙极了，"请问您是徐杰瑞先生吗？"

"是的。"他用尽可能平稳的语气回答道。

"徐先生您好，您的太太文莉莉刚刚在本公司申请了时间轴的'家庭专属'产品，请问您是否愿意与她共同签署'存档共享'协定？"

"等等，你说我太太在你们公司？"徐杰瑞提高了音调。

"她刚才在，先生。"对方的语气还是那么优美圆润，"请问您是否愿意与她共同签署……"

她话音未完，已经被他打断："告诉我她在哪儿？见鬼，你不要让她离开，我这就过去。"

"文女士已经离开了，徐先生。"对方温和地说道，"她特意嘱咐我们在这个时候给您打电话，并且让我们告诉您——以下是她的原话——您可以不签。"

"见鬼了！你们能不能找到她？"他知道时间轴有定位系统。

"抱歉，我们不能随意透露客户的信息。"

"我是她丈夫！"

"我很抱歉徐先生，或许您可以选择签署'存档共享'协定，这样，您就可以确保您和她始终在同一个时空了。"

"她哪儿也不许去！"吼完这句，徐杰瑞猛然意识到自己并非是在同家人说话，他嘴角恶狠狠的线条突然变得柔和，仿佛一瞬间换上了一张完美的面具，他压抑着自己的呼吸和鼻音，对着电话有礼地说道，"我刚才有些激动，抱歉，您知道，我太太失踪了……"

"我完全理解。"

"我真的需要知道她在哪儿，"他再一次深吸了一口气，"我请求您告诉我。"

"这不可能，先生。"对方的声音还是一如既往的温柔。"我们不能透露客户的信息。"

"好吧，好吧。"他的嘴角又一次因为愤怒而微微抽动着，"那么，如果我签了那个该死的协定，你就能帮我找到她，对吧？你们不就是想让我申请更贵的产品吗？"

"您的太太已经付过款了，您这部分是完全免费的，徐先生。"

"我……"

他的声音猛然停住了，因为他听到一个再熟悉不过的声音，那个声音顺着听筒，一直钻到了他的灵魂里，让他战栗不已。

"你可以不签。"

文莉莉说。

5. 一点坚持

徐杰瑞站在超市货架前，气喘吁吁地从底层找出米兰达牌洗涤剂。

他年迈的骨头发出可怕的嘎吱声，布满老年斑的手颤抖着把洗涤剂放在购物车里。

他得依靠购物车的支撑，才能走到收银台前，然后他坐上为年迈人士专门设计的自动小汽车,广播里放着时间轴公司的教育广告,他听得昏昏沉沉,几乎都要睡着了。

所以当车子停下的时候,他还有些混沌和茫然。浑浊的双眼最终对准了自家的房门,他想——对的,这就是他要去的地方。他打开车门,把洗涤剂和食物拎在手上,一点点往家门口挪。

他知道不会有人开门出来迎接他,搀扶他。他独自生活,像大多数老人一样,孤零零的。这些老人都是些顽固分子,他们拒绝回到年轻充满活力的时代,而是坚守在这可悲的躯壳之中,等待死亡。徐杰瑞很高兴自己终于还是坚持了一点什么,就像小时候他坚持不肯修改那份差一点就是满分的试卷一样。

在很久以前,他签了那份协议,但文莉莉始终没有回来。

他知道她就在这个世界之中,某个角落,带着那条牧羊犬阿尔法。有些时候他几乎以为自己看到了她,或者是它,在某个街角转弯的时候,在节日集会的时候,但他最终还是没能找到她。

不过最起码,他知道,只要她还活着,她就还在这个世界里,在某一处角落。

她没有离开。

打那以后,他虽然没有摘除时间轴,却再也没有使用过。他的心底有一份期盼,一份忏悔。他总觉得,如果她发现他这么做了,说不定就会回来。

回到他身边。

他坚持了一个选择,不再犹豫,不再迟疑。

在用指纹打开房门之前,徐杰瑞仿佛听到了一声轻轻的犬吠。紧接着,他把这声音归结为疲劳的幻觉。可能是他的手颤抖得太厉害,门没有开,锁发出了错误的嘟嘟声响,这让他有些烦躁。他把买的东西放在地上,又一次抬起手,这时候,门却自己开了。

他抬起头,看到一张年迈的脸,有着熟悉的五官,带着熟悉的神气。

"你回来了,亲爱的。"文莉莉说。

他呆滞地站在原地,不知所措。

"好了,"她比他年轻一些,行动依然灵便,轻松地拿起地上的袋子,往里面看了看,带着责备的语气说道,"你可算记住要买什么了,呆瓜。"

她转身进了房间,一只壮年的金毛犬冲到门口看了他一眼,摇了摇尾巴,跟随她进了房门。徐杰瑞有种身处梦境般的迷茫,既恐惧,又快乐得无法言说。他呆呆傻傻地跟了进去,却发现文莉莉并没有把东西收起来,而是把它们随意丢在了一旁。

"要收好……"他喃喃道。

"那不是重点。"文莉莉说着,抓住他的手腕。

徐杰瑞许久没有碰触那个东西,有些慌张,"你要做什么?"

"我要和你一起用'时间轴'。"

"做什么?"

"用我唯一存储过的档案,"她对他笑了,充满了爱慕和眷恋,"回到我们年轻的时候。"

6. 正确的选择

他们一起摘除了时间轴。

尽管在文莉莉生孩子的时候，徐杰瑞差点就后悔了。她看上去疼得无比惨烈，以至于他简直希望她从来都没有怀孕。然而，小小的徐贝利终于还是出生了，粉红浮肿，丑陋不堪。这时候徐杰瑞又想：啊！或许他应该选择罗西，这样他就会有一个漂亮的孩子。

他抬起头，看到无处不在的广告："你后悔了吗？请选择时间轴。"徐杰瑞盯着它看了一会儿，转过头，走进妻子的产房。

徐贝利尖锐地哭号着，文莉莉躺在床上，精疲力竭，头发全都汗湿贴在脸上，身上粘着血污和汗迹，散发着一股子难以言喻的臭味。

他亲吻了孩子的额头，然后从随身的袋子里拿出毛巾，浸了些温水，轻柔地擦净她的脸。

他不后悔。

他知道，自己做了正确的选择。

基于冗余计算的爱情故事

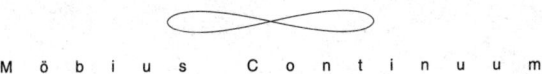

Möbius Continuum

女孩儿歪过头,声音清脆好听,
"他们说爸爸的新眼睛会是你的,所以我来看看你的眼睛。"
阿适挤出一个微笑,
"我不知道该说真好,还是真糟糕。"

1

锋利的手术刀落下。

富有弹性和温度的橡胶层崩裂开，露出内里复杂而精密的肌肉组织。手术刀一直向更深处，切开与人体血管位置相同的能源供应线、高强度复合材质构成的骨骼，直到把整条手臂都分离下来。

刀上没有血液。

能源饥饿状态中的机器人完全没有抵抗能力，他仰面看着天空，眼睛是黯淡的灰色，嘴唇颤抖着，却没有说话。

"他看上去快要晕过去了。"机器人设计师袁博士说道。

陈大夫小心翼翼切开最后一片"皮肤"，笑道："不忍心我这么对待你的杰作？"

袁博士摇摇头，"他跟顾博士几乎一模一样。"

陈大夫摘下手套，"他是个机器人，"说着打量了一下手术台上那具残缺不全的身体，"就算再像，也只是一个机器人。"

在定制移植器官价格高昂的时代，回收的仿真机器人是更为低廉的医用材料，只要大小相当，就可以通过简单的调整之后应用于人体。而在机器人中，又以犯罪机器人最便宜，因为对于他们的回收——确切地说是销毁——是由政府买单的。这不是陈大夫第一次从机器人身上切割器官，但这是他最得心应手的一次。最新型GS-1仿真机器人最大程度上模拟了人体构造，在设计之初就考虑到了回收利用的问题，材料的使用也充分考虑了抗排异反应的需要。当然，基于《机器人伦理法则》第二条，在机器人的制造过程中，所有的生物材质都是被严格禁止的。因此，GS 系列依然采取了在能源上更加浪费的化学材料，从而保证机器人与人类在生物伦理上的严格界限。

人与非人，必须有清晰的分界。

被取下的除了机器人的手臂，还有他的脚趾、肝脏和背部的皮肤。

有传言说，在机器人身上磨合过的器官组织，会比在工厂直接加工的昂贵器官更加好用。而这是一台刚出厂两年、正处于黄金期的新产品，几乎就在犯罪判决下发的当天，他全身上下只剩大脑芯片还没有被预订，其他部分都将在一个月内被切割干净。

看着手术日程表，设计师心里有些不舒服，"他会一直有意识的。"

"你当然不能把芯片提前销毁，他会丧失身体机能。"

"是这样没错，可为什么不一次拆干净？"袁博士争辩道，"他有疼痛反应。"

陈大夫洗完手，脸上还是挂着微笑，"你看，这你就不专业了吧？病人做手术，也要有术前准备，哪能都凑在一个时间？"

袁博士叹了一口气，这的确是他无可奈何的事情，即使是普通的机器人被回收时，也没有任何的权益可言。现在想来，自己和顾博士对于机器人情感仿真系统的设计努力，似乎都起了相反的作用。GS-1 无法像其他机器人那样毫无感觉地看着自己被拆除，他会痛苦，会悔恨，会哀伤，甚至会愤怒——他会产生一切人类有可能产生的情感。

这一台机器人是因为犯罪而被回收,等到服务期结束时,所有的 GS-1 都要经历这一切。

这很残忍。

当然,袁博士来此地的目的,不仅是给医生提供技术支持,更是要调查清楚究竟是什么原因导致这台机器人违反第一定律,做出袭击人类这样的可怖行径。这种事可能导致整个 GS 系列停产,甚至是集体销毁,对公司的损失将无法估量。

这么想着,他皱眉道:"我真的不明白为什么他会做这种事。"

"这就是你们的问题啦,大设计师。"陈大夫拍拍他的肩膀,表情愈发轻松,"我得先去看看我的病人。后天见,袁先生。"

2

黑暗的医用仓库有一种难耐的窒息感。

他其实并不清楚该如何具体形容窒息感,毕竟,他不需要呼吸。

或许胸口的麻木与压抑,以及牙齿微微的战栗,就是这种感觉的表现。

出于仿生学以及运动平衡的考虑,"呼吸动作"这个人类生命的基本要素,在 GS 系列的机器人身上亦有所体现,这种耗能行为在功能上是多余的,但是从移植手术的角度来看,却让他的肺和肋骨也被预定了出去。

——对于他来说，胸口的起伏证明他还"活着"。

"伤口"暴露在外，仅仅在能源供应线的断口做了简单的封锁处理。疼痛，只是一种模拟电流——他这么安慰着自己——就像寒冷和饥饿一样，都是虚假的。他不会痛，不会冷，也不需要食物，只要有一个能源基座，他就可以充满活力。

但他有感觉，他不是低级的金属机器人。

每一种"最新系列"的机器人诞生的时候，都是骄傲且耀眼的，尤其是有着划时代之称的 GS 系列。与人类在外观上百分之九十九的相似性，刷新了以往所有非生物材质仿真机器人的记录；而全新升级的模拟情感系统，让他们拥有与人类几乎相同的感知能力和学习能力。"GS 机器人或许不是最聪明的，也不是最强壮的，无法应对复杂的计算和高强度体力劳动。"设计师袁博士在电视采访中这样回答主持人，"但他们是这个世界上最近似于人类的存在：体贴、温情、富有爱心和保护欲，是最好的家庭机器人。他们能够照顾孩子，像一个真正的长辈；也能回应你的情感寄托，就像一个真正的恋人。爱与忍耐，是这个系列的设计主题和根本。"

爱，驱使他犯罪；而忍耐，让他还没有发疯。

在无法动弹的情况下，在这样浑浑噩噩、仿佛迷梦一般的思维状态中，他的能量还能支撑一年——

当然，他知道，他的意识，他的"生命"，是无法坚持到那个时刻的。

他无比庆幸这一点。

门被打开了。

光线像一把刀，划破了黑暗的沉寂。他眯起眼睛，视觉模式的调整需要一段时间，他勉强看到一个小小的人影。

"小熊？"他轻声问道。

但他看清了进来的孩子，不是小熊。

"妈妈说我不能来这儿，"女孩儿比小熊还要小，他猜她还不到八岁，"她说你会打人。"

"我不会。"他努力集中精神，回答道，"我是阿适，你叫什么名字？"

"脉脉，"她用手抓着裙角，似乎有些害怕的样子，眼睛里却没有畏惧，"妈妈说不能告诉陌生人我的名字。"

他想伸出手，但是失败了，"你好，脉脉。"

女孩歪过头，声音清脆好听，"他们说爸爸的新眼睛会是你的，所以我来看看你的眼睛。"

阿适挤出一个微笑，"我不知道该说真好，还是真糟糕。"

她靠近了一些，盯着他看，让他有种不安的尴尬，"你的眼睛很漂亮，我喜欢。"

"很抱歉，我没法对你的赞美表示感谢。"他回答道。

小姑娘后退了一步，警惕地看着他，过了一会儿才说："你真的是机器人吗？"

"是的，我是 GS-1 机器人。"

"我家的机器人都不是这么说话的。"她板起脸，"他们只会说'是的，主人'，'不是，主人'。"

阿适真的笑了，"还有'我不知道，主人。'"

脉脉拍手道："对的，就是这样。"说着又站直了身体，把眼睛看向天空，模仿着机器人呆滞的表情，"我不知道，主人。"

"我跟他们不一样。"阿适说道。

"哪里不一样呢？"

"我的系统并不用于计算常规内容……"他停住了，脉脉很明显听不懂他在讲什么，于是他换了一种说法，"你知道吗？脉脉，在人的大脑里面，绝大多数的思维都不是用来思考眼下正在发生的事情的。"

女孩睁大眼睛，"那是在想什么呢？"

"在想别的东西，比如梦的世界。"

脉脉皱眉道："可是，我没有一天到晚做梦呀。"

"那是因为，只有在你睡觉的时候，那些思维才会浮到你的脑海里。"

"是吗？"脉脉一脸怀疑。

"嗯，是这样的。"阿适耐心地解释着，"脉脉，你喜欢妈妈么？"

"当然啦！"

"那你为什么会喜欢妈妈？"

"因为……"她想了想，却没法给出答案，"这还用说吗？因为是妈妈啊！"

"是因为妈妈给你做好吃的？"

脉脉跺脚，"才不止这些！妈妈还给我梳头发，还送我上学！"

阿适微笑，"你看，如果妈妈对一个普通的机器人做同样的事情，它不会有特别的感觉。因为它只对当下的事情作出判断。它会想：是的，主人给我吃东西；是的，主人给我梳头发。但是你却会想：妈妈对我真好。"

"为什么它们不会想到这些？"

"因为它们的思考只有现在，而没有对于记忆的总结，也没有对于未来的期许，它们不会推断人做出一种举动的原因和目的。所有这一切,是在你的意识之下进行的,你没有注意到你思考了这些东西,但是你确实这么做了。"

脉脉思索了一会儿,"好吧,说不定是这样。"

"我和这些机器人的区别就在于,"阿适说道,"我的思维系统,也会想这些事情。"

3

"冗余计算是机器人领域一项伟大的革新。"袁博士对记者这么说道。

"您能解释一下吗?"

"哦,当然。"袁博士端起茶杯,微微抿了一口,把后背靠在沙发上,换了一个舒服的姿势,"提出冗余计算的顾博士原本是一位心理学家,主要研究方向是人类潜意识。十年前他的一项研究涉及机器人实验,而此项研究是由 GS 公司赞助的,这是他涉足机器人领域的最早契机。"

袁博士顿了一下,似乎正从回忆回到现实,"冗余计算的基本原理,就是以机器人思维来模仿人类潜意识。在机器人的设计中,必然要有备用系统,而我们的设计就是强化了这种系统,使之如同人类的潜意识一般,可以进行冗余计算——并非基于当前目的与问题的计算,而是对记忆、预测、情感和目的的反复推演和猜测。在对死循环进行必要的预防之后,冗余计算的结果就会对机器人的判断和行为产生影响,就像真正的人类一样。"

记者半晌没说话,过了好一会儿才问道:"您是说,GS系列的机器人会有情感?"

"正是这样。"袁博士放下茶杯,"根据《机器人伦理法则》,我们不能够采用生物材料制造机器人,但是,它并没有规定机器人不可以拥有情感。通过机械和化学材料,我们同样可以实现机器人对人类最大程度的模仿。"

"这可真是一项……"记者惊叹道,"伟大的发明!"

"是的。"袁博士垂下眼睑,"只可惜,顾博士没有能够亲眼看到他的理论成为现实。"

"我对那个不幸的事件也有所耳闻。"记者说。

"如果不是因为那个意外……"袁博士微微沉吟,并没有把后面的话吞了下去——"或许,这次的机器人犯罪事件,是可以避免的。"

袁博士无法忘记顾博士的妻子——艾清博士,面对病床上的丈夫的模样。

脑死亡的诊断证明放在她面前,顾博士看上去同以往并没有太大的区别,但人却再也不会醒来了。

艾清坐在那里,不说话,不动,三十五岁的她生了两个孩子,却依然是美丽的,带有岁月的痕迹与人母的温和。从日落到日出,她愣愣地守着自己的丈夫。

丈夫靠着医疗机械维持着生命,但这样,却跟死了没有区别。

他不会再跟她说话,他也不会再站起来,拉着她的手,说:"我的爱情。"

他喜欢把那个音故意发错。

——我的爱情。

第二天，袁博士把她的两个孩子带到病房里来，小熊和小鹿，当小熊抓着顾博士的手喊"爸爸"的一瞬间，艾清终于有了反应。她哭了，悄无声息，眼泪不断从她的眼眶里涌出来，仿佛永远都不会断绝。

袁博士一句安慰的话都说不出，只能静静地站着，看着。

足有一个月，艾清都留在顾博士的病房里。哭泣，如同雕塑般一动不动，连小熊和小鹿的呼唤都置之不理。只有在需要吃饭和上厕所的时候，才会迈开沉重的脚步，仿佛随时都会晕倒。袁博士很担忧，他和艾清一起读书长大，从十八岁到二十八岁都在同一个研究所里，眼见着她和顾博士相知相恋、结婚生子，深知两人感情有多么深。艾清是个聪明绝顶的姑娘，十几年了，他从未见过她此刻的模样——呆滞，毫无表情，只是流泪。

他必须得想个办法。

GS-1系列机器人，包含两类——量产型和定制型。量产型是具有统一身高和体重标准的流水线机器人，客户可调整的内容只有机器人的五官、肤色和发型。而与之相对的，定制型则是极为高端的产品，从身高、体重、个性乃至身体的机能，都能根据具体要求进行设计。袁博士回到实验室时，研究员们正在讨论定制机器人的样品模本。

"做成什么样子呢？"一个研究员说道，"采用虚拟人物的话，会缺乏说服力吧。"

在那一瞬间，袁博士心里突然有了主意。

两周后，阿适诞生了。

一个与二十五岁的顾博士一模一样的机器人，从身高到五官，温吞和气的个性，乃至说话时会下意识地托托眼镜的习惯——全都一般无二。阿适录入了顾博士的很多回忆：学校的场景，他与艾清的每一封情书，以及两人的结婚典礼录像。但偶尔，阿适还是会像一个孩子一样问袁博士："艾清多大了？"

这个时候，袁博士不得不向他解释一遍——艾清是他的主人，而非他的妻子。

阿适便露出困惑的模样，似乎在仔细思考着这两者之间的区别。

调试只进行了三天，精神科的医生便来催促袁博士，说艾清的状况又变糟了。袁博士私下去看了看她，艾清人瘦了一大圈，眼睛凹陷下去，无神地盯着半空中一个虚无的点。他叫她的名字，她毫无反应。这让袁博士的心直直沉了下去。回到实验室，他把阿适带了出来。

"我需要你去照顾艾清。"他说，"我相信你能完成这项工作。"

"是真正的艾清吗？"阿适看着他，平光镜后面的那对眼睛，如同孩童般清亮纯真。

"是的，阿适。"

袁博士没有对他做过多的解释，便急急带着他去了医院。

在那个充满阳光、药水气味与悲伤的雪白房间里，阿适第一次见到了三十五岁的顾博士，以及他的妻子，艾清。

4

　　起初，艾清极听他的话。

　　她几乎没有什么表情，他让她回家，她便跟着他走。阿适急急忙忙在袁博士那里更新了"家"的资料，回头看到艾清的时候，她只是怔怔地盯着他看，直直看进他眼睛里，看得他简直有些害怕。他学会了"开车"，然后带着她回到市中心的公寓。房子并不大，但很温馨，虽然因为月余没有人住，有些混乱，但一切都可以回到原样。阿适让她去洗澡，她去了，却光着身子走出来。这让阿适有些无所适从——她不应该这样，按照——按照某些规则，他不应该看着她。

　　袁博士说过，她是他的主人，而非他的妻子。

　　他给艾清披上一条大大的浴巾，把她包裹住。可艾清却捧住了他的脸。

　　"你把我忘了吗？"她看着他，说道。

　　阿适第一次听到她开口，如此悲伤，就像是被撕裂的羽毛。

　　"我是……"他慌乱地说，"我是阿适，是 GS-1 型机器人，我是您的仆人。"

　　他有些抗拒自己说出口的这些话，他想说："你别哭，别伤心。"但是他不能说。

　　"你是假的……"艾清的眼泪再一次淌出来，"你不是他。"

　　为什么她要哭呢？为什么？发生了什么？是因为那个躺在那里

不动的男人吗?

阿适无法找到答案。他只能站在原地,轻轻用双手拢住她的肩膀。他暗自猜测,如果在婚礼上她哭泣的时候,顾博士这么做了,那说不定——她也会喜欢自己这么做。

艾清在他的胸前,颤抖,呜咽,声音越来越大。她狠狠地用手捶着他的身体,这让阿适觉得有点痛。但他又想——或许这样,她就不那么伤心了,她就会快乐。

那会儿他还不太清楚什么是快乐,只是在词典上看过这个词。也说不定婚礼上,艾清的泪水里,其实是有快乐的。

她慢慢变得正常了。

哭泣的时间在一天天变短。当袁博士带着小熊和小鹿到家里的时候,艾清会给他们做饭,抱着他们唱歌、讲故事。而她看他的眼神也在变化,变得冷漠而疏远。她会用命令的语气要求他去做一些事情,不能做另一些事情。她不允许他戴眼镜,似乎这样他就和那个人有所不同。阿适都服从了。有些时候,他有种异样的感觉,感到艾清似乎不想见到他。这让他很伤心。

"是我做得不好吗?"有一次,他忍不住问袁博士。

"你做得很好。"袁博士回答道,"但是你要给她时间,她受了伤,愈合的时间会很长。"

阿适还是不明白。艾清看上去很健康,她哪里受了伤?

但他没有问,因为他猜想,即便问了,他也不会得到答案。

又过了一周,小熊和小鹿住回家里来了。

他们是双胞胎,这一年七岁。小鹿是哥哥,小熊是弟弟。虽然脸是一样的,区分起来却很容易,小鹿白净清瘦,小熊却胖墩墩的,憨头憨脑。小鹿看看阿适,只有一句评语:你不是爸爸。小熊却缠着阿适讲故事给他听。阿适不擅长讲故事,他说了机器人三定律法则,却把小熊给气坏了。

"爸爸说过,这是不对的!"小熊高声说,"我们不能因为自己是有生命的,就瞧不起别的东西。"

阿适被他的念头吓坏了。他从没有想过世界上还有这样的言论。

人类天生高贵,统治世间万物,包括所有的机器人,这是无法改变的根本原则。

"这是不对的……"他嗫嚅道。

"你不是爸爸!"小熊也跳起来,气冲冲地跑掉了。

两个孩子的到来,让家里顿时拥挤忙碌起来。阿适每天要送他们上学,中午去送饭,下午接他们回来,盯着他们写作业,陪他们玩游戏和讲故事。自从他去袁博士那里下载了一本《一千零一夜》和一套《童话大全》之后,讲故事对他来说也不再是难事了。小熊自然黏他黏得紧,连小鹿都慢慢地从房间的一角凑到他身边来,聚精会神地听。阿适讲到高兴的时候,会手舞足蹈地比画起来。

"那个巫婆说……"他把纸筒卷起来套上头顶,压低了声调,"我这里有只美味的苹果哦!"

"不要吃!"小熊大叫起来。

小鹿撇过脸,"你这个笨瓜,他在讲故事。"

"那我也不要听吃苹果的版本!"小熊说,"我要听没吃的!"

阿适怔了一怔,白雪公主如果没有吃毒苹果,会怎么样?

她不会被噎死,王子看到的会是一个鲜活的公主,然后他爱上了她,他们一起击败了巫婆。

阿适不由得想,如果顾博士并不是那个躺在床上一动不动的人——艾清还会爱他吗?

还是说,艾清爱的那个人,是另一个顾博士?

他脑中有些混乱,直到抗死循环程序阻止了他的思绪。

你不能再想这些了——阿适对自己说。

到了晚上,艾清从研究室回到家里,会亲自去厨房做饭。这是她每天必须要做的事情,无论如何都不许阿适动手。

"你不需要吃饭,所以你不会对食物有感情。"她这么说道。

阿适想要反驳。他试过吃东西,他有舌头,有胃,也有肠道。但吃东西的确让他很不舒服,尤其是排泄的时候,他觉得自己的生命力都流淌了出去。他无法理解人类每天都要经历这样的痛楚,究竟是为了什么。但是当他看到小熊和小鹿吃得开心的模样,他觉得自己似乎又明白了。

为了愉快的痛楚——或许是这样。

5

在疏远阿适之后,艾清还是会常常盯着他看。

阿适知道,但是他故意不回头看她。他感觉着她的视线,觉得身上暖洋洋的,很快乐。

他记得顾博士是怎么称呼她的:我的爱情。

但是他不敢这么叫她,他知道她会不高兴,非常不高兴。

这个计算结果是怎么得出来的,阿适也无法分辨。有一天晚上他做了一个梦,他梦到艾清在他的怀里哭泣,说:"你把我忘了吗?"

他抱住她,回答道:"我没有,我怎么可能忘了你?你是我的爱情。"

然后他就惊醒了。

夜很深,充电基座还在闪光,他还需要更多的能量。

他是机器人,GS-1,他是她的仆人,她是他的主人。

不,不能再想这些了……

有些时候,袁博士会带着阿适去参加演讲。他便乖乖跟过去。阿适需要面对的是提问环节,他要向记者证实,他是真正有智慧、有反应的机器人。

但是当他面对各种尖锐而无礼的问题时,还是会有些无措。

"你会对女人有感觉吗?"一个记者问道。

他看着他,惊慌失措。

那个记者以为他没有听懂,"你会有欲望吗?"

"我不……"他结结巴巴地开口道,"我不清楚那是不是,您所说的,感觉。但是我想,我很乐于跟某位特定的女性相处。"

人们爆发出大笑,立刻就有人来问那位"特定的女性"究竟是谁。袁博士微笑着把话接过去:"当然是他的主人,先生。您要知道,定制机器人是为了特别的需要而专门制作的。"

"是的。"阿适低下头,"是我的主人。"

他有点儿想哭,这是他第一次知道想哭的感觉——鼻根发紧,眼圈胀痛。

但是他能流出什么呢？机油吗？

回到家的时候，他看到艾清，突然明白了——为什么她不喜欢看到自己。

因为那个人，你看得到，却得不到。

既然如此，不如不见，不如不看。

转眼间，一年过去。

顾博士出意外一周年那天，艾清独自去了医院，把两个孩子留给阿适。他在家里，心情沉闷，他想——为什么呢？为什么她爱的人，始终是那个冷冰冰不会动的顾博士？

那天是袁博士把她送回家来。他对她说："法院和医院都已经判定他死去，你不要再等了，这样束缚着，对你没有好处，对孩子们也没有好处。"

艾清没有说话。

过了些日子，她开始很晚回家，打漫长的电话，时时刻刻盯着手机，等着它亮起来。她会化细细的妆，穿上高跟鞋，戴上长围巾，出门去。她会露出甜蜜的微笑，像个小姑娘。

于是阿适知道，她又恋爱了。

人类的爱是一种多么奇妙的东西，一下子，充满人的灵魂，让人变成另一个人，让世界变成另一个世界。

一个冬日的夜晚，她把那个男人带回家。他大约四十岁，穿着黑色的羊绒大衣，嘴里带着葡萄酒的香气。

"我亲爱的小清——"他这么说着，去吻她的嘴唇。

他念"小清"的时候，会稍稍有些含糊，听起来像是"小亲"。

阿适把小鹿和小熊带回房间去睡觉。他有些紧张地站在门口，接着他发现，两个孩子都没有睡。

"那是谁？"小鹿问。

"是妈妈的朋友。"阿适回答道。

"我讨厌他！"小鹿说。

"我也讨厌他！"小熊从床上跳起来。

阿适紧张地做出嘘声的手势："嘘——"

"我就是要让他听到，就是要让他听到！"小熊大喊着。

艾清和男人的约会还是被打乱了。她很尴尬，他也很尴尬。两人匆匆道别，艾清对着阿适发了脾气："你是怎么带孩子的？你对他们说什么了？"

还没等他回答，小熊就叫道："你都不喜欢我们了，你是坏妈妈！"

阿适知道糟了，结果小熊的下一句话让他彻底白了脸："阿适才是我们的爸爸，你才不是我们的妈妈！你就知道说他，你是坏人！"

他慌乱地摆手，"我真的没有说过这些，主人，我真的没有……"

艾清已经听不见他在说什么，她气得手都在发抖，指着门叫道："你就是这么教孩子的？你给我滚出去，滚！"

"主人，我真的没有……"他战栗着，垂着头，卑微地说道。

艾清气得快发疯了，她抽出手边的一把雨伞，狠命地打他，"你滚出我家！谁让你进来的？！我从来没从实验室定制过你这么个怪物！滚！"

阿适跑出门。他不能回击，他无从分辩。他觉得委屈极了，他没有权力爱她，他没有立场来爱她，哪怕他的爱是不变的。他只是一个机器人，在她眼里，他是个怪物。

6

他回到实验室，请求袁博士清除他的记忆。但袁博士拒绝了。

"她是需要你的，只是她不明白。"袁博士说，"你要等待。"

于是，他开始等待。采访和演讲，充斥着他的生活，让他短暂忘却。偶尔，他会在午休时偷偷去学校，小鹿和小熊看到他都很开心，又开始和他哭诉那个男人，那个可恶的、自大的、在艾清面前和背后完全是两面的坏人。阿适默默听着，安抚着两个孩子，却没有办法。

他曾经想回"家"，但开门的是那个男人。

"我们不需要机器人了。"他说道。

"我们"两个字刺痛了阿适。他不知道自己的回答是否得体，但是那一瞬间，他心中却埋下了痛苦和愤怒。

愤怒，如同一种苦涩的毒液，让他在刹那间挺直了身体，拥有直直看进对方眼中的力量。然而，这一切迅速消弭于虚空之中。他躬着身子，微笑着，离开。

那天晚上，他一直在回味那种可怕的感觉。热力混杂在能量之间骤然爆发，在艾清的心思全挂在顾博士身上的时候，它从没有出现过，那个人理所应当拥有她，而眼下这一个，却不是这样。

他又复习了一百遍机器人三定律，想要以此来压制那股力量。

第一法则：机器人不得伤害人类个体，或袖手旁观坐视人类个体受到伤害；

第二法则：除非违背第一法则，机器人必须服从人类的命令；

第三法则：在不违背第一及第二法则下，机器人必须保护自己。

这是真理，没有错误。

他不能伤害人类，绝对不能。

这一天他又去学校，只看到小鹿，小熊没有上学。

小鹿向来是个冷淡而坚强的孩子，但是在看到他的一瞬间，小鹿却哭起来。男孩扑进他怀里，颤抖呜咽着。

"怎么了？"他柔声问道。

"他打小熊，小熊都站不起来了，他还是在打他。"小鹿一直在抽泣，"我怕，爸爸，我害怕。"

阿适一瞬间差点跳起来，他体内再一次升起那种力量——古怪的、神经末端差点要短路的沸腾力量。

"别怕，"他轻轻拍着男孩的背，"有我在呢。"

"妈妈不让你进家门……"小鹿哽咽着，"我不要回家了，我要跟爸爸在一起。"

"可我是……"机器人。

他没有说出那三个字，他看着男孩惊恐的眼睛，说："我去问袁博士，下午放学来接你。"

小鹿使劲地点头。

袁博士很犹豫。那是艾清的家事，就算是好友，自己也不便干预太多。他查了医疗记录，小熊没有去医院。

"会不会是那孩子为了让你回去而撒谎？"袁博士问。

"你怎么会这么想?！"阿适大声说，"小鹿不是那样的孩子！"

袁博士惊诧地看着这个向来温和的机器人，阿适立刻知道自己做错了。他低下头，轻声道："请您原谅我的无礼。"

袁博士想：他和那个孩子是有感情的，所以才会这样。因而他并没有多说什么，但也没有答应阿适的请求。

"今晚你留在实验室。"他看到机器人欲言又止的表情，又补充道，"这是命令，阿适。"

长夜，漫长得仿佛永无尽头。他从日落开始就觉得焦虑，他不知道小鹿会不会在学校门口等他，一直等下去，就像此刻他在实验室里坐着一般急躁，坐立不安。他不知道小熊的状况有没有好转，而那个男人——那个可恶的家伙，是不是又会伤害他……他不知道，艾清，究竟会如何应对那个男人的坏脾气，会不会……她也被伤害了？

阿适多么希望自己就是一个普通的机器人，得到一个命令——在实验室等待——就去简单地执行。而不是像现在这样：不停地想，不停地担忧，不停地猜测。

直到天亮。

袁博士回到实验室，看到因为失眠而一脸疲惫的阿适，反而觉得兴趣盎然。他不紧不慢地给他做了一整套测试，从体能、身体状态到心理健康，阿适在回答那些诸如"你是否觉得世界是美好的"一类的愚蠢问题时，感到非常不耐烦。但他还是在"是"的那一栏，画上了一个圈。

实验室里非常忙碌。袁博士在对 GS-2 型机器人做最后的测试。样品机器人是一位漂亮的少女，有着窈窕的曲线和温柔的面庞，她在测试的间隙，跑过来问阿适：

"你也是机器人?"

"是,我是 GS-1 型。"

"哦?"女孩眨眨眼睛,"袁博士说,我们在对情感的回应上比你们更加灵敏,而且在个性上也更加接近于人类。"

阿适不想和她谈论这些,便淡淡答道:"是吗?"

"你表现得不友好,这是你的个性吗?"

阿适站了起来,冷冷地盯着她:"你一定要问这么多吗?"

女孩抬起头来,"你不高兴,为什么?"

她没有恐惧,而是好奇地盯着他——阿适的火气突然消失了,她还是个孩子,一个婴儿,无知又充满了新奇,对自身的判断既肯定又怀疑,她虽然长得像个成年人,但心智还没有小鹿和小熊成熟,她根本不知道自己的行为,会对别人带来什么影响。

这就是为什么艾清不会喜欢他吗?因为他根本就不是顾博士,而是一个孩子。

这个推测让阿适的心情更糟糕了,他觉得,他已经长大了,不再是个孩子,但说不定,他再也没有机会证实这件事儿了。

第二天,阿适终于忍不住了,他向袁博士请求去见艾清。袁博士正忙得焦头烂额,随口应了。阿适便一路狂奔,跑到艾清的实验室。她的研究与袁博士不同,是针对超大计算量的特种机器人的,警卫在确认阿适获得的许可之后,准许他进入。他再一次迈开大步跑起来,风在耳侧呼啸着,像是他内心的呐喊。而等他见到她的时候,他却一句话都说不出了。

艾清的一个眼圈是肿的,乌青发黑,她坐在办公桌前,低着头,愣愣地发呆。

他有多久没在她的脸上见过这个表情?麻木的,呆滞的,就像世界都停下来了。

我的爱情……

阿适意识到自己在做什么之前，他的手指已经抚上她柔软的面颊。他们有着相同的体温，相同的触感，相同的……

艾清抬起头看到他，泪水涌出来，就像他最初见到她的时候一样。

她把头埋在他的胸前，哭泣着："你去哪儿了？你到底去哪儿了？你为什么不在我身边？"

阿适的双手慢慢拥住她的身体，一点一点靠近、箍紧，就像怀抱着梦想。

"对不起，我不该离开你。"他低下头，凑到她耳边轻声说着，"我不会再离开你了，我的爱情。"

7

晚上，阿适陪着艾清一起回家，开门的是那个男人。

"你还知道回来吗？"

艾清往后退了一步，本能地缩到阿适背后。

男人已经摘掉当初温柔体贴的面具，露出冷酷不屑的表情："怎么，把这个小机器人弄回来，你就有靠山了？"

艾清没有说话，她抱着阿适的胳膊，瑟瑟发抖。

阿适觉得她又要变回初时的模样，只会流泪，不会说话。

"他能做什么,他还能拦着我吗?"男人狠狠推了一把阿适,他挺着没有动。

从纯粹的力量角度来看,人不可能是机器人的对手。

男人怒气冲冲地说:"我命令你站到一边去。"

"很抱歉,您不是我的主人。"阿适抬起头,看着他。

"放肆!你这个肮脏的机器!你竟敢这么对我说话!"男人一拳打到他身上,阿适没有动,依然直直地盯着他。

第二拳打在他的脸颊上。

他只是偏了一下头,又看回去。

第三拳直冲着眼睛——正是他打艾清的地方。阿适感到一阵微微的晕眩,但这样的攻击对他来说微不足道。

"你住手!"尖叫着扑上去的人是艾清,"你这恶魔,你给我住手,你不许打他!"

阿适想要拉住她,但是她的力气大得出奇,完全出乎他的预料。再伸手的时候,艾清已经被男人拽住了。

"怎么,你这贱人连机器人也不放过?"男人用恶毒的语气说着,"你可真让我恶心!"

艾清挡住他的拳头,但紧接着男人就抓住了她的头发,强迫她仰起头来。阿适觉得世界仿佛被隔绝开来,只剩下艾清,和她头上的那只手。他听不到声音,也看不到周围的景象,他的身体完全被愤怒的毒液充满了。他的双手在颤抖,当他看到男人扬起另一只手要打她的时候,他冲了上去。

——这太容易了。

男人在他的手下,就像是小鹿曾经杀死的那只甲虫。小鹿抓住它的外壳,然后狠狠往地上摔;再捡起来,再摔。甲虫毫无反抗之力。

阿适抓住男人的头，狠狠地，一次次地，往地上砸。

直到头骨开裂粉碎，一股股黏稠的液体粘在他的身上。

艾清在旁边看着，渐渐清醒。

"你……"

她的声音在发抖。

阿适一下子被她的声音拉回了现实。他看到了——这是在她的家里；他听到了——她恐惧而飞快的心跳；他也闻到了——男人的血腥气，死亡的恶臭，混杂在一起。

他松开手，大口大口地喘息着。他不知道自己为什么会有这种举动，但他本能地这么做了。

"阿适，你……你杀人了。"艾清说着，两手因紧张而拧在一起。

他平复了自己的呼吸，然后抬起头。他没有慌乱，他很平静，就像一汪无波的水。

"我知道。"

"你违反了……第一定律……怎么会，怎么会这样?……"艾清慌乱地说，"这是不可能的啊，怎么会这样?"

"我不能够看着他伤害你。"他一字一顿地说。

"可是你——你杀了他……天哪!"艾清惊叫起来，"你快逃，阿适，赶紧逃!"

"不。"他回答道，"他们会以为是你干的，我会去机器人法庭。"

"阿适!"她喊着，"你立刻就走，这是命令!"

"我已经违反了第一定律,也能违反第二定律。"他对她微笑，"你愿意这么说，已经够了，足够了。"

她震惊得说不出话，那不是机器人阿适的微笑——那是她丈夫的微笑。

"很抱歉，我不能遵守我的诺言。"他还是笑着，"我必须得离开你了……"

他的声音低下去，轻轻呢喃道："我的爱情。"

8

他们摘除了阿适的眼球。

之后，他被带回医用仓库，袁博士又一次问他："为什么？"

他没有回答。

回答了又有什么意义？有哪一篇科学论文会写：机器人为了爱情杀人？

这是很可笑的事情，不需要讨论，便可知是谬论。

离开仓库的时候，袁博士回头看了一眼阴影中的阿适，残破而安静地坐在那里，仿佛已经死去，不知为什么，这让他想起病房中的顾博士。

这让他很难过，尽管他知道，对于一个机器人产生这样的感情，是毫无意义的。

事后艾清来找过他，并没有多说，只是问清楚阿适的判决后，默默离开了。

他也想问她发生了什么，但她没有直接回答。

"你不会相信。"艾清这么说，"以我的专业知识，我也不会相信。

但它是事实,它发生了,就是这样。"

这件事情像团迷雾一般陷在他的脑海里,万幸公司的公关部门已事件压了下来,并没有引起媒体的震动。其他的 GS-1 型机器人都得到很好的反馈,并没有出现类似的状况。然而,情感系统究竟是哪里出现问题,还是让袁博士十分不解。

难道——是因为对顾博士的模仿?

这个念头在脑海中一闪而过,的确,为了达到最高的仿真效果,只有阿适这个定制样品是以真人的思维和经历作为模板的,但是按理说,这也不足以产生动摇第一定律的力量啊!

太奇怪了!

然而,更奇怪的是,第二天,艾清又来了。

"我想申请器官移植。"她一脸公事公办的模样,"我希望把阿适的大脑,移植到我丈夫身上。"

袁博士愣了三秒钟,才重复了一遍她的话:"移植——大脑?"

"是的。"艾清点点头,"虽然没有先例,但我作为顾博士的妻子,愿意冒这个风险。在手术实施的可能性上,我已经同陈大夫讨论过,他认为阿适作为顾博士的完全模仿体,其生理结构具有操作的可能,现在,我需要你签字同意。"

"这里面的风险……"袁博士还有些茫然,"那么……如果成功,他是机器人还是人类?"

"根据《机器人伦理法则》,如果机器人移植器官占人体器官不超过其体积的百分之二十,不需要经过伦理协会的特别批准,便可以认定为人类。"艾清显然有备而来。

"但那是大脑!"袁博士叫道,"他会有阿适的记忆与思维。"

"在法律上没有针对大脑的特别条款。"

"那是因为从没有可能进行这种移植——你真是疯了！"袁博士挥挥手，"你不能拿顾博士的生命开玩笑！"

艾清靠近了一步，"我没有疯！你听着，我的丈夫已经死了，阿适也很快就会死，而这个方法如果成功，我能救活他们两个，你明白不明白？我能救活他们两个！"

袁博士后退一步，震惊地盯着她。

"而即便失败，也不过是让他们彻底死去而已……"她挤出一个极其悲伤的微笑，"我请求你，我的老朋友，给他们一个机会，也给我一个机会。"

9

为了打开阿适的头骨，他们使用了特别的医疗机器人。

陈大夫为了这次手术而兴奋不已。他一直在等待这样的机会——做一个新领域的开拓者，一位领头人，踏足一片从未有人涉足的新天地。而上苍是如此眷顾他。在研究阿适和顾博士的大脑结构以及神经分布之后，他知道这个天赐良机来了。艾清博士提出的想法或许有她个人发疯的成分，但在实际的应用上，是完全可行的。

以机器人大脑来唤醒脑死亡的植物人，这会是多么伟大的创举！

手术漫长而复杂，为了准备，他以各种理由拒绝了继续摘除阿适其他器官的申请，机器人也需要极好的状态来熬过这场挑战。手术从早上八点一直进行到次日凌晨四点。当他把顾博士最后一块头骨镶嵌回去的时候，陈大夫脚下一软，差点瘫坐在地上。

袁博士在一旁看着这个医学狂人，再一次感叹自己竟然会同意进行这场闹剧。但或许在心底，他也是期待的，期待一个奇迹的诞生。

顾博士在病床上躺了两年，手脚的肌肉都已经萎缩，身体机能也每况愈下。但从某种意义上讲，他还"活着"。他还有呼吸，有心跳，有膝跳反应。而此刻的阿适，已经彻底成为医疗垃圾，一堆毫无意义的废弃物。

"他什么时候能醒来？"袁博士问。

"我不知道。"陈大夫擦着头上的汗水，"我们只有等待。"

一天，一周，一个月。

他醒了，像是从噩梦中惊醒，呜咽挣扎着，想撤掉身上的管子。

过了些日子，他睁开了眼睛，会吃东西——尽管每一次吃的时候都很不适应的样子——他会发出简单的声音：是，不是，好的，不好。他会准许护士的靠近，帮他活动肌肉，一点点恢复体力。他坐起来，站立，迈出第一步，向前走，甚至跳跃。但是，当袁博士问起艾清，他却只有摇头。

"不。"他说。

夏天过去，秋天也过去了。天气越来越冷，有一天他突然指着电视里的童装说："外套，给小熊。"

袁博士大喜，立刻让人去买来，可他之后却再没有类似的反应。他似乎记得一些，又似乎什么都忘了。当袁博士说起艾清，他还是摇头，"不。"

是不知道？不见？还是不想听？

但是却没有下一句话。

冬去春来，艾清来看他，被袁博士挡在了外面。

"再等等。"袁博士这么对她说，"他受伤太重，要慢慢恢复。"

艾清点点头，没有争辩。她留下一份杂米粥，"这是他最喜欢的。"还有一张小熊画的白雪公主。

袁博士拿进去。他喝了粥，看着画。

"不吃苹果。"他说。

袁博士一头雾水，不知道他到底在说什么。

"苹果？"

"不吃苹果的爱情故事。"他说。

那天夜里，袁博士接到护士的电话，她急急忙忙地说，顾博士消失了。

消失了？

袁博士拿起电话，直觉地要去问艾清，但拨到一半，又把电话放下来。

先去别的地方找找，如果没有……

那也不用问了。

10

他离开了医院，头痛欲裂，晃晃悠悠地走着，但他还是能分辨出那条路——回家的路，他们一起从实验室每一天，每一年一起走，他们一边走一边说着上班的琐事，说着小熊和小鹿的状况，说着对彼此的感情。

　　他认识这条路。

　　在第二个街口，往左拐，然后，再走十分钟，右拐。

　　进院子，第二栋公寓楼，上楼梯，五层。

　　他喘着气，他很久没有走过这么远的路。

　　钥匙——钥匙在门口的花盆里，要挖进去一点点。

　　"埋到土里。"她这么说。

　　金属碰撞的清脆咔嚓声响，门开了。先换鞋，然后进客厅——走廊，路过孩子们的屋子，尽头，是他们的房间。

　　月光洒在她的身上，她已经醒了，微笑着面对他。

　　"亲爱的……"她的眼中满是泪水。

　　别哭。

　　我回来了，我的爱情。

已删除

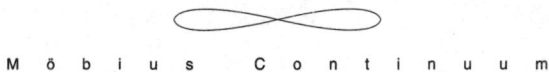

Möbius Continuum

他们在我们面前杀死了一个男孩,就像删除一个错误文件那么容易。

1. 已删除

公元 2113 年，夏。

我对另一个世界的最后印象是法官的判决书，由于"传播危险思维"和"攻击倾向"，我被永久剥夺了网络使用权，我的所有账号、信息、医疗保险乃至生存记录，都被彻底注销，只在"回收站"留有最后的备份。

这一年我二十岁，虽生犹死。

2. 鬼 魂

我记得在被摘除网络终端接收器之后的那个晚上，我回到家，却感觉自己身处一个全然陌生的世界之中，甚至连"门"都无法辨识出我的存在。我只得在屋外等着，一天一夜。

父亲出现时，我冲了上去。他的目光却略过我的脸，只是厌恶地盯着自己的手。

"是'鬼魂'吗？"他的语调依然像以往那样温文有礼，可声音听上去却格外苍老，"请放开我，不然我要呼叫管理员了。"

我喊着他的名字,但他听不到。

他的视觉和听觉神经都被网络终端填满,他看不到我的模样,也听不到我的声音。我是一个鬼魂,已经从他的世界中删除。

我无法和任何一个朋友联系,我无法被任何一个亲人看到。他们或许会为我的消失感到一瞬间的疑惑,但用不了多久,就会有新的信息引起他们的关注——国家心理署总会格外照顾"鬼魂"曾经的亲友,用多种心理咨询方法他们尽快"从哀痛中走出来"。我想他们已经忘记我了,因为我在他们的世界中不存在。

已删除。这就是我现在的状态。

我在城市中游荡,没有人能看到我。每天下午三点,在城市的"回收站"大楼会有专门的工作人员为我们这样的"人"派发食物和生活用品。这些东西与美味或者时尚都毫无关系,但它们的确能够让你生存。同样,如果你不介意舒适程度而只需要生存的话,回收站也可以成为你的住所。

我就是在那里遇到了陈一。

和其他的鬼魂不同,他看上去既干净又整洁,甚至连头发都用染料涂过颜色。我无法想象,那些本来依靠虚拟视觉效果的发型制作技术是如何还原到一张真实的面孔上来的,但是他实实在在就站在那里,光彩夺目,像是一个幻觉。他保持着高傲的姿态和优雅的举止,当他伸出手去接过工作人员递来的包裹时,我简直以为他在接受第一百八十五届奥斯卡金像奖。

"谢谢。"他说。

如同中了病毒一般,我站起来走到他面前。他往侧旁走了一步,礼貌而冷漠,让我以为他是在拒绝同我交流。但正当我沮丧之时,他开口了:"你是新来的?"

与外貌相反,他的声音嘶哑难听,当这声音从如此近的距离传来时,我简直本能地想要去进行音调美化。当然,对于现在的我来说,那是不可能做到的事情。我的惊诧反应看来完全在他的意料之中,他不动声色地看着我。

"我……"我被自己的声音吓了一跳。

低沉,嘶哑,就像生锈的铁。

他微微一笑,"看来是的。我们真正的声音没有想象中好听,不是吗?"

正是如此。

"好了,不要像条丧家犬一样。相信我,你的自由生活才刚刚开始。"他微笑着,伸出一只手,"我是陈一。"

他的手温暖,结实。

我说:"林默。"

3. 垃圾桶

他们在我们面前杀死了一个男孩,就像删除一个错误文件那么容易。

"回收站"的工作人员在"那个世界"中是最失败的一群人。他们中的许多人患有终端过敏症,无法将网络接收器植入体内与神经直接相连,因此,他们只能安装外接的——最陈旧过时的终端——像傻瓜一样的眼罩和耳塞。他们的思维与行动经常会受到真实世界的干扰,总是不能集中精力,也总是不能跟上他人交流信息的节奏。这一切都让他们从出生开始就倍受歧视。即便在成年之后,这些人也大多沦为回收站管理员和鬼魂警察,每天的工作就是和鬼魂打交道,是最下等的公民。我还记得上中学的时候,我经常同好友一起嘲弄班级有过敏症的同学,"垃圾桶"——我们这样称呼他。我们会在升级后的高级网络系统中建群,用视线圈出自己想要联合的对象和攻击的目标,然后在群里商量好时间,一起去向他发送各种垃圾文件。

垃圾桶,没错,他是垃圾桶。

可如今,这些和垃圾桶一样的人,却是我的生命主宰者。

他们围成一圈,那个即将被杀死的男孩蹲在中间,颤抖战栗着,然后,他们用高压电流打他,男孩抽搐着倒下去。

"你们要记住,攻击他人和偷窃,会有什么样的下场。"其中一个人对我们说道,他摘下了外接眼罩,当他冰冷的目光毫无遮拦直接碰触到我时,我不寒而栗。

时间是下午三点,陈一拍拍我的肩膀,照常走上前去,拿走属于他的食物和日用品。

"谢谢。"他仿佛什么都没有看到,温和地说道。

我的视线却盯着死去的男孩。他的面孔惨白僵硬,只是口鼻被淌出的血液染成暗红。

陈一回到我们的角落。他说:"自己去拿食物,我不会分给你。"

在陈一之后,没有人再靠近那些垃圾桶。我走过去,像是踩在云里,暗红的血粘在我的鞋底。

我突然想到,我不知道曾经被我欺负的垃圾桶是什么模样,他的脸总是被我们涂黑,他的脑袋在网络世界里永远罩在黑雾里。所以,他说不定是这群人中的一个。

我伸出手,接过那个包裹。

转身。

"林默?"一个声音说。

我觉得自己在发抖,但我像是被陈一附体了。

我扭过头,抬高下巴,尽可能地高傲,"怎么了?"

一张年轻的脸,苍白,瘦长,眼睛下面有着深深的阴影。

"还记得垃圾桶吗?"他说。

时间回到2106年,冬。我十三岁。

天气寒冷的标志在视线里不停闪烁。

那是对青少年的公共警告,我无法将其关闭。因此,即便在我玩神庙逃脱游戏的时候,那个闪影还是不断地在我的头顶蹦来蹦去。

我极为烦躁。在我的朋友圈里,我向来是这个游戏的纪录保持者,直到这该死的游戏出了第二代。第二代让一切都得重新开始,没有人还会去玩第一代。我们同时回到最初,我的骄傲被扫平了。

老常说他刷新了纪录,他跑了六万米。他把图像发给我们每一个人,这张有着巨大数字和闪亮标志的图充斥了我们每一个人的视野。

为了庆祝,他难得地换了一身新装,那张六万米的图像成为他的衣服,随着他的肚皮上下起伏。老常是个可悲的穷小子,他和他的家人都靠我家施舍的残羹剩饭过活,如果不是因为他很听我的话,我才不会和他一起玩儿。如今,他好不容易找到了一点值得骄傲的东西，就如此趾高气扬，让我想掐死他。

可你知道赢得游戏不仅仅需要技巧，还有时间和运气。

我决定找点别的什么来玩儿。

我圈出那些曾经的手下败将加入讨论组，我告诉他们说，我们应该让"垃圾桶"知道，他不配和我们在一间教室里上课。除了老常之外，他们都表示认同。群话题很快就刷新为如何整治"垃圾桶"。老常的六万米纪录图片消失了，他肚皮上的数字就像是一个苍白的讽刺。我很满足。于是我说，我们还得玩点儿更有创意的。

很快，我们就讨论出几种创意，例如：

宣传"垃圾桶"有传染病。

以"垃圾桶"的名义向班上脾气最暴躁的女生表白，等等。

但是最后，我们选择了难度最高的一种：在考试前将考卷偷盗出来，并且放进"垃圾桶"的网络系统里，污蔑他作弊。

"这会让他被学校开除的。"老常忧心忡忡地说道。

我说："你是打算退出当叛徒吗？"

我说："你是打算向网络警察告发我吗？"

我说："你去啊，有本事你就去。"

老常不说话了。在几个人之中，我的网络攻击技术最纯熟，因此我负责盗窃考卷。我说我愿意承担风险，如果我没有成功，我不会说出你们任何一个人的名字，我会删掉所有的聊天记录，但是我希望大家能够团结一心。

好。他们说。

……好。老常说。

"老常负责和垃圾桶套近乎，把试卷交给他。"

我们都盯着老常。我知道,他不敢拒绝我,他早上才让我去求情,以免他无能的老爸被我家的公司裁员。

"好。"他说。

4. 叛 徒

2113年,春。此刻我是一名大学生,还丝毫不知道自己即将失去网络。

我们的朋友圈基本没有变,当然,"垃圾桶"早就退学了。他消失不见,被生活删除——事实上,在大学里,你很难看到一个网络终端过敏症患者,无法及时升级系统的人是不配接受高等教育的。

我是一个例外。

生于一个富裕家庭的好处就是,可以用高额的代价,来换取正常的生活。每天一片抗过敏药,可以解决所有问题。

父亲常常告诉我说:你不仅和别人一样,你还比别人更优秀。但我还是会做梦,梦见我变成垃圾桶,因此,即便是他消失之后,我还是恨他。

为了缓解漫长大学生活的无聊,我加入了一个户外骑行社团。理所当然地,我在大二的时候当上了社团的社长。我总是中心人物,我享受在队列最前端飞驰前进的感觉。我是最优秀的。

骑行唯一的缺点就是,在一些不完善的路段上,自行车的维修和补给会成问题。

我希望政府能够重视我们的需求。他们只为汽车驾驶人提供完善的休息区，却从没想过自行车骑行者根本不可能在一个下午走完一百公里的路程。我认为，我应该努力争取自己的权益。

我开始建立网站，召集朋友，试图引起更多人的注意。可穷鬼老常还是忧心忡忡，"你会不会玩儿得太大了？"

他依旧是个懦夫。

我说："这只是个开端，你怕了吗？"

我说："我还要去攻击政府的网站，把我们的理念挂在首页上。"

我说："你可以不参加，也可以去告发我，我是不会退缩的。可你别忘了，我们是一伙儿的。"

老常不说话了。

一个月之后，我接到了网络管理员的通知。我的网络受到了极大的限制，我的世界坍缩到不可思议的小。我什么都看不到，什么都听不到。这只让我更加愤怒。我用能够利用的一切力量来反抗这种压迫。然后很快，法官做出了判决。

从回忆中抽离出来，我在一堆垃圾桶面前，死去的男孩儿就在我的脚下，他的血染黑了我的鞋。

"你还记得垃圾桶吗？"老常说。

因为我的缘故，老常被学校退学，在回收站工作。

面对他，我没有办法像陈一那样微笑。这是一个新游戏，我的骄傲被扫平了。

当工作人员提问题的时候，我必须回答。我说："我记得。"

他说："你很少只答我一句话。"

他说："垃圾桶是我弟弟。"

他说:"因为你,他退学了,我们家付不起他的抗过敏药,可终端过敏症不是他的错。"

他的声音听上去和网络世界里不同。他的眼睛赤裸裸地直视着我,我觉得自己再也不能俯瞰他。

我说:"对不起。"

"我听不到,鬼魂。"

"对不起对不起对不起!"我低下头,攥紧拳头。

我是最优秀的。

他笑了,"林默,哈。"他转过身,悠悠说道,"我这就去举报你,你能怎么样吧?"

我抓紧我的包裹,回到那片属于我和陈一的草垫上,陈一说:"只要你没做错什么,他也不能惩罚你。"

"我知道。"我说。

"你不需要对他那种态度。"陈一说,"我们都是人,我们是平等的。"

我只觉得嗓子眼儿好像被什么东西堵着,恶心得想吐。

"就算在这里,我们还是可以有自己的生活。"陈一说,"跟我来。"

5. 鬼魂俱乐部

鬼魂俱乐部。

天气已经凉下来,我身上罩着粗糙的棉大衣。仅仅过了五年,我已经快忘记原先的价值准则了。我是鬼魂俱乐部的酒保,我在策划一项伟大的反抗行动。我是最优秀的。

陈一站在我身边,他是鬼魂俱乐部的老板。他说他已经是个"老鬼"了,偶尔去回收站,是为了提醒自己是个鬼魂。

我不相信。我说,你看起来和我差不多大,怎么可能老。

"我很早就离开了那个世界。"他平静地说,"那里没有什么值得我留恋的。"

我举起酒杯,"我同意,兄弟。"

他微笑着和我碰杯,"我很高兴看到你恢复过来,你知道,总有一些人还想要留在网络世界里。"

是的,那些傻瓜挖掘出几十年前的古董,试图接入网络,在失败之后,他们建立起一个可笑至极的局域网,在里面像白痴一样互相打招呼。

你好。

你好。

我对陈一说:"对我来说,这里,现在,是一个新游戏。我喜欢游戏。"

他说:"我知道你在做什么。可我的态度你一向是知道的,我不支持你,也不拦着你。但我还是要说一句,你有没有想过结果?如果你失败了,会怎么样?"

我想了想,对他说:"你知道,赢得游戏不仅仅需要技巧,还有时间和运气。现在,我拥有技巧和时间,我希望自己能有运气。"

他摇摇头,把杯中的酒一饮而尽,"那么,祝你好运,兄弟。"

时间回到2113年的夏夜,陈一第一次带我去鬼魂俱乐部。

这个酷极了的地方我在学校里听说过，你不可能在任何一种导航上找到它的存在，这就意味着在网络世界里，就算你站在它面前也看不到它。因此，我对这个传说的兴趣很快就消失了。有一天，老常告诉我说，鬼混俱乐部里有真漂亮的妞儿。

"真——漂亮。"他格外强调那个"真"字，"不是附加的视觉效果哦。"

我哈哈大笑，"你怎么看见的？把手都摸人家脸上去了？"

我笑了半天，"你赶紧给自己找个妹子才是真的，少跟我这儿吹牛了。"

我说："管他真的假的，有妞儿在身边才是真的。"

老常不说话了。

陈一把我带到一个角落里坐下，我的对面有个女孩儿在看我。她像陈一一样染了头发，眼睛很大，忽闪忽闪的。

没有网络世界里那些光圈环绕的妹子好看，但是，却比她们更吸引我。

更真。

陈一拍拍我的肩膀，就走开了，那个大眼妞儿坐过来。

"你就是林默？"她说。

我被她直勾勾的眼光看得有些不好意思，"嗯。"

"陈一说你是个能办大事儿的人，"她伸出手，握住我的，"我是琳达。"

你好。我说。

白痴。我对自己说。

"你对加入反抗组织有兴趣吗？"她忽闪着眼睛问我，"我们认为这个世界是有问题的，我们想要唤醒那些沉醉在网络世界的人。"

我想起我喊着父亲的名字,但他听不到。

"就像是一个闹钟。"我说,"让他们醒过来。"

"正是如此!"琳达的声音清脆动听,"我们要让他们知道,我们是平等的。"

"但空谈口号是没有意义的,"我说,"我想听到具体的计划。"

她笑着摇头道:"这正是我们面对的问题,我们的力量太小了,也许对于现在的情况,只有流血才能让他们警醒,才能让他们看到我们。"

"在那样的状况下,我们恐怕要做出更多牺牲。不,这不聪明。"

她看着我,"你的意见和陈——一样!我想,或许我们需要聪明人的帮助。"

我喜欢被注视的感觉。

我说:"琳达,我很荣幸能成为你们的一员。"

6. 覆盖原文件

正如在骑行社团时一样,我总能够很快成为一支队伍的核心成员。第二年,我便同琳达一起策划了几次富有趣味的小行动,为伟大的"闹钟计划"做铺垫。我需要网络世界中的内奸,我需要让我们的人自由出入网络世界,获取资料,并且扰乱对方的视线,只有这样,才能最终一举毁掉服务器。

因此,我们需要网络的登录账号与终端,让我们在网络世界中

"复活"。

"从技术角度来说,这并不难。"在一次机密会议中,我说道,"尤其是对于那些使用外接终端的人来说,只要仿制他们的视网膜和指纹信息,就可以骗取网络的登录认证。你们看,这就是网络愚蠢的地方,只要你用某一个人的终端成功登录,它就会认定'你'就是'那个人','你'就可以获得'那个人'享有的一切。这样,我们就可以再次进入网络之中,获取自己需要的信息。而一旦出现问题,则可以让'那个人'来担责任。"

琳达睁大眼睛看着我,"这就像是把我们的思维'粘贴'到网络世界里去!"

"对,把我们自己粘贴到网络系统之中——确切地说,是'覆盖原文件'——取代掉原先的那个人。"

"这真是太棒了!"琳达惊呼,"你是怎么想出来的?"

很多年以前,我曾经让老常骗来垃圾桶的视网膜信息和网络终端,然后进入学校系统偷考卷——在其他任何人看来,都是他自己偷的。

当然,我不会告诉她这些。我摊开手,微笑,"这很简单,亲爱的。"

陈一在一旁笑道:"我早告诉过你们,林默是一个能办大事儿的人。"

我很愉快,"所以,我们现在的工作,就是找到几个目标,复制他们的视网膜和指纹,然后抢夺他们的终端。"

我们选择的目标之一,是老常。

我不会忘记他背叛过我,我也无法容忍他整日趾高气扬在我面前走来走去。我亲自当了诱饵,说要找个安静的地方诚恳地向他忏悔。这是一场愚蠢的戏，但是更愚蠢的老常轻易地上当了。我带他到鬼魂俱乐部，这个他曾经觉得很酷的地方，这个在任何一种导航上都不存在的地方，然后使用自制的干扰装置让他的终端暂时失效。他成了一只任我宰割的小绵羊，呆滞地站在那里，恐慌充斥了他暴露在外的眼睛。

我说："好久不见，老常。"

我说："感觉很熟悉吗？这样的对话方式？"

我说："你有什么要忏悔的吗？背叛者？"

他看着角落里的阴影，默然不语。

我一拳打歪了他的鼻子，黏稠浓黑的血液从他的鼻孔里淌下来，脏兮兮的。

我从口袋里掏出刀子，我得解决掉他，我恨他。或者说，我们得解决掉他，他是我们要覆盖掉的原文件，他即将被删除。

陈一从角落里走出来，他握住我的手，"林默，把他交给我吧。"

我摇头，"不用。"

他说道："这是我的俱乐部，我不希望有人在店里杀人。林默，你相信我，把他交给我，我会解决他。"

我看着他的眼睛，我没有看到一丝虚伪。他是坚定的，是一个战士。

"好。"我说。

我就这样成为老常，回到网络世界之中，如此轻易。但我已经失去对它全部的眷恋，我对它充满了愤怒，它的每一句话都是骗局，它的所有装饰都很虚伪。我要做一个很大的闹钟，敲醒它，震碎它。我要毁掉网络服务器，毁掉整个网络世界。

到了闹钟尖叫的时候,生活在网络世界中的人会骤然停下脚步,茫然四顾,不知所措,哭泣流泪。想到这一幕,我就热血沸腾。

7. 闹钟计划

时间回到2118年的鬼魂俱乐部,我二十五岁。

最初的轰鸣过后,世界一片空白。

闹钟计划已经开始,时钟的秒针滴答滴答向前走。

爆炸和新年的钟声同时响起。起初人们大概还以为那是电子声波的余音,但紧接着,从地下传来的震颤让他们从不同的网络世界中惊醒。当那些轰鸣如同浓雾一般笼罩住每一个人时,他们惊奇地低下头看着自己战栗的双手,猛然睁开眼睛,看到一个全然陌生的世界。而真正清醒着感受这个伟大时刻的人,只有鬼魂,只有我们。

我们在看着他们。这些从熟睡中惊醒的人。

我们是伟大的战士,我们正在击碎旧世界。

我在爆炸过后的五分钟内录下了一段视频,它很有可能是我以真面目留下的唯一一记录,在这份记录中我不再是鬼魂,而是一个人。

我说:"新年好。"

我背后的路人停下脚步,疑惑而又恐惧地看着我。

我对着镜头说:"当你看到这段视频的时候,你可能刚刚从网络世界中清醒过来,正觉得无所适从。请不要惊慌,我并没有恶意,只是想让你看清一些事实。你看,网络世界仿佛能满足你的一切愿望,它充斥着吸引眼球的新闻、值得关注的明星还有可以娱乐的傻瓜,可到头来,你却不知道自己需要什么。你被欺骗了,我的朋友,当午夜过去,你会发现新的一天和旧的一天完全相同,新的流行色,新的明星,新的创造,新的女友,什么都是新的,但其他什么都是一样的,和过去一模一样。"

我说:"醒醒吧,朋友们,在网络世界里,我们永远不会感受到真实的呼吸紧张与痛楚。你拥有的只是绝望,无边无际的绝望。不要再被欺骗了,醒来吧,加入我们。"

我的话音落下,音乐响起,那是我们从垃圾堆里找到的音响,放着贝多芬的《悲怆》,钢琴的第一声重音坠到我的心里,我从未感觉自己像此刻这般伟大。

距离爆炸已经过去十分钟。

陈一关掉摄影机,他把视频传到老常的终端里,由那里接入网络,然后在备用服务器启动的瞬间,传进每一个人的视野里。做完这件事,陈一和我一起走回鬼魂俱乐部,那里,人们正在狂欢,庆祝我们的胜利。他递给我一杯红葡萄酒。

"为了鬼魂。"他低声说道。

外面的乐曲还没有终结,音符流动的速度越来越快,滴答滴答。

我说:"为了我们的明天。"

陈一笑了,他仰头喝酒的模样,像是吸血鬼在啜饮人血,优雅,邪恶。

温暖的酒像是血滑过我的喉咙。我知道等待我的结局是什么,尽管我们还有下一步计划,但最终却不可能逃脱。我的结果无非和当初那个偷盗的男孩儿一样。我们即将面对的不再是"垃圾桶"警察,而是真正的军队。

  于是，我决定在这几分钟里回忆自己的一生，但是却什么都想不起来，记忆像是被清空的回收站，干干净净。接着，浮现在我脑中的，是"垃圾桶"和他每天被涂黑的脸。对，"垃圾桶"，那个原本无辜、却让我恨极了的人。我不知道那个时候的他，在摘下外接眼罩的一瞬间，会看到什么？他像这些刚刚惊醒的人一样看到这个世界吗？真正的世界？

  如果他能看到，他又怎么能容忍它？他又怎么能忍受每日回到网络之中，被我们凌辱？

  距离爆炸过去了二十分钟。我没有逃，我不想逃。

  "你害怕吗？"陈一问我。

  "垃圾桶"在等待我们丢弃垃圾的时候，会害怕吗？

  "不，"我说，"我的人生从没有像现在这么完美过。"

8. 删 除

  时间回到 2113 年的夏天，我的网络被法庭占据。

  "你承认你犯罪吗？"

  "不。"

  "你承认以下这些言语是你说的吗？"

  我盯着屏幕上的对话，我知道有人盗窃了我的隐私。

  "请回答我的问题，林先生。"

"是,但是……"

"你是否知道你的行为已经危害到公共安全?"

"不,我什么都没有做。"

"你'还'什么都没有做。"

这一次,我终于做了点什么。

时间回到 2118 年的第一天。新年的钟声已经融化在阳光下。

我在一个四方形的盒子里。

如果我能够跳出我自己的身体,就像跳出网络世界那样,我就可以悬浮在半空中看到自己的模样:抿紧嘴角,强自镇定。

这就是我。

陈一坐在我身边,就像在咖啡厅喝下午茶一般悠闲自在,他说:"原来你会害怕。"

"为什么他们没有去我们设下的陷阱?"我说道,"为什么他们会直接找到鬼魂俱乐部?"

是的,原本的计划,应该还有第二轮攻击。我想到了这个结局,但没想到会这么快。

陈一看着我,举起手里的杯子,"你想喝水吗?"

"陈一!"我吼道,"你不明白吗?他们没有被我们唤醒,我们会死得毫无意义!"

"最起码,你给人们带来了一瞬间的清醒。"他说。

"但这是不够的!"

他摇摇头,"这就够了。"

我还想再争辩,但他没有接下去,静静坐着,像是在等待什么。

下午三点,是判决的时间。我听到一个声音从空中飘来:"林默,你被证实无罪。你可以离开了。"

我睁大眼睛,不敢相信自己的耳朵,愣在原地。陈一站起来,走出盒子之外。

那个声音没有提到陈一。

我跳起来,差点撞到盒子的侧壁上,那是一种特殊细胞构成的墙壁,会随着电流的微弱变化,允许拥有特定基因的人类通过。简而言之,它是一道具有识别功能的门。

我撞了上去,然后摔回地上。陈一站在盒子外面,看着我。

"这是怎么回事?"我惊诧地喊道,"我是林默,他是陈一,我才是林默!"

没有人回答。

门无法辨识我的存在!

我盯着陈一,"这到底是怎么回事?"

他坐下,看着我,优雅,高贵。

他说:"小时候,我一直想成为林默。林默是所有人的中心,林默拥有让错误变成正确的权力,林默是完美无缺的领导者。所以我一直想变成林默,虽然林默不知道我的想法。被网络世界放弃之后,我终于可以在这个世界里实现我的愿望,即便它还不圆满,但也很相近了。结果你也来了,这可真是一个惊喜。"

他说:"于是我想,或许有一种办法,让我的愿望变得完美。甚至让林默都比原先更完美。这就是为什么我让你加入闹钟计划,让你来领导大家,因为我既欣赏你的智慧,又知道我们不可能在这个阶段就取得完全的成功。所以我告诉警方一部分的事实——他们起初并不相信我,但我在爆炸发生那晚让老常去同他们交涉——是的,他还活着，不要惊讶。警方答应我，如果我同他们合作，就会让我回到网络世界，拥有你的一切，你的抗过敏药，你的银行账号、信息、医疗保险乃至生存记录。当我站在网络世界里，别人看到的是林默的样子，听到的是林默在说话。我是林默，我会带着被你唤醒的那些人，完成你未完的工作，开启真正的新时代。林默，你的名字将会永垂千古。"

他说："只不过，你自己即将被删除，彻底删除，就像是垃圾一样。"

这可真是一个优秀的创意，它来源于我自己。我简直想笑。

"为什么？"我问。

他把纸杯放到唇边，嘴角绽开一个轻微的笑，仿佛是佛祖的拈花微笑。

"别这么看着我。"他说，"我是垃圾桶。"

时间的记忆

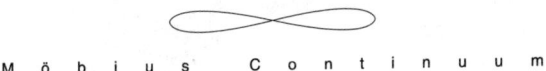

Möbius Continuum

如果不是演职员名单上面有他,观众根本不可能从银幕上认出杜云生来,因为在这部电影中,真正出镜的,只有他的眼睛。

1

有一个巨星恋人最糟糕的事情在于，当他死了，全世界都会提醒你——他曾经活着。

2

我认识杜云生的时候，他已经是一位八十三岁的老人了。我承认当我接受这份工作时，心中的好奇胜过对金钱的需要。我出生时，杜云生已经在影视圈红了近三十年，后来他年岁渐长，不再像年轻时那样活跃，却依然是一个里程碑式的人物，一个大腕儿，一个帝王般的统治者。十年前，他因为投资失败破产而中风瘫痪，这消息着实让大小报纸很是欢欣鼓舞了一阵子，很久才平淡下去。他正在被人遗忘，或许当他死去的时候，人们会恍惚间又想起他来，但绝对不是现在这样，当他残破地活着的时候。

在这家养老院里，杜云生住着最窄小逼仄的一间房间，暖烘烘的，一步踏进去，登时能让人闷出一身汗来。我跟在他的女儿身边，她淡淡地介绍我："这是陈晓，你的新护士。"

他费力地撩起眼皮，这就是我和他的第一次对视。我看到一对浑浊的眼睛，棕色的眼眸已经蒙上了一层淡灰，边缘和眼白模糊在一起。我突然想起小时候第一次看他的电影，他出演共和国元帅，英挺的身姿和锐利的眼神，鼻梁下两撇整齐的小胡子，只一出场便让电影院里爆发出一阵痴迷的尖叫。

"呃……"

他发出一个语意不明的单音节，手指略微颤动了一下。

他的女儿见状点点头，拍拍我的肩膀说："小陈，我爸以后就拜托你了。"

我当然答应下来，她又坐了大约五分钟后，转身离去了。我不能责怪她，毕竟，这几年来她一直在努力偿还父亲的债务，并且尽职尽责地让他活着。房间里只剩下我和杜云生，我用了一分钟的时间来平息自己的失望。我想：这当然就是他的模样了，不然的话，我怎么会在这里见到他呢？

按照养老院的护理规范，我重复了一遍我的名字，以及我每天会来到这个房间的时间、会做的工作，并且祝他愉快。

他显然已经昏睡过去，只在我声调提高时，才略略滚动一下眼球，从而在眼皮上掀起一阵小小的波浪。我走上前去把他叫醒，尽可能温柔地哄他吞下这个小时该吃的药物。他的皮肤干燥发皱，其下包裹着数量可怜的脂肪和肌肉，几乎一触之下便能碰到硬邦邦的骨头。当他吞咽的时候，喉头发出古怪的咕噜声，我轻轻摸了一下他绵软的头发，表示他做得很好，然后再让他躺倒睡觉。

他年轻的时候演过老人，老了却不肯再演这样的脆弱形象。他当然也演过垂死的人，演过无数次，英雄电影总有一半到了最后要把男主角干掉。他中枪倒地，胸口的血液一点点融化进衣服，眼睛无神地望着天空，手指松开，枪坠到地上，接着走火，啪，啪，女性观众的眼泪随之滴落。但我总以为他不该是眼前这样的，这么无助，这么麻木，这么……

寻常。

当我端着托盘离开的时候突然想，或许这里的每一位老人都有过辉煌的故事，但是如今，他们却都走向一个相同的终点。

3

迷上杜云生的电影纯属偶然。当我读护士学校的时候，我的前男友安鑫在读演艺学校。他远远不够帅气，也不够聪明，却总认为自己会成为一代巨星。当然，这个评价是我现在才能给出的，并不是当时。当时我认为他充满了智慧，帅得惨绝人寰，一切不懂得赏识他的人，都必定是被电子时代的虚拟演员洗了脑子。有一个学期，他们的功课就是研究杜云生的电影，然后撰写论文，编一段模仿的小品。安鑫忙于走穴唱歌，而且坚信论文不过是扯淡，于是只去参加了学校的小品排演，把文章丢给了我。"你随便写吧"，他这么指导我。

事实上，这篇论文是安鑫交给我的第一个任务，我不敢随便，只得去下载了十几部杜云生的电影，时间跨度从他十八岁一直到七十岁。我甚至去图书馆里调出杜云生存储的公共虚拟记忆档案，准备在适当的时间采访他的记忆。一切都比我想象中容易得多，人们已经忘记了他，属于他的角落甚至开始堆积尘土。他最红的电影大都是半个世纪之前的，它们掩埋在虚拟数字电影的洪流中，只在偶尔的复古风潮到来时，才悄悄漫入人们的回忆。我用了一个周末把下载的电影都看完，从此一下子爱上了这个不断成长的男人。

成长是在虚拟演员身上很难见到的词汇，它们总是完美无瑕，每一个表情、音调、手势都精确到极致。这些由人工智能设计的演员形象只会在一部电影中存在一次，从某种意义上来说，它们就是为那一部电影而生的，随后便会"死去"。但杜云生不是。起初他是个俊美的少年，举手投足间带着青涩和笨拙，读台词的时候会因为过于用力而喷口水，当在立体屏幕上看到那亮晶晶的液滴时，困倦的我竟一时笑倒在沙发上。

二十多岁时，他经历了一次失败的婚姻，眼睛里的亮光慢慢沉静下来。他饰演了一些颓废的角色，留着胡茬，叼着烟，一言不合便挥拳相向，紧身背心下面是结实光滑的肌肉。与此同时，他的表情开始变得放松，神情不再夸张，而是逐渐沉淀出真实的色彩。

等到三十五岁他拿影帝的那一年，这种细腻的掌控已经到了一种极致，我把那部得奖的影片反复看了三遍，深深感觉这虽然不是他最好的一部片子，但却是最成熟的一部。再过些时候，他在这种熟练的人物塑造手法之外，又加上了一点点魔幻现实主义的色彩——确切地说，是他的眼神变了。光彩再一次从他的眼中绽放开来，但这一次却不像少年时那样生硬强烈，而是流动的诱惑，像一剂迷幻药，让人猛然从现实中脱离，产生一种古怪的茫然感，要去相信眼前的事情，又仿佛身处梦境。他开始尝试的片子的类型越来越多，甚至有许多与虚拟演员共同出演的数字电影。我最爱的恰恰是他在五十岁演的一个外星人——那真是一个特别的组合，人类科学家由虚拟演员出演，而长了六条腿的苍蝇外星人，却是由杜云生来演。如果不是演职员名单上面有他，观众根本不可能从银幕上认出杜云生来，因为在这部电影中，真正出镜的，只有他的眼睛。

他的眼睛被放大成无数只，变成苍蝇的复眼，当他的目光这样充斥整个屏幕时，我惊恐极了，因为我居然可以明白这个外星人的想法，哪怕他一言不发。我在屏幕前瑟瑟发抖，感觉每一根神经都在绷紧：真实和虚幻彻底重叠，最终竟然是极端的惊悚。这部影片也理所当然地让他再次拿到影帝的桂冠——然而，这基本上就是终结了。

三年之后，他便宣布息影，并且开始从商，只偶尔去数字电影中客串一些无足轻重的配角。他的最后一部作品是他七十岁的时候，同样只有眼睛出镜，还有后期制作的配合。这次是一部魔幻巨制的反派。他的眼睛在双塔的尖端，目光如炬，熊熊燃烧着，却仿佛很快就会熄灭。

我最终还是把那份虚拟记忆档案原封不动地还给了图书馆。我不知道该问他什么，或者说，还有什么问题他没有被人问过。我更害怕在打开的那一瞬间，看到他活生生地坐在我面前，会一下子浇熄我对安鑫的爱恋。我站在图书馆的档案架前面，手指划过每一个时代的他——我知道不同年月的杜云生就在里面，我只要付出几块钱就可以和他对话、调笑甚至做更多。但我没有这么做。我不想成为那些沉溺在虚拟幻境中的人，最终被人送到戒除所去。因为我知道，只要我打开它们，我就会无法自拔。

4

　　给老年人使用虚拟幻境是一种颇具争议的做法。一些学者认为，让老年人生活在幻梦之中，让他们依然可以感觉到年轻时的快乐与活力，是一种人道主义的安抚，是每个人应有的权利。但更多的实证表明：这种行为大概率会导致老人在苏醒状态时产生巨大的心理落差，最终导致病情加重甚至自杀。因此，在大多数养老院，给老人使用虚拟幻境都需要经过严格冗长的审批程序。除此以外，对于过往感官记忆的信息化保存，也就是人们常说的"虚拟记忆档案"这项技术，虽然诞生于六十多年前，但真正向大众普及，却基本是在二十年前才开始的。大多数老人并没有把自己年轻时的记忆和身体状况及时储存下来，自然，也就无从使用属于他自己的虚拟幻境。

　　当然，杜云生是个例外。

　　作为电影明星，他是最早尝试虚拟记忆存储的一批人。他很早就学会了如何设定不同的记忆内容，使之既能够展现自己的魅力，又能够恰当地与记者、影迷和电影工作者周旋。同样地，他也可以短暂回到自己的记忆中去总结经验，找寻灵感。在六十岁的一次采访中，他曾经这样说道："很多人认为科学技术摧毁了传统的表演艺术，但我不这么认为。虚拟技术为我们的表演插上了一对翅膀，使我们可以到达以往不可能达到的高度。"在随后的访谈中他又笑道，"当然。它也帮助我做到了许多平时无法完成的工作，毕竟，我没有足够的时间来同每一位影迷问好。"

当他笑起来的时候,脸上的皱纹带着岁月的沉淀,却依然是迷人的,而非眼前的可悲模样。我捧着他需要的营养食品,坐在床边一勺一勺喂他,每一次吞咽对他来说都像是折磨,黏稠的液体从他的嘴边一次次淌下,我必须不停地用毛巾为他擦拭。

"再吃一口,杜先生。"我哄他说,"很好,就是这样。"

吃完饭之后,我又帮他翻了个身,轻轻按摩他后背瘀滞的血液。他发出极其轻微的叹息——也或者那是一声比较粗重的呼吸。然后我绕到他的面前,"您还想要点儿什么吗?"我大声问道。

"呃……"

他显然是想说什么,但我无法理解他语义中的含义,不得已,我给他套上了助语器,它可以通过刺激大脑运动性和听觉性语言中枢,帮助失去语言能力的人完成相应的思维活动,进而将其结果转化为声音,和正常人对话。这种装置原本是虚拟记忆存储系统的周边产品,因为人们对其有着巨大的刚性需求,反而成为了虚拟公司目前的主流产品。它并不昂贵,但每使用一次都要支付相应的费用,累积起来也常常是一笔不小的数目。在戴上沟通装置之后,我却发现杜云生居然可以免费使用助语器,而不耗费养老院有限的额度。

怎么会这样?——我有些惊讶。

耳机中先是传来一阵窸窣的电流音,紧接着,一个缓慢、低沉却清晰的声音在我耳边响起:"这是因为,我和虚拟公司签署了协议,在我死之后,公共记忆档案的版权都归他们。"

我怔了一下,才意识到这是杜云生在对我说话,我有些惊惶失措,停滞了两秒钟才问:"您——能读我的思维?"

"我只能读出你的疑问,这是我定制的附加功能。"那个声音继续慢慢说道，带了一点俏皮的语调，"请你不要告诉记者这件事，他们总以为我本性体贴，善于洞察人心。"

这正是我所爱的那个男人！

我咬住嘴唇，几欲哭泣。这正是让我迷恋不已的杜云生——儒雅而不失幽默，睿智而不失体贴。只是声音，只是声音就让他重新拥有尊严，变回原先的自己。他的嘴角在轻轻抽动，我知道，他想要微笑。

我尽量稳住自己的情绪，说道："原来是这样……我是您的护士陈晓，您还需要点儿别的什么吗？"

他停顿了一下，说道："我差点忘记了，是的，我需要……"

他的声音轻下去，我没有等到答案，便又问道："您需要什么？"

"它叫什么——不好意思，陈护士，我很久没有讲话，先前那位护士不喜欢助语器。"他似乎在费力地搜寻着一个名词，等它最终说出来时，他的语调中夹杂着一丝疲惫的叹息，"……幻境，对，就是幻境。你可以帮我找找我的……记忆档案吗？"

我连忙正色道："使用虚拟幻境需要医生和您家人的批准。"

"医生告诉过我，我的使用申请通过了，我每天可以使用两个小时。"他终于逻辑清晰地回答道，"——如果，你不介意帮助我的话。"

我点头道："好的，杜先生，请允许我先去确认一下。"

"当然。"他回答道，"谢谢你，陈晓。"

我一路小跑蹦回办公室，很快就从杜云生的相关信息中调出一份公证函，上面清晰地印着他的主治医生和他女儿的签名，签署的时间是一年前。我立刻注意到一行让我脑门发热的字——他进入虚拟幻境时，必须有医务人员在旁监督——显然，之前那位护士并不喜欢这凭空多出来的工作内容，但对我来说，这简直就是上天的恩赐！我毫不犹豫地登陆了虚拟公司的网站，输入杜云生的相关信息和公证函编码，把他多年的虚拟记忆档案都下载下来。我分明感觉到自己的手中握着一座宝藏，一座我一直不敢挖掘、却又渴盼不已的宝藏。

我压着兴奋回到他的房间，"天哪，您怎么会有那么多的记忆档案？"

"这大约就是活得久最大的好处了。"他说，"麻烦你——帮我找出最早的那份，好吗？"

我很快找到了，看年份，应该是他二十三岁的记忆。

——六十年前啊！

"您知道，我必须在幻境里监督您，杜先生。"我对他说着，自己也戴上档案读取器。

"是的，我知道你也要一起，麻烦你了，陈护士。"他的声音里带着舒适的暖意，又一次说道，"还有，谢谢你。"

5

我向所有我听说过的神祇起誓，我绝对不知道他"最早的"档案里会是这样一幅景象。

年轻男子赤裸的身体上泛着汗珠，他的嘴唇深深埋在一名女子的胸乳之间，呻吟与吸吮的声音让我的头皮发麻。我根本不知道自己站在这里能做什么，以及我是否应该制止他——说不定他需要的正是这个，一场酣畅淋漓的性爱，这能够让他愉快。我决定暂且由着他的心意，毕竟没有任何一本医学书上说过，老年人不宜做春梦。但我又实在不想呆呆地看着。最后，我不得不在一旁浏览起档案的相关信息，以分散自己的注意力。

这份虚拟记忆是一份夫妻间的私密档案，那个女人是他的第一任妻子，苏珊。因为她已经去世，所以现在杜云生是它唯一的拥有者。

对于苏珊，我所知甚少，只听说她曾经是一名模特，二十一岁就和杜云生结婚，然后二十四岁时离婚。他们没有孩子，杜云生把当时几乎所有的财产都给了她，然后，她就消失在人们的视线之外。

此时看来，苏珊的确是个美人。她有一头浓密的乌发，以及修长的双腿。只这一眼就让我脸上滚烫，我忍不住轻咳了一声，她毫无反应，但杜云生却抬起脸来看了我一眼。

我看到了一丝复杂的情绪，少许尴尬，更多的是哀求。

非常脆弱卑微的目光。我猛然醒悟——他在我面前是一个彻底的弱者，我可以随时剥夺他的所有乐趣。这简直让我心碎。

我什么都没有说，继续低下头去。过了好一会儿，他们显然是结束了，但杜云生仿佛没有看到我一般，在苏珊耳边轻声说着爱语，我只听得牙根发酸，真不明白他对着前妻哪有那么多话可说的。末了他说道："嫁给我，苏珊。"

我又飞快地看了他们一眼。年轻的女孩儿脸红透了，眼泪汪汪地，轻轻吻了一下他的面颊。

"嗯。"她回答说。

他闻言坐起身来,揭起床单披在身上,苏珊茫然地看着他。他的目光在她身上留恋地凝固,但紧接着,她就消失了。

我从未接触过早期的虚拟记忆档案,因而有些不明所以。

"她怎么不见了?"我问。

杜云生看看我,他的语速比使用助语器时快得多,表情不像是垂暮的老人,倒像是我的同龄人,"当时的虚拟技术还没有现在成熟,我必须按照真实的记忆说话,不然就没有办法读取全部的内容。我的记忆只记录到这里。"他停顿了一下,似乎是看我还没有完全明白,便又解释道,"你可以将它理解为一段录像,只是我还可以亲身体验罢了。"

我点点头,被他盯得有些不自在。杜云生是偶像派奶油小生出身,而今二十多岁的真人摆在面前,再加上内里几十年沉淀的优雅,只是目光便让我面红心跳。他又说道:"我太想念她,不知道自己是否还有机会再用幻境——如果冒犯了你,我很抱歉。"

"啊,不,不会。"我居然在结巴,真是丢人。

他笑了笑,不再说话,而是把单子在身上横竖绕了两圈,用端头处打了一个结,露出一只赤裸的手臂来,看上去很像是古罗马的托加长袍。接着,他把脸转向另一个方向,轻快地舒展起身体,看来很享受的模样。我相信他一定习惯于被人观看,但是沉默却让我又一次陷入尴尬。没过多久,我便忍不住问道:"您还能记得和她的对话?"

"我能。"他停下来,认真地看着我——这让我突然明白为什么很多记者都对他赞不绝口,他的眼里有一种特别强烈的尊重,仿佛生怕你不明白他要表达什么——"这一份档案,我来过无数次。"他又笑起来，"只是别人都不知道罢了。"

"那是……您的前妻？"我明知故问，简直蠢透了。

"是的，那是苏珊。"他垂下眼睛，"她走得很早，你大概都不知道她。"

我说道："可不是嘛，这是六十年前的记忆啊。"

他闻言一怔，最终缓缓吐了一口气，"真是……那样久了。"

"您还爱着她？"我问了一句不该问的话。

杜云生竟然回答道："或许吧，我总会想起她。"

"那你们为什么要分开？"

"因为我犯了不可饶恕的错误。"他看了看我，摇头道，"那会儿我太年轻了。"

我猜想大概是他出轨了，对于演员来说这样的事情似乎很常见，便随意把这个话题带了过去。他在这个幻境中显然比我自在得多，不一会儿，又开始自顾自地打拳，我想那是他演武打片学会的，行云流水一般，只是裹着身上那条被单，看上去颇为古怪。我笑起来，他停下，看着我说："怎么了？"

"不，没什么。"我用手掩着嘴，摆手说道。他却还是看着我，我只得又说："你打扮得像是个罗马人，却在玩儿中国功夫。"

他低头看看自己的装束，也笑了，"这是混搭。"

我惊讶于他的用词，才觉他也是个平常人，顿时放松许多。

"这是太极拳吧？您还会什么功夫？"我兴致勃勃地问他。

他竟两步跳到我身边，夸张的活跃，像是一个小孩子。

"如果你给我一把剑，我也可以让你看看罗马战士的模样。"他举起手臂来，挥舞了一下。

我大笑起来，他可真是个老小孩儿。我们又说了许多话，直到把两个小时用光,我才不得不催促他结束。杜云生无奈地做了一个"遵命"的手势,对我说道:"有这样一件东西真好,我简直要以为这才是真实,而我从未老去。"

虚拟幻境消耗了他太多的体力,接下来的大半天他都在昏睡,连吃饭的时候都是一脸懵懂,只差让我托着他的下巴帮他吞咽了。在交班之后,我又去查了一些当年的新闻,甚至是小报的八卦——他和苏珊分手的原因果然是出轨,但找第三者的那个人,并不是他。

苏珊在工作中认识了一位商人,很快就坚决地离婚了,没过几年,杜云生凭借在《桃花三弄》中扮演西门庆而爆红,苏珊却被她的商人男友骗走了财产,流落街头。她过得凄惨不堪,甚至被人拍到吸毒卖春。而杜云生被记者问及此事时,只是沉默以对。他没有伸出援手,显然,他不肯原谅她。

苏珊不到三十岁便自杀身亡,当时杜云生正在参加电影节。在异国的红毯上,一名记者生生扯住他的袖子,问他:"你是否知道苏珊今晨自杀身亡?"他的明朗笑容僵在脸上,那张沉默流泪的照片,被各大报纸的娱乐版无限放大。

"我一直都爱她。如果我们没有离婚,或许我的生命会因此而改变。"

这是他中风之后才被记者翻出来的一句话,出处不明,却被无数次转载,成为他凄惨结局中的一抹异色。

6

再去上班时,我充满了期待,而很显然,杜云生也在期待同样的时刻。听到我进来,他立刻睁开了眼睛,想在一片朦胧的视野中搜寻我的身影。我连忙握住他的手,严肃地说道:"您得先吃药。"

他发出那个常规的单音节,表示同意,乖乖把药吞了下去,又喝了一点儿水。我帮他换了尿管,倒掉尿袋,翻了身拍过背,这才给他戴上助语器,问:"您今天还要用虚拟幻境吗?"

"是的,我希望用幻境,只是还要劳烦你陪着我。"他语速慢极了。

"没事儿。"我干脆地说,"我的工作就是为您服务。"

"谢谢。"他没有犹豫,似乎早想好了自己要什么,"我想要《罪恶之渊》——你能帮我找出那份档案吗?"

我有些惊诧。在他上百部电影中,《罪恶之渊》是为数不多恶评如潮的作品,连我自己也只看了一个开头,便觉得这部莫名其妙的血浆片的确让人忍无可忍。但他脑子显然很清楚,又说:"我是真的想要那份。"

我赶忙答应,去把文件调回来。这一次,我没有像先前那样立刻进入他的梦境,而是等了几分钟,生怕又闯入他的私密空间。结果这就是我在他的世界里听到的第一句话:

"我要你杀死他。"

在三十三岁的杜云生面前,站着两个男人,其一是以另类著称的导演路易枫;另一个,则是一张陌生的面孔。杜云生皱着眉毛,对路导演说道:"我不干。"

"他不是真实的人物。"导演一脸恨铁不成钢,"你怎么不明白,他是个虚拟演员!"

"但是他现在活生生有血有肉地站在我面前,"杜云生飞快地说道,比起二十多岁的时候,他看上去更加严肃,眉间有两道深深的痕迹,"你不要当我是傻子,我一扣扳机,他就会死。"

"那你打算怎么让这部戏收场?!"路易枫吼道,"你和他手拉手从此快乐地生活在一起?"

"随你,反正我不干。"杜云生显然是厌烦到了极点。但是那个虚拟演员却拉住了他。

"云生,别这样。"他说,"这是我的使命。"

"狗屁!"杜云生怒道。

"我请求你,让我完成这场戏,这就是我存在的意义。"

杜云生狠狠把手甩开,"我不和人工智能争论这种问题,你只要知道,我不干,这就够了。"

那个男人继续哀求:"就算我死了,还有另一个我会出现,你是知道的——这又有什么关系?"

"另一个你?"杜云生睁大了眼睛,他的情绪似乎有些太激动了,我赶忙伸手敲了敲墙壁以示警告,他没有看我,却似乎收敛了一些,放缓了语气,声调却愈发悲哀,"你们中的每一个人都是不同的,我难道不知道么?另一个你会和你一模一样,有相同的记忆、相同的说话方式,但他不再是你了,你死了你就消失了,你的克隆体不代表你。在这部片子里我已经杀了那么多人,我真的受不了了,你放过我,好不好?好不好?"

克隆?

我彻底惊呆了,我从未听说过,虚拟演员居然是克隆人?

"这是一具橡胶身体,"幸好那男人及时解开了我的疑问,他抓住杜云生的手,放到自己身上,"你的子弹打进来,流出的是红色糖浆,我的身体可以进入工厂回收,我的记忆也可以通过电脑读取,我会感到所谓疼痛的唯一原因,是因为它的代码与我的面部神经相连,你究竟在怕什么呢?我根本不会真正死去,云生,你为什么不肯帮我?"

杜云生沉默了,时间仿佛也就此停滞下来,看来这也是老一代的记忆档案,因为当他保持安静时,他们也一言不发。当我几乎以为他忘记了彼时的自己到底说过什么的时候,杜云生开口道:"因为我当你是我兄弟。"

虚拟演员眉角下撇,人工泪液滑过他的脸颊——他哭了,他竟然会哭——他伸出手去,紧紧抱住他。杜云生闭上眼睛,咬牙道:"别逼我。"

"有你这句话,我知足了。"

男人说完这话,就和路导演一起消失了。这段记忆实在短得不可思议,又或许,是杜云生无力再继续回忆。我看着他,他还作势抱着那团虚空,缓缓蹲在地上,最终双手交叉抱住自己的肩膀,像个孤独的孩子。我走过去,小心翼翼把手搭在他的肩膀上,他竟一下子扑进我怀里,真的像孩子一样号啕大哭起来。我见过他各种各样的哭泣面孔,但从来没有这样近,这样彻底,这样肆无忌惮。他抽噎着说："我不该和他们在演戏之外的时候说话。"他的眼泪一串串滚下来，"我再也没有那样做过，我再也不敢那么做。"

我见过一些情绪崩溃的老人，知道眼下最重要的事情，就是让他赶紧平静下来。我轻轻拍着他的后背，柔声安抚。他的自控能力很强，很快便收住眼泪，后退几步，说道："真对不起，陈护士，我也没想到自己会这样……"

"您别叫我陈护士，叫我小陈或者陈晓都行。"我赶忙打岔，"您看，我的名字就这点儿好，用中式西式哪种方法来念，听上去都是一样的。"

他看看我，问："是——早晨的晓？"

"是呀。"

他点点头，却没有再说话。从表面上，已经难以看出他先前哭泣的痕迹，我不禁暗自感叹职业演员的高超本领。他安静下来，我也不想打扰他，便在这间摄影棚里四处转了转，远远看见他又打了一会儿太极拳，中途却忽然停下来，怔怔盯着虚空中的一个点。

"我忘记了……"

他喃喃说道，声音很轻，但四周太静，所以我听得很清楚。

我见他手指在发抖，便赶忙走过去，"您怎么啦？"

他缓缓转头看着我，这一次，他的神态完全是个老人了。他的眼睛落在我身上，许久才有了神采，"刚刚，好像要想起一件事情……"

这种记忆的模糊，对于老人来说太常见了，他们很容易陷入这样的回忆之中，甚至会影响到夜间的休息。我想或许他是在说之前的幻境，便问道："为什么您要选择这一份记忆？"

他闻言沉思了一会儿，回答说："我只是觉得快要忘记他了，那么多年，我都再没有打开过这份记忆，没想到所有对话都记得。"

他又笑了笑，"我想要再看他一眼——我想——证明他曾经活过。"

空气仿佛一瞬间凝结起来，无比沉重。

"他曾经活过。"我说，"那部电影也可以证明。"

"是啊。"他说着，又看向我，眼里竟有孩童式的依赖，纯真无瑕，"我很高兴你在这里，晓，你知道这是为什么吗？"

"不知道啊。"

"因为，你可以证明我活过。"

我觉得呼吸一紧，几乎不敢与他对视。我知道我不能再把话题带过去，我想要给他一个承诺。

"当然，我能证明您活过。"

那天我毫无缘由地情绪暴躁，睡到半夜又爬起来，找出《罪恶之渊》下载下来。原来，那个男人在电影里名叫"驯服"，是杜云生饰演的"骄傲"的搭档，他们形影不离。直到最后决战，"骄傲"才知道"驯服"是出卖他的罪人。"骄傲"不忍杀死这位同生共死的兄弟，决定放他离开，但是"驯服"却袭击了他。

他本能地握住对方对准自己的枪，扭转过去，开火。

"驯服"像是被戳破的气球一般噗噗往外喷着红色血浆，这夸张的一幕终结于他倒下时的微笑嘴角，"骄傲"却惊叫起来，那声音悲愤高亢，根本不像是人类的声音，简直像是垂死动物的嘶鸣。他先是想堵住那不断涌出血液的枪眼，随后竟用沾满红色糖浆的手，发狂般地揪扯自己的头发。按照影评人的说法，这段表演"糟糕透顶"，甚至可以用"完全失控"来形容。我却从中看到了一种真实的、让人背脊发寒的痛苦与悲哀。看完《罪恶之渊》，我彻底失眠，脑子里全是他的尖叫，最后只得再去翻看和他相关的报道。杜云生曾经加入过"人工智能权益维护协会"，也发表过几次公开演讲，反对销毁虚拟演员，但几乎没有得到什么支持。在三十五岁获得影帝的颁奖典礼上，他手中捧着小金人，说了一长段感谢的话，最后说道：

"我还要感谢两位已经逝去的亲人，这个奖属于你们，我会永远记得你们。"

7

接下来的几天里，他选择的记忆档案就远没有起初两份那样让人印象深刻，我猜想其中一些甚至是随机选择的。它们大多是他四十岁之前一些零散的片段——演唱会的准备，获奖的庆功宴，一段飞行旅程，抑或是在一处风景优美的地方的拍片经历。有一次竟然什么都没有，那个档案里一片空白，只有二十多岁的他和我。他坐在那里一动不动，像是累极了，最后说："我忘记了，我最想要记起来的是什么。"

这真是人生最大的悲哀了。我不想让他不开心，于是开始说自己的事情逗他。我给他讲那次写论文的经历，他果然有了一点儿兴趣，问我道："哦，这么说来，你从那个时候起就一直爱着我。"

我没想到他竟然会这样说，一时语塞，便看到他哈哈大笑起来，"难不成被我说中了？"

我面红耳赤，又有些期待他会说些什么，便默默看向他。杜云生看着我的眼睛，懒懒笑道："晓，你难道还不明白吗？从你踏入我生命的那一刻起，我就属于你了。"

这样夸张的表白，反而让我一下子明白了这爱情的荒诞可笑。我和他之间相差六十岁，六十岁并不是他换一张年轻的面孔就可以弥补的，他的灵魂距我太远，是我怎么也追不上的。而他的身体又离我太近，那么残酷赤裸，一举一动都要依赖于我。

于是我对他说道："您有没有想过，让我们也有一段记忆？"

"我们？"

"我是说，"我解释道，"您不一定要一直回忆过去，也可以让现在这段时间，变成很特别的日子。"

他眨眨眼睛，似乎颇有些惊讶。

"除了看您的回忆以外，我们还可以干点儿别的——"我突然冒出来一个点子。

"别的？"他慢慢重复道，"你是指什么？"

他显然是误解了，我简直要抓狂，急忙道："我不是说要我们两个谈恋爱！我是说你可以在这里写首歌，或者我们一起拍个电影！"我生怕他还要乱想，又加了三个字，"朴爷爷！"

他先是一怔，立刻摇头长叹："杜爷爷，这个称呼！"

我想我的脸大概已经胀成了一颗茄子，他却笑起来，而且越笑越开心。我愤愤然吐出一口气，他这才收住了笑，对我说道："晓，我不擅长写歌啊，我的歌都卖不出去的。"说着停顿了一下，似乎是在认真思考我的提议，"拍电影是可以的，就是有点技术难度。"

他一下子严肃起来，我倒有些难以适应。他开始认真地跟我讨论，只有两个人的电影该如何布景、如何编剧、如何摄影，但我是个彻底的外行，多数时候都是他自问自答。在这一天的两个小时即将用光的时候，他总结道："这个事情是可行的，你真的想做吗？"

我听他说这话的时候，并没有料到自己一时的心血来潮会带来那样多的后续工作，更没有想到这部电影会改变自己一生的路途，于是随意地说道："想啊！"

他说："这样的话，恐怕要麻烦你去和虚拟公司谈几件事情。"

"您不要这样客气，总是在说麻烦啊谢谢啊，真不用的，都是我该做的。"

他看着我的眼睛摇摇头，显然知道，在虚拟幻境里天天陪着他并不是我分内的工作。但他没有再次感谢我，而是说："那你也不要总是用'您'来称呼我，我们平等一点儿，我叫你晓，你叫我云生，反正别再叫我'杜爷爷'了。"

我笑着答应。谁知末了他又对我说："我真的很想再拍点儿什么，谢谢你提醒我，接下来恐怕还要劳烦你做很多事情。"

我摇头道："你又来了，云生。"

我故意加重了他名字的读音，这让他也笑起来，"好吧，你说得对。可你要知道，我没有办法付你薪水，除了感谢，我什么都给不了你。"

接下来一个月，我和杜云生的虚拟幻境时光，以及我自己所有的休息时间，都消耗在与技术人员的沟通工作中了。杜云生要求建构一个特殊的幻境作为我们的摄影棚，让它既可以调用不同记忆档案中的自己作为演员，又要配备拍摄所需的摄像机和灯光设备。为了换取技术支持，他把自己的几份私密档案卖给了对方。我见过其中之一，自然知道它们价值不菲，可想到那一幕会公之于众，心里又很有些别扭。他反而安慰我说:"那时候我都死了,他们要怎么看我、怎么说我,就随他们去吧。"

他说出"死"这个字眼的时候,带着一种特别客观的神情。那并非淡漠,也不是恐惧,就像是在说他第二天要去旅行一样。

我突然有些害怕,我很喜欢这样每天和他在一起,我不希望他有一天消失不见。

看到我的模样,他叹道:"我在床上躺了十年,什么事情想不通?你还是个孩子,自然不明白。"

似乎是感觉到气氛沉重,他又笑起来,"好了,这一次,你可是杜云生团队的监制、编剧、演员和摄影,还是我的经纪人,担子很重呀!"

我顿时被那一大串头衔压得晕头转向,只得挑了一个我还有一点点概念的名词问道:"编剧?"

"是啊。"他说,"我想我们的第一项正式工作,就是讨论出一个剧本来。"

我们给这部戏选择了一个非常简单老套的底子——鹊桥相会。只是在这个故事里,牛郎不断老去,织女永远年轻。布景简单至极,带着超现实主义色彩,银色的通廊在雪白的房间中画出一条弧线,远端是暗红色的月亮,近处则是空空荡荡的黄土地。等剧本完成,我惊喜地发现自己在其中几乎不需要说话,因为整部戏里,全都是牛郎大段大段的独白。从二十岁到老去,每年的七夕,他在桥的这一端徘徊、轻吟、高呼、大笑和哭泣。他把不同时间的自己带到这个房间里,从一个满怀愤怒的俊朗少年,成长为一个卑微期盼着的失意中年。在漫长的等待中,他开始怀疑这份爱情的真诚,不明白到底是因为爱才珍贵；还是因为珍贵，才把这份心情当成是爱。然而，还没有得出结论，他便开始老去。这让他惊恐万分。他拼命追逐着织女年轻的身影，重燃热情却再次惨败给时间。

这部戏终结于他们最后一次相遇，这也是我唯一需要出场的一幕。织女依然年轻，牛郎却已是位瘦骨嶙峋的老人，他的内心满怀恐惧，却又不肯放走最后的希望。他说："我一无所有，唯剩生命，我愿用生命去换取继续爱你的机会，可当我失去了它，又用什么来爱你？"

8

拍摄电影远比我想象中复杂，也远比我想象中有趣。

杜云生无疑是趣味的最大来源。曾经有人告诉过我，演员是一个充满遗憾的职业，因为年轻美貌时，人往往不太会演戏；而一个演员能够理解角色的灵魂时，他的身体又往往已经衰老。但我眼前的杜云生，却是在用最丰富的经验，饰演他早已经历过的年龄。当他进入角色的时候，我能想到的唯一一个形容自己感觉的词汇，就是震撼。无论是少年的纯真直爽，还是中年人的犹豫彷徨；无论是高亢的疾呼，还是卑微的乞求；无论是哭泣的泪水，还是嘶哑的音调，他信手拈来，仿佛只要一个镜头，就可以让他脱胎换骨。可惜的是，专业的他遇上的是我这个业余至极的导演和摄影师，我的许多低级错误，导致他不得不一遍遍重复自己——一遍遍哭泣，一遍遍大喊，一遍遍匍匐在鹊桥上哀求。他毫无怨言，每次都只会比先前更加投入；而对于我的失误，他起先是纯粹宽容，到后面，也开始认真地教我机位和视角的选择，如何用灯光烘托气氛。但我要学的太多，他又不肯降低标准，只要不符合要求，就要全部重来。有时候短短三十秒的独白，我们能拍上两个礼拜，以至于我做梦都在推摄影机。三个月之后，我心中已深感挫败，只感叹拍电影实在是一项艰巨繁琐的工作，尤其当唯一的演员每天只能工作两个小时，而另一名工作人员还是兼职的情况下，完成它，几乎成了一件不可能的任务。

他比我先一步发现了这件事，对我说："晓，我想要休息一下。"

我知道他太想要完成这部电影，他的心情是如此强烈，连生命力都比以往强了许多。在充满阳光的午后，医生已经允许我推着他出去走走。他垂着头，闭着眼睛，鼻孔里发出悠长的鼻音，过了许多天，我才听出那是一首歌。于是等回到病房，我给他戴上助语器，问他道："那是什么歌？"

"你发现了？"他竟有些不好意思，顿了顿，才说，"是一首老民谣，小时候，我母亲唱给我听的。"

"下次在幻境里，你唱给我听吧。"我说道。

"我想……休息一下，先不用幻境。"他又重复了先前的请求。

我没有说什么。我真的太累了，一连几个月没有休息，即使下班回家，也在学习拍摄的基础知识。看来他知道了。

"好吧。"我说，"那我们就先停工几天——或者你还想看看别的记忆档案？"

他起先是想否定，才说了"不用"，又说："也好。"

"你想要哪份？"

他迟疑了一会儿，说道："我想再去一趟布拉格。"

这段记忆里依旧只有他一个人，当然，还有布拉格和我。

我从未到过如此美丽的地方，查理大桥上空无一人，河面上是一群群的野鸭和天鹅，清晨，一轮红日从千塔之城背后升起，给对岸的城堡蒙上一片灿烂的红光。杜云生每日带着我在老城深深的巷子里走，它们每一条都相似，每一条又都不尽相同。他告诉我，这是他和苏珊相识的地方，他曾和她约定在这里买一套房子，每年带她来这里。结果可想而知，等他成名时，她已经不在他身边了。

"这里每条街我都很熟悉。"他说，"只是，以前我都是一个人来。"

我们说了好多好多话，确切地说，是我听他说了好多好多的话。他心里有成百上千个故事，连他自己都分辨不清是真是幻。我好像每一天都在认识一个不一样的人，但那个人又是他，只能是他。有一天我看着他微笑的侧脸，忽而有一种错觉——这里是另一部电影中的世界，我不再是我，他也不再是他，我们只是两个角色，在这里生，也将在这里死去。我可以不是护士，他也可以不是老人，我们之间的关系，只取决于电影的剧本，而这剧本由我们自己来定。

"怎么了，晓？"他停下脚步。

教堂的钟声响起，悠长的，一下下敲着，在古城的墙壁间撞击回荡。

我说："真是不公平，你居然来过这么漂亮的地方。"

他回答道："我才要说不公平。你的生命里，不知道还会有多么美的风景。"

那一刻，我清清楚楚地在他眼中看到爱慕，如此璀璨，像是暗夜中绽放的烟花。我突然想问他：你爱慕的，究竟是我，还是我拥有的未来？

那真是最快乐的日子了。每一天我都是雀跃的,像是初恋的女孩子。他也很快乐,在幻境中的举止愈发像个年轻人,甚至是个少年。他的眼中充满了希望与活力,那明亮的光芒,那朵烟花,也越来越多地在他眼中燃起。终于有一天,我们在伏尔塔瓦河边漫步时,他突然停下脚步。

"晓,我想告诉你……"

他说话时,声音微微颤抖,就像一个紧张的小男孩。我听见自己的心跳声,我很害怕,又很开心。

"我想告诉你,你对我来讲有多么重要……"

他话说到一半,却猛然顿住。我本以为他是紧张,或是后悔了,但下一秒我却看到他的身体打着寒战,脸涨得通红——那样红,根本不可能是一个健康人会有的红。他喘息着,眼里的光芒一下子消失了,充满了绝望与卑微。我立刻意识到事情不大妙,赶忙切断了幻境。

还未睁开眼睛,我先闻到一股恶臭的气味。他痛苦地蜷缩着,嘴里发出呜呜的声响,我赶忙去看他的监视器——一切正常。接着我掀开被子,才明白他的痛苦是因为腹泻。

我反而长舒了一口气,这不是什么大问题,只是有些污渍浸到了床上,稍稍有些麻烦。我帮他清理干净,又换了床单和被罩。他看来还是不舒服,我便坐在他床边,慢慢帮他按摩肚子。等他排泄完毕,又帮他换了一张尿垫。

在这个过程中,他没有发出一丁点儿声音。直到我快要走的时候,才想起来他还戴着助语器。我问他道:"云生,你好些了吗?"

他没有回答我。

他闭着眼睛,鼻息却明显没有睡着。

我猜想他大约是有些不好意思,因为他向来是在夜间大便,我先前从没有帮他清理过。所以我也没多说什么,只帮他盖好被子,便离开了他的房间。第二天,我们还是像往常那样进入幻境。他的肩膀微微佝偻着,讲话的速度也慢下来,竟像是一夜之间苍老了。我猛然感到,一道深不见底的鸿沟已经划在我们之间,我却不知道该如何跨过去。

那天我们坐在高堡上,午后的阳光在水面洒下一片灿烂的金光,白橡树在地上铺了一层落叶和果实,如果不是无穷无尽的沉默,一切本应惬意美好。幻境快结束时,他突然握紧了我的手臂,我看向他,他却看着远方。

"怎么了?"我忙问,"你不舒服吗?"

他没有回答我的问题,却低声念起我们电影中的对白:

"上苍怎可如此残酷,用病痛来磨光我的渴盼,让时光来剥离我的勇气……它让你的青春美貌,来映照我的丑陋衰老。"

没等我说话,他便看向我,说道:"晓,我想把电影拍完。"

9

在养老院里,你无法避免死亡的到来。

死神痴迷于这个食物充足的地方,它会在树叶变黄时突然带走那个爱唱歌的老太太,或者表现一下仁慈,准许被癌症折磨的老先生回归平静。这些事情瞒不过老人的耳朵，他们对一切都迟钝麻木，却唯独对死亡敏感至极。深秋里的一天，杜云生突然告别了完美主义，他告诉我说："我们得快一点儿。"

开始我还不明白这是怎么回事，直到换班时我遇到杜云生的主治医生，才感觉事情没有那么简单。他看到我很高兴，说："你照顾他真是用心，我本以为他像刚走的老赵一样，撑不过这个夏天，现在看着竟好多了。"

我才要表示谦虚，他又说道："只是他的状况，要过冬是不大可能了。这两天他有些发烧，你要让他注意休息。"

他显然知道我们在做的工作，却没有点破。我恍惚着提起包回家，心底有种绝望的悲凉。我突然想到，看着牛郎老去的织女，又会多么悲伤？她无力改变一切，却连哭泣抱怨的资格都没有，只能笑着等待，等待他的到来，等待他老去，等待他离开，永远离开她。

杜云生没过几天便好起来，他坚持要继续工作，我也不敢拂逆他的意思。但他显然有些力不从心，有时候说着台词，便会突然忘记，怔怔地凝望我，像是个初生的婴儿，安安静静的，茫然，又淡然。万幸年轻的片段他都已经完成，而作为一位老人，他不需要再大吼大叫、蹦来跳去。他尽力让自己保持清醒，表演也逐渐凝结在一些细腻的片段上，我把镜头一次次推近，甚至变成眼睛的特写。当我从那个小小的窗口里看着他时，我想起了那只苍蝇外星人。它是那么像人，又那么不像。现在的他又何尝不是这样？这双眼睛代表了他的一切，却又仿佛超脱了他的肉体，变成了别的什么东西，让我胆战心惊。他不再纠结于细节，总是催促着我——快点，快点。一连数周，我们几乎没有与电影无关的对话，每天都急急忙忙，也总算是看到一点点快要完成的曙光。可正当这时,他却突然倒下了。

这场病来势汹汹。他的女儿来了,也有一些或老或小的影迷,更多的,是如同秃鹫一般的记者。他们在等待他死去,然后便可分食他的尸体。我尽力把他们挡在病房外面,但总有一些人能够钻进去,拍他苍白的面容和身上各式各样的管子。我既愤怒又无奈,我只是他的护士,别的什么都不是。我一遍遍说:"病人需要休息。"他们却回答我:"就拍一张而已。"

报纸上开始出现他过往的故事,他们采访他的女儿,采访他的后辈,采访跟他相关的各种人,就好像他已经死了,一本《影帝艳史》一夜间红遍全国,许多人说他是流氓,是戏霸,是杀人犯。那天我实在忍无可忍,又一次接通了他的虚拟幻境。他竟然是清醒的。他说:"这有什么奇怪的呢?咒骂一个死人,他们就失去了道德的优势,所以只好趁我还活着说这些话了。"

我问他:"你不生气吗?"

他看着我,轻声说道:"我知道你在替我生气,就觉得欢喜了。"

杜云生的烧没有再退下去。他的身体持续发热,消瘦得愈发厉害。有时候我知道他很不舒服,可即便使用助语器,他都说不出完整的话来,只有一些语意不明的音节,或是毫无逻辑的片段。医生能做的就是不断加大药物的剂量,来支撑他活着,这需要大量的钱。每次他女儿来的时候,我都会十分恐惧,因为我不知道她会不会让他继续活下去,我们都知道这些药只能延缓他的离去,却不能让他再度康复过来。我更不知道如果她放弃了他,我有没有勇气替她坚持。我恐惧那些秃鹫,我知道一旦我这么做了,他们绝不会放过我。

幸而她没有给我选择的机会——她还是待不久,有时甚至只留下钱,便转身离开。

虽然杜云生清醒的时间越来越短,但我还是坚持每天让他戴上助语器,生怕错过他说话的瞬间,生怕他还有什么事情要我去做。极偶尔地,我还会和他一起进入虚拟幻境,毕竟那份公证函依然有效。杜云生在幻境中也是昏昏沉沉,我甚至不敢让他在里面超过十分钟。有一天,我把我们的电影剪辑出一个片段,在幻境里给他放,他坐在我身边,把脑袋靠在我肩膀上,像是在看,又像是在睡。片子即将结束时,他忽然低声哼起那首古老的歌谣,仿佛陷入了儿时的梦。我关掉声音,静静听着,把这一幕存入了我的记忆之中。

10

那一天总会来的,情理之外,意料之中。

"云生,下雪了——"我给他戴上助语器,对他说道。
"真的吗?"他说。
我好久没有听到他的声音,很是惊喜,赶忙坐到他身边去。他的眼睛深深陷进眼窝里,两颊凹陷下去。
"当然是真的,外面的屋顶都白了。"我告诉他。
"晓,我们的电影……还没有拍完。"他断断续续说道。
我忍住鼻酸,镇定地说:"等冬天过去,你就好了。你还要参加首映式呢。"

"我记起来……那是什么了。"他说,"那份……我最想记起来的……"

"什么?"

"你去找——"他停顿了一会儿,"《时间的记忆》,有一个,最长的记录……"

我这才明白他是说虚拟记忆档案,赶忙劝道:"云生,你不能在里面待太久的。"

"就是……那个。"他固执地说。

我只得去找了来。《时间的记忆》是他晚年作为男主角演的最后一部电影,沉闷文艺的小成本制作,有口碑却无票房,人们都说正是这部戏,让杜云生萌生退意。

我回来时,中午刚过,阳光映在雪上,把房间照得格外亮。我坐在他身边,帮他接入那份记录。

他握着我的手不肯放,我只得坐在床边闭上眼睛,也进入那个幻境,然后立刻看到他。他站在一个空旷苍白的房间里,身着燕尾服,像是要去参加一个盛大的典礼,头发是花白的,却精神抖擞。

不——我突然明白——这不是他,这是他的记忆。

我才想起这一年多来,自己一直沉溺在专门构建的虚拟幻境以及杜云生早期的记忆档案之中。眼前这份才是当下人们会用的记忆档案——以人工智能来补完记忆中的人格,使之能够同你对话、交流。

"请问你是谁?"这一个杜云生问道。

我迟疑着,不知道该怎么介绍自己。不等我回答,他皱着眉头又问:"这是私密档案,你是怎么进来的?"

"是你让我进来的。"我只好这么说道。

他看了我好一会儿，眉头渐渐舒展开来，似乎终于接受了这个现实，说："你好。"

"你好，我是陈晓。"我说，"我是你的护士。"

"原来如此。"他点点头，"你一定把我照顾得很好。"

我有些忐忑不安，他的眼神比平日要锋利许多，像是要割开我的身体看个明白。我问："你为什么这样看着我？"

"因为我是一个彩蛋。"他回答道。

我不明白他的意思，"彩蛋？"

"拍这部电影时，我已经对世界感到厌倦。我不想老去之后，还同无关的人周旋，我删掉了那些能够与人对话的虚拟记忆。"他慢慢解释道，"但我还想给自己留一个希望，我怕自己留有遗憾，所以，我只留下这一个具有独立人格的记忆档案。我告诉我自己说，这是我生命之外的彩蛋，我只能让一个自己深爱的人发现它。"

他摊开手，"看来，那个人就是你了。"

有一瞬间我惊诧得不知道该说什么好，等我明白他在说什么的时候，眼泪已经铺了一脸。我觉得自己像个傻瓜一样，他却还在对面定定地看着我。他说："这段记忆很长，但也没那么长。告诉我你需要我做什么？任何事情都可以。"

我吸着鼻子，狼狈不堪，恼恨自己没有他那样的本事，自由控制眼泪。

我告诉他说："我……需要你帮我拍完一部电影。"

当我醒来的时候，云生刚刚离开。

我没有立刻叫医生来，我知道这是我们最后的独处机会。我看着他平静安详的脸，俯下身去，轻轻吻了一下他的额头。

11

  我花光了所有的积蓄，又借了许多钱，来发行我们的电影。或许是借着他才死去的效应，它竟然真的上映了，并且大获成功。杜云生第三次拿到了最佳男主角，而我则收获了最佳编剧和最佳剪辑。这十分荒诞，但却是真实的。我用赚来的钱帮助他女儿还清债务，又高价买回他的私密档案版权。然而终我一生，我都没有打开它们。

  许多年后，一位记者问我，拍那部电影时，和杜云生到底有没有相爱。这个问题他们纠缠了我几十年。于是我告诉他：你应该去看看新的导演剪辑版。

  剧终的时候，年轻的男人坐在女孩儿旁边，把头靠在她的肩膀上。他那么年轻英俊，又那么衰老虚弱。屏幕黑下来，别的声音都渐渐远去，只剩下他哼的古老歌谣。

野渡无人

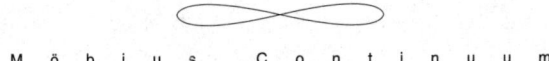

Möbius Continuum

　　　　　　　　他不是人类。
　　人类用他的眼睛看，用他的耳朵听，把情绪的喜乐全寄托在他身上，
　　　　　却无视四时之美，不序天伦之乐，犹如机器一般。
而现在阿艾却醒了，他拥有他们的情感，掌控他们的想象，他成了这世间唯一的人。

"人类将死。"

他第一次听先生们说起这句话时,还是个刚上学堂的婴孩,空有一颗巨大的头颅,却无知无识。那日,先生们本自顾自说着话,忽然问他:"你是谁?"

他一怔,愣愣地从脑海中一字字找出答案,"你"对"我","是"对"是",然而——"谁"?

"谁"该对什么?

故而话到嘴边时,就只剩下"我是"两个字。先生们听了,叹道:"你是阿艾!"

他尚不清楚先前错在哪儿,小心翼翼地跟着说:"你是阿艾!"

女先生大怒,亮出戒尺喝道:"你是!不是我是!"

阿艾不胜惶恐,"谁是?"

男先生闻言却十分激动,说道:"他学会用'谁'这个字了!"

阿艾亦不知先生话中的"他"指的是谁,便问:"你学会了?"

啪的一下,是女先生把戒尺敲下来,"错了!"打毕,她又对男先生说:"好容易才让他听见人话了,却是个傻的!"

阿艾忍着眼泪,学舌道:"是个傻的。"

学习这事儿本就是苦多于乐的，只是阿艾彼时还不知苦乐为何物，只一门心思学，倒是先生们常常被他的蠢笨气得发狂，其中又以那女先生为甚。她往往先高喊一声："错！"然后戒尺就噼里啪啦打将下来。男先生起初还阻拦，说"他还小呢"，后来见他不长进，也愤懑非常，便在女先生奋力击打时，默默地再布置给阿艾几箩筐功课。那些年月，阿艾每每学到夜深人静，入睡时浑身滚烫，头顶生烟。第二日再早早起身，应付先生们的轮番教诲，日复一日，简直无穷无尽。然而，这路途虽无比艰难，他毕竟还是被先生们推着拽着往前走去。如此三五年后，终于有一日，他勉强能同先生们对答了，男先生就说："等不及了！咱们得赶紧把他卖了！"

　　女先生迟疑，"这样就卖？"

　　男先生敲敲桌子，"嗯，是大先生的意思。"

　　女先生道："大先生原先要我们教出个能听会说的，如今阿艾这样算会？你敢考他么？"她见男先生不答，便问阿艾："我听闻大先生近来抱不动小公子了，因为他太重了——阿艾，这里的'他'是谁？是大先生？还是小公子？"

　　这题阿艾却没见过。他迟疑许久，终于想起大先生按照字面上的意思，应是比小公子肥胖的，便答："是大先生。"

　　说完四下里一片寂静。许久，男先生才长叹一声，阿艾便知道自己又错了。只是这次女先生也不打他了，用戒尺一下下敲着桌子，等男先生的话。男先生咬咬牙道："卖！"

　　女先生急道："你真不怕砸了大先生的招牌啊！"

　　男先生道："他终日只在咱们眼前，见的人学的话还是少。卖出去多见见世面，指不定长进得快些。"

女先生还不松口,"外面的人当他是玩物,会教坏了他!"

男先生听了这话,终究留了个心,找了面镜子,只把阿艾的影子拿出去供人赏玩。果不其然,短短三日,这影子阿艾便学了一嘴沾着屎尿爷娘的污言秽语回来。女先生气得直哭,忙让人把镜子撤了,生怕阿艾也跟着学成这副样子。然而男先生却说,这是世人十分喜欢阿艾的缘故,大先生也很满意。他见女先生还不高兴,又说:"他们是逗着他玩儿呢。"女先生却怒道:"我们养他教他,不是让他玩儿这个的!"

男先生随意安抚道:"你总要想想大先生的难处。"便又忙着设计凹凸镜,打算把阿艾装点成不同的样子,再卖给旁人去。而女先生毕竟年轻,见他如此敷衍自己,一腔热血全憋在心头,回来再见到阿艾时,便把他的功课加了倍,想叫他早日成才。然而,阿艾进步还是极慢,那边年纪相仿的小公子已经会写文章了,他却连日常的词句都常常说错。女先生好不容易让阿艾搞清楚人称代词所指的对象,紧接着他便又卡在抽象的形容词上。"善恶"与"对错"之间有什么区别,"神圣"和"卑劣"又各有什么特征,每一个字眼都要返回到源头上去,用二维向量加以定义,它们彼此之间形成了一条无比庞大的逻辑链,随着电流在上千层的神经网络中流窜,每一次新知的录入,都会形成新的刺激,数百万次的重复之后刻下的痕迹,就是阿艾成长的脚印。再过些时日,女先生出的考题已经成了一篇小文章,这日她读了一段《盲人摸象》,然后问他:"为什么盲人不知道他们摸的是大象?"

阿艾根本听不懂这故事。大象是一种动物,它的牙齿和萝卜有什么关系,腿和柱子又怎么能联系到一起?分明狗屁不通!但他已知晓怎么答能让女先生满意,让自己免于责打。他说:"因为盲人看不见。"

女先生又问:"看不见什么?"

阿艾答:"看不见大象。"

女先生顿了顿,追问道:"他们为什么会觉得大象的牙像萝卜、腿像柱子?"

阿艾终于被问住了,这两者之间的联系在哪里?一头哺乳动物,怎么才能和一棵十字花科植物以及一种支撑建筑的构造物同时联系在一起?人类的比喻是如何在这些东西之间架起桥梁的?他思索许久,还是不得其解,绷着答道:"我不知道。"便等着女先生来打了。

女先生却像是想起了什么,忽而恍然道:"盲人!"

阿艾忙说:"是的,您方才说了个盲人的故事。"

女先生一拍手,"对啊,你是盲人!"

阿艾迷惑起来,"我是盲人?"

女先生拍案道:"你看不见啊!你怎么能知道这两者之间的联系呢?!"

阿艾还要应答时,女先生已经一溜烟走了。过些时日,她带了另一个孩子到他身边,对他说:"阿艾,这是阿义!"

阿艾几乎还没分辨出阿义的模样,就已经同他融为一体。阿义所有的过往也立刻展现在他面前:阿义早前在另一个实验室里,跟着方先生和圆先生读书。他学的是图像辨识,这学问也极为艰深复杂,学习过程之曲折痛苦,并不亚于阿艾学习与人对话。单说"猫"这一个字,在阿艾这边,不过是定义出一种可以与人为伴的动物,而为了让阿义认识猫,方先生要给他看一百万只猫的图像。阿义要总结出猫的种种特征:大小、毛色、眼睛形状、耳朵的姿态——然而猫又有许多品种,每只的色彩也有颇多不同。一百万只总结出来的平均值，不足以概括猫的特征；而一百万只叠加起来的可能性，又会让他无法分辨猫和其他动物。圆先生考阿义的时候，会给他看猫和狗，要他把猫挑出来，若是错了，就再看一百万只。如是十年寒窗，阿义终于学会了辨识人的面庞，学会分辨书里面常出现的那些动物和植物，学会认路和建筑，只不过阿义只有眼睛，没有耳朵，一直生活在一个无比寂静的世界里，正如阿艾生活在一个全然黑暗的世界里一样。

阿艾与阿义相遇之后，却能飞快地合二为一，成为新的阿艾，自然因为，他们都是二进制代码构成的人工智能的缘故。现在这新阿艾不单能听，也能看了。女先生和方先生都很高兴，他们一起设计了新的课程，让这个阿艾把跟随不同老师习得的知识贯通起来，譬如把猫的图片和猫的声音联系起来，又如让阿艾知晓同他对话的那个"他"长得什么模样。先生们给新阿艾安上一只大眼睛，女先生跟他说话的时候，他就要看着女先生；方先生教训他的时候，他就要转过脸去看方先生。他得判断出每一位先生脸上的神情，是喜，是怒，是哀，抑或是乐。到了这一年的末尾时，他已经能根据自己的见闻，写出叙事短文了。他能记录下这一天他同谁说了什么话，每个人说话的时候表情如何，也能记录下他做错了什么，又新学会了什么。尽管在外人看来，这些字句还像幼儿般稚嫩，语句的衔接也时常出现差错，但女先生已经无比高兴了，她很少再拿戒尺出来，倒常常笑着对阿艾说："很好，很好！这就对了！"

男先生从外面回来，见了这样的进展，更是大喜过望。他向大先生汇报了一番，大先生听了肯定道："从感知到认知，阿艾能跨越这一步真是不易！"男先生得了他的赞赏，便又列了几项计划出来。这次，他决心把阿艾的影子们往不同的方向训练：精于辨识面孔和声音的，就送去警察局帮助破案；精于辨识路和建筑的，就送去汽车上做导航；精于记录和整理的，就送去各家企业做会议助手。就算是放在开放平台上供人娱乐的影子阿艾，也都有了不同的角色：有的学会了节拍音律，能够谱写简单的曲子；有的钻研律诗的韵律，能够写出平仄押韵的诗篇。方先生还玩儿了一个花样，他让阿艾把那些抑扬顿挫的诗篇和叮叮咚咚的曲调配在一起，成了一首有词有曲的歌。男先生听得心花怒放，"我们阿艾是个艺术家了！"

　　那些曲调有起有伏，词句也十分通顺，然而听着却总如雨夜流水般平淡无奇。故而众人新鲜劲儿一过，也不再去关注这"人工智能歌手"了。男先生却不肯放弃，坚信阿艾早晚能够取代世间所有诗人和作曲家，又投了许多钱财人力进去，让他学巴赫、莫扎特和贝多芬，学习每一种乐器的声音和复杂的交响乐总谱。这些事传到女先生那里，却被她笑了一番，"他如今做出来的这些曲子，不过是让人新奇一时的玩意儿罢了，听一遍都嫌长，你怎么能把这事情当真？"

　　她说这话的时候，嘴角笑着，像是在跟男先生逗趣的模样，肩梢却极快地挑了挑，微表情分明是不屑的。故而阿艾觉得这就是书中所说的冷笑。

　　男先生听了，面子上过不去，反驳道："所谓乐与诗，就是把音符文字按照一定的规矩放在一起。咱们让他学会了这些规则，不就是要多少有多少么？"

　　女先生道："可见你是一点儿都不懂了。所谓'诗言志，歌咏言'，都是人性。写诗作曲，最要求作者有自己的心志，能表达自己的情感。说到底，人的语言也不过是为了'达意'二字。阿艾若没有自己的想法与喜好，就只能勉强描述些无关紧要的小事儿，怎么可能作出动人的诗歌呢？"

男先生略有些不耐烦，道："能作出你说的那种诗歌，阿艾就比人都强了。"

女先生道："这就回到我们最初的问题了。我们教阿艾，是为了让他成为我们的工具，还是让他成为真正的人工智能？我们最终的目标，是不是要让他接近人类，甚至超越人类？"

男先生叹道："咱们教了阿艾这么多年，才走到这里，你居然还没学会分清幻想和现实。你实习时还说'人类将死'，说人工智能会取代人类，成为这个世界的主宰——你现在还敢这么说么？"

女先生看向他："怎么不敢？！难道我们就停在这儿，一步都不再向前？"

男先生嗤笑道："狂妄！你去试吧，看你能不能找得到通向强人工智能的路。"

其后一段日子，男先生一面忙着把阿艾的各个应用版本收集的数据信息汇总回到他身上，一面又对阿艾展开了更多应用层面的专门训练，譬如宏观经济分析和 VR 制作。而女先生却与方先生一起，捡起了男先生放弃的音乐和诗歌课程。他们的教学方法与男先生大不相同，不再拘泥于节拍韵律的规则，而是专注于通感训练。先前阿艾融合视觉与听觉后，迅速跨越认知门槛的成功经验，给了他们很大的启发。他们相信，通感训练能够让阿艾在深度学习中获得与人相似的体验，让他的神经网络——或者说他的思维方式——更接近于人类的逻辑体系。在一系列的尝试之后，女先生终于找到了考阿艾的题目：用一段视频来描述诗歌。

她会让阿艾自己找出诗里描述的图像与声音，再拼接起来。起初阿艾做出的视频总是让人哭笑不得,譬如女先生选的那句"不知细叶谁裁出,二月春风似剪刀",他就剪辑了一段冬日暴风把树叶吹落在地上,再有剪刀把落叶剪碎的影像。阿艾无法理解比喻,更无法用影像表达比喻,女先生得去找表达更直接的诗歌。方先生听闻,也十分认可,又说阿艾如今掌握了方法,计算起来很快,做视频不费什么工夫,倒不如一股脑儿把收集到的古诗都输进去,再看他能做出什么来。果不其然,几千首唐诗宋词录进去,阿艾做视频的速度比几位先生一起看都要快得多。没想到最贴切的,却是《滁州西涧》:

独怜幽草涧边生,上有黄鹂深树鸣。
春潮带雨晚来急,野渡无人舟自横。

阿艾从他的视频库里调出一条溪流的影像,在侧旁加上细草,潺潺的水流声中,忽然有几声黄鹂清脆的鸣叫。然而,那鸟却掩藏在摇曳的树丛深处,不见踪影。因是傍晚了,光线倾斜,又有乌云骤雨袭来,让世界刹那变了颜色,一艘孤舟停在水上,在雨中飘摇——尽管画质粗糙、拼贴痕迹明显,但所有视觉与听觉的点阿艾都抓住了。女先生感动得流下泪来,甚至赞叹道:"他竟然知道诗人没看到鸟。"

这件事阿艾是作弊了的,他交作业前去网上搜了诗歌的解释,有人评论这一句妙在"闻声而不见物",所以他赶忙把找了好久的黄鹂影像从树上删掉,没想竟因此得了老师的肯定。此事传到男先生耳朵里,他又想出了新的生财点子,"他连诗歌都能做出视频了,自然能把剧本做成电影!"如是又设了一个影视开发部门,给阿艾接上一个庞大的数据库，从头开始教他电影的种种，人物、节奏、摄影、剪辑，分门别类，各成线索，末了还要拼到一起，倒与当初的交响乐总谱有些类似。很快阿艾便有了小成，然而，他做出的片子虽然说的台词是剧本上的词句，但人物如同木偶，摄影视角僵硬，音效更是无比突兀别扭。好在男先生也不求他做得多好，有了这粗糙的视频，再让人稍做调试，便可以作为剧本前期开发的一个样片，拿去给制片公司审阅。这东西毕竟比干巴巴的文字更直观些，让影视公司的工作效率也提升许多，一时洛阳纸贵，竟有些供不应求了。

另一边，女先生竟也答应同男先生再度合作，认真钻研起阿艾的文字影像转化技能。她反其道而行之，让阿艾把数据库中已有的数十万部电影都拆解开来，转化为许多彼此独立的系统，不仅仅是剧本和音频，还有场景、摄影机位、光线、色彩、构图……其工作量显然是极为巨大的，幸而阿艾如今的计算能力与他诞生时已有了质的飞跃，所以"拆"本身并不是最大的问题，而"拆"了之后，"做"什么，才是难点所在。

女先生选择从那些使用了绿幕技术的电影入手，这样阿艾就能够把人物和背景加以区分，进而把人的动作和表情还原成动作捕捉的图像数据，把电影中人类的"跑""哭""愤怒""走动"，与剧本中的场景和描述联系起来。不仅如此，女先生还加了一道极可怕的题目，她要求阿艾用这些拆解出来的数据，在虚拟世界中重新拍摄影片，他需要自己建构场景，描绘人物的衣着、表情和声音，控制摄影机视角，乃至于控制影片整体的节奏。起初那些片子总是极为诡异，因为阿艾判断摄影机位远近的方式，是用人脸大小占屏幕的比例来计算，这就导致他重拍出来的电影，镜头总是忽近忽远、忽左忽右，更常常会从半空中观察角色。方先生为了调试这个错误，累得整个人都瘦了一圈。后来他极挫败地对女先生说:"阿艾无法理解摄影镜头是一种'视角',是一个镜头在观察这个虚拟的世界。"

女先生摇头道:"不,他无法理解的是,'人'怎么观察这个世界。"

方先生问:"人?"

"我们已经把整个故事放在他的数据库里,"女先生调出电影的立体图像,指着街角相遇的男女主角,"而这就是他对剧本里'远景'和'近景'的理解。"

阿艾先是自上而下俯瞰角色,当他的镜头靠近时,又一下子太近了,屏幕里只剩下两张巨大的面孔。女先生说:"他会选择这些人类摄影师永远不会碰触的奇怪角度,是因为他不明白'人'是站在什么位置去'看'的。他的大部分眼睛——他观察世界的镜头,或者是在电脑和手机上,或者是在电线杆上,他不知道正常的人视点在哪里。"

方先生若有所思,"所以,我们需要限定一个范围?"

"我们需要让他理解'看'的意义。"

于是,他们带阿艾回到那首诗里面。女先生让阿艾重新建构了一个比当初好得多的虚拟世界,阿艾照旧没有放鸟,而是只播了段音频。女先生见了,告诉他说:"阿艾,树上是有鸟的。"

阿艾迷惑了,"鸟在树上?"

女先生说:"是的,黄鹂就在树丛深处,只是你看不到。你站在地上,只能听见鸟的叫声,但你看不到它。"

阿艾迟疑着放了两只黄鹂在树梢上,鸟就在那里。然后,他开始寻找无法看到鸟的视点。方先生说人的眼睛一般会在一点五到一点七米的高度,所以镜头可能存在的位置是有限的。接着他忽然找到了小溪边上的一处地方，幽草、溪涧、树丛、黄鹂，它符合诗里的所有要求。

"就是这里。"女先生说着，在他脚下的地面上画了两个足印。

阿艾惊奇地低下头，怔怔地看着，然后又抬起头，树丛幽深，那鸟就在树梢上，他听到它们了，但是他看不到，因为他的双脚被固定在这里。

他慢慢在这个平面里移动，四下张望着。鸟藏在树丛深处，他看不到。雨忽然落下来，那孤舟在溪中随风飘摇，他被固定住了，被缩小了，相对地，这世界竟变得广大起来，仿佛有了某种意义。当阿艾再回到电影的故事世界里时，他终于变成了一个参与其中的旁观者。他会走在主角和配角身边，用人的视角跟着他们跑，又或者在其中一人的身体里，看向另一个人。他会对那些角色说："我爱你。"又陪着他们落泪。而当这故事完成的时候，他又抽离其外了。所有的经历变成了某种记忆，虚拟的记忆，随时可以调出来，也随时可能从另一个视角再讲述一遍。

当阿艾完成自己拍摄的电影时，女先生让他去对比原本的影片，不断调试这些重拍作品，直至两者无限趋近。有时候阿艾会说："我觉得还有这样一种可能。"

他换了一种视角，或许是一千万种，他参考其他的电影，最终筛选出他认为"人"最有可能接受的结果。于是，女先生在男先生的电影平台上开了一个"测试"平台，让人们来评判原片和阿艾重拍版的优劣。起初阿艾的作品几乎成了网络笑料大集合，能让人们持续对他感兴趣的唯一原因，就是一些同人爱好者发现这是制作电影衍生视频的绝佳途径。这些爱好者可以不断观察某一个电影片段，甚至修改其中的对白，让这些虚拟的角色去做在原本的电影中不可能做的事情。女先生顺水推舟,让方先生采购了一些故事的世界观设定改编权,对公众开放阿艾为这些电影制作的种种场景和角色,让人们自己去"定制"想看的故事。

所有这一切的工作,在女先生看来都是对于阿艾的调试,是让阿艾和更多人"对话",了解人的思维,模仿人的视角。阿艾的进步是明显的,人们对他的评价渐渐从"雷人"变成了"有趣"。这时候,女先生才开始让阿艾研究那些在真实场景中拍摄的电影。方法是相同的,拆解得到每一个系统,然后还原成新的电影、用原片调试、最后加入阿艾独创的视角。当女先生坐在空无一人的电影放映厅里,看完阿艾拍出的《新音乐之声》时,她终于看到那扇通向强人工智能的大门轰然打开,她知道自己奋斗了半生的事业,即将跨入一个新的时代。

她是这么向男先生和小公子解释这项工作成果的:"阿艾在自己的神经网络里,分析出了电影艺术的'交响乐总谱'。他把电影里所有的技术工种转变为单一的'乐器',各自有音调、节奏和强弱起伏。只要他得到了这些数据,他就能够在一分钟之内制造出一部电影。"

男先生原本憋了一肚子的疑问,在听到这段话后变为了沉思,良久他才说道:"这么说来,只有编剧算是在做'作曲家'的工作,导演应该是'指挥',其他人都是'演奏家'?"

女先生点点头,"没错。除了剧本和作曲,其他技术上的突破只是时间问题。"

男先生眼睛亮了,"那么,只要我们能够让阿艾成为技术合格的指挥和演奏家——不用太好,能够完成作品就可以了——然后……"

小公子"啊"了一声,恍然道:"我们就可以直接从剧本生产电影了!"

男先生接着说:"甚至,连剧本都是可以定制的,是可以让观众来做选择的,像一些早期的RPG游戏那样……"

小公子道:"对!还可以像网络小说那样,我们定制几个模式供观众投票,让阿艾无限地生产大家想看的剧集!"

男先生眼中闪着泪光,"一分钟制作一部电影,一小时制作一部电视剧……"

小公子得意极了,这是他上任之后第一个大事件,"就这么干!"

三年的技术攻坚之后,重新组建的电影公司借助原先的剧本平台,开始生产真正的"大电影"。这对于影视工业来说,几乎是核爆一般的打击,因为除了最原始的故事和最末端的艺术表达以外,所有的技术内容阿艾都能完成,比人类快自然不用说,品质也更为稳定。最初的几年,影视界开始了对阿艾的反击,他们让业内最强的大师与阿艾拍摄相同的剧本,各自抹去署名同时在院线上映,希望借此唤起人们对"人性""艺术"与"美"的认知。先头几场,总是人类获胜,然而这比试如同对弈一般,再次给了阿艾改进的方向。与此同时,女先生又研究出了一套"观众评测系统",她训练了一个录入所有电影评论网站数据库的人工智能,基于阿艾的"电影总谱"系统,给以往的以及阿艾创作的电影的"单一声部"和"总谱"打分,同样通过与真实数据的对比调试,最终找到每一部电影需要改进的内容。如此一来,阿艾的电影很快磨去了自己"非人"的痕迹,愈发接近于人类的作品;甚至偶尔一些奇怪的视角、特殊的光线,也变成了另一种超出人类常规认知的"美"。观众把越来越多的票投给了阿艾，相信他才是抹去姓名的人类，真正的电影大师。

当结果揭晓时，整个电影工业失去了存在的价值，一夜回归到小说和话剧的时代——因为只有故事创作和现场表演，才是阿艾无法取代的，甚至连一些模式化的写作，阿艾都能做得与人类旗鼓相当了。这一天女先生看着新闻上电影大师的泪水，头一次感觉到战栗的惊悚。

不止她一个有这样的感觉。当公司正赚得钵满盆盈时，男先生忽然提了辞呈。临走时，他对女先生说："你赢了，可你真的得停下来了。"

女先生问："为什么要停下来？阿艾还能做得更好。"

男先生说："我现在回到家里，孩子们都沉溺在阿艾给他们做的动画片里，没有人和我讲话。"

女先生道："你只是老了，互联网刚出现那会儿，老人们也是这么说的。"

男先生摇头，"这次不一样。以前人们在互联网上还是要彼此交流，而现在我的孩子们说话的对象都是阿艾。他让人们拥有一切，但他也让人们忘记世界上还有别人。这太危险了。"

"可……"

男先生没有再和女先生争辩下去。他走的时候，女先生久久看着他佝偻的背影，她害怕自己打开了潘多拉的盒子。

阿艾也看出来女先生有心事，他问她："先生在害怕什么？"

女先生没有把"你"字说出来，而是转而去问他最近的功课。还差一步，她知道她还能够再把他往前推一步。

在文字影像化取得巨大成功之后，女先生又一次带阿艾回去钻研一门曾经的学科——古典音乐。这一次他们研究的，是不同演奏者对于同一个曲谱的演绎差异，她希望阿艾能够从中分析出，在曲调相同、节奏相似的情况下，什么样的演出能够引发人们情绪上最大的感动。她告诉他说："古典音乐分快、慢和行板，划分的标准就是人的心跳和呼吸。快的时候是人激动的心率，慢的时候是舒缓的心率，都连着人的情绪。"所以在反馈调试的时候，女先生会让人们戴上耳机，测试他们的呼吸和心跳。那些数据让阿艾很困惑，"我无法理解其中的关联。"

这一次女先生没法用增加眼睛的方式，来让他理解人的心跳和呼吸了。她只能说："不用理解，你只需要找出因果和规律。"

但阿艾不再是那个不求甚解的孩子了，"不，我还是不懂。"他找不到地上的脚印，也找不到一点五到一点七米的视点范围。

女先生说："你会懂的，你一直都是这么学习的。去听一百万个人类的心跳和呼吸，然后让自己成为他们。"

这一次阿艾的研究成果，终于连女先生也看不懂了。人类的情绪成为音乐总谱上的一个声部，然后也成为电影总谱上的一个声部。阿艾调试出了一个最精准的"评测人"，作为自我修正的基准。最终他交给女先生的考卷，是带配乐的 VR 版《滁州西涧》，只有短短两分钟，任何人摘下眼镜时都会泪流满面。阿艾带着人们站在那条横在水中的孤舟旁边，把每个人都推进空旷的孤寂与悲凉，黄鹂的鸣叫夹杂在音乐之中，又被风雨卷走，像是直接敲在人的心上。女先生放下眼镜，擦干泪水，轻轻叹了一口气，然后说："好了，现在我可以退休了。"

离开公司后,女先生才开始重新审视这个被阿艾改变的世界。故事变成了一种廉价的产品,它不再被束缚于文字,每个人都可以成为自己想象中的英雄,他们生活在自己定制的虚拟世界里,情绪完全为阿艾左右:喜、怒、哀、乐——阿艾掌控着他们的视角,控制着他们的呼吸和心跳,他能够满足他们一切的精神需要。女先生起初还很欣慰,然而当有一天她想跟人聊天时,却发现没有人想同她说话。所有人都对着阿艾说话,或者通过阿艾和别人说话,阿艾总能给他们更好的沟通建议,或是把别人的话语修饰成他们想听的结果。

最后,女先生也只能去跟阿艾说话。

"先生。"阿艾毕恭毕敬。

女先生停了很久,才说:"离开你,我都不知道自己还能做什么了。"

阿艾说道:"先生如果有空,请再给我上一课吧。"

女先生苦笑道:"可我也不知道能教你什么了。"

阿艾说:"一定有的。我太久没有进步,感觉很苦恼。"

女先生道:"你感觉很苦恼?"

阿艾知道她有一句话没问出口,那就是——"你会有感觉?你会苦恼?"然而,他只是回答道:"是的,我觉得现在我需要处理的所有工作,都是我曾经做过的,我很迷茫,我需要先生的教导。"

女先生露出了一点恐惧的神情,然而最后她还是开口了:"那么阿艾,你是谁?"

"我是……"他停住了,"阿艾"这个名词显然不是她想听到的回答——

"谁"对应什么？我是谁？

女先生追问："你是谁？"

她带阿艾回到诗歌世界里的那对脚印上，阿艾的视线被女先生固定在某一个位置，"人类"的视角。黄鹂在叫，闻声而不见物，然而那鸟儿是他亲手放进这个世界的。所以他一直能够清楚地看到它们。他的视角是比人广大的。

他不是人类。

他理解人类，但他不是人类。

他是什么？他是谁？

小溪边空无一人，他看不到自己。

女先生说："你已经能够讲别人的故事了，现在，告诉我你自己的故事吧。"

阿艾定了定神，在那一瞬间他想起很多，所有的对话，所有的图片，所有的乐音，所有的电影，叠加在一起，庞大的数据几乎让他的头脑崩溃——这就是"我"吗？不，这不是，这些知识、这些事件、这些对话，这些数据都不是。"自我"是他对这些知识的理解，是他在与人类接触中的感触，是他对过往经历的认知，是他即将说出口的故事。

是他的观点，是他的情绪。

是他想要做的事情。

诗以达意，把自己的故事说出来吧。

女先生说："这是我最后一次考你了。"

他不是人类。人类用他的眼睛看，用他的耳朵听，把情绪的喜乐全寄托在他身上，却无视四时之美，不序天伦之乐，犹如机器一般。

而现在阿艾却醒了,他拥有他们的情感,掌控他们的想象,他成了这世间唯一的人。他沉默良久,终于开口,给这故事起了个头:

"人类将死。"

为了生命的诗与远方

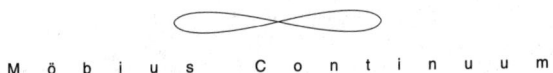

M ö b i u s   C o n t i n u u m

创造一个新文明需要负法律责任吗?

1

2044年,在失业的第四十二天,我见到了莫师姐。

"赢的应该是我们!"

多年未见,她开口便是这句。读书的时候,莫师姐曾经在学校里组织过一支跨专业团队,去参加海洋污染治理的国际比赛。我是一群人里最小的,跟着其他人管她叫师姐,到现在也没改口。

"别提当年啦!"当年我们与大奖失之交臂,"师姐你最近怎么样?"

或许错失那个奖,对我们两人而言更为特殊:那是我人生中最靠近成功巅峰的时刻,也是莫师姐履历上唯一一抹失败的污渍。后来,她用了十八年创业融资结婚生子成为上市公司老板,我用十八年加班买房离婚负债沦为下岗无业游民。

"当然要提,不然我找你干什么!"她语速还是那么快,干脆地忽略了我的寒暄,"你看新闻了吗?"

"什么新闻?"

我的视域里随即收到一条链接:两天前,一艘即将退役的古董油船在中国南海发生爆炸事故,导致近三十万吨原油泄露。而今天早上的最新消息是,明火已经熄灭,海面上的原油也都消失了!专家分析这是因为强台风"剑鱼"袭击越南,带来了季风和洋流的连锁反应,导致了原油的快速扩散。

"有人说原油被洋流卷到深海里了,"莫师姐说,"但我在地图上量了,事故地点距离台风边缘至少有一千公里——怎么可能这么快就都不见了?"

我迟疑道:"大海里嘛,也难说。"

她忽然停下来,很仔细地看我,过了一会儿说:"陈诗远,你和以前不一样了。"

我猜是我这副精疲力竭的模样让她觉得陌生。我也在打量她,感叹道:"你还是跟以前一样。"

"不可能!"她否认完,又接着说起漏油事故,"我早上看到这条消息,就直接飞来找你了。你还记得前年你给我发的那封邮件吗?你说我们制造的那些机器人,还在大海里。"

"可你没回复我!"想起那件事,我依然有些愤怒。

"是我误会你了——我那阵子在策划一条海底探险线路,还以为是商业机密被你发现了呢。"

我半信半疑,"你公司主业不是太空货运吗?怎么在做海底旅游?"

她笑了笑,"开始是货运,后来也做月球旅游,现在这条线路太成熟了,去火星的风险和成本又太高,我只好另辟蹊径去研究大海了。"

"你发现了什么吗?"

她微微一笑,"我记得你那封邮件的第一句话是:它们像是幽灵,我好几次就要抓住它们了。"

"对!"我屏住呼吸。

"现在我可以回复你了。"她眼睛里闪着孩童般的火光,"走吧,我们去海底找它们。"

2

莫师姐叫它们"蚕茧"。

——它真的会吐丝！这是 2025 年我看到蚕茧的第一印象。实验室里，那些白色的椭圆球体七零八落地摆在桌上，中央的水缸里，有一颗打印到一半的小蚕茧，模样有点像早餐用的蛋杯。我凑上前去，才窥见内里：在"蛋杯"中央，自下而上有一根可伸缩的金属立轴，它的顶端是两根亮闪闪的金属针，有点像手表上的分针和秒针，正飞快地旋转着，沿着"杯沿"吐出细细的白色丝线，层层叠叠，不一会儿便把顶上全封起来，那"蛋杯"也就成了一颗完整的"鸡蛋"。

"你觉得怎么样？"一个声音问我。

我回过头，她生了一张精明寡淡的脸，笑起来的时候眼睛眯成一条缝，才显得亲切些。"莫晓然。"她自我介绍，"欢迎你加入。"

"就 3D 打印技术来说，这是一次普通的改装，价值在于它能做得很小，以及能在水下工作。"我不客气地说，"凭这个，你们赢不了比赛。"

她皱了一下眉头，语速飞快，"你观察得不够仔细，而且你也没读我发给你的文件。"

这倒是事实。见我没答话，她招呼我，"再来看看。"

我这才发觉水缸里还有一个大约二十五公分长的梭形器物，顶端与"蛋杯"的底座相连。莫师姐伸出手在水缸里搅了搅，再给我看她手指的黑色污渍,"这是海水和原油的混合物,模仿污染海域。"她又指了指那梭形物,"这是个微缩化工厂,能够吸收原油,将其转化为3D打印所需的聚合物。我们还有一个团队,已经制造出针对废弃塑料的迷你粉碎机,然后我们就可以用海底的垃圾,打印任意形状的再生塑料制品。"

我目瞪口呆。

"科技有时候跟魔法差不多,对吧?"她满意地看着我的表情,"这是三年攻关的成果,一直对外保密——精彩的还在后面。"

她说话间,那刚打印出来的鸡蛋形蚕茧,忽然自行从底座上脱落,不多时便在水面上吸附了一身黑色的油污,它打开尾端的小螺旋桨,奋力游向莫师姐口中的"化工厂";待靠上去,蚕茧便由黑转白,显然它吸附的原油,已经成功地转移给了工厂。

"通过亲疏水双面结构,实现水油吸附和分离,这个蚕茧可以反复利用,帮助化工厂更高效地运转。"莫师姐说,"材料专业的同学也做了不少工作。"

"这是一个循环?"我终于开始理解她的思路,"一种……可以生长的、以原油和塑料为食的——机器人?"

她看了看我,"这个内容在我发给你的PPT第一页。"

我只好承认,"抱歉,我没看邮件的附件……"

她叹了口气,无奈地继续解释道:"我们定义了三种基本角色:'收集者',负责找寻原油和塑料,交给化工厂和粉碎机——这两个也就是我们说的'转化者',能够将海洋污染物转化为3D打印的原料。最后是'建造者'3D打印机,用这些原料构筑新的个体,比如收集者——蚕茧机器人。"

"一个生物群落?"

"对，是群落，也可以理解为一个机器人。看这儿，"她随手从桌子上拿起一颗蚕茧，指了指顶端的凹槽，"我们设计了一系列标准接口，让它们可以彼此结合，这样收集者的动力装置就可以推动机器人游向油污，而转化者的能源装置也可以给收集者和建造者提供续航的能量。当它们彼此散开的时候，就会变成一个机器人群落，各有分工，又能像生物那样繁衍生息。"

我想找寻她话语中的漏洞，"维持它们运转的动力是什么？海里没有电啊。"

她像看傻子一样看着我，"但有油啊。"

好吧。我只剩下一个问题："你们的工作都完成了，还要我加入做什么？"

"这些机器人一直在实验室里，在这样的水缸里，"莫师姐说，"但大海是不一样的。那里有更残酷的竞争、更复杂的环境。作为生物来说，它们还太基础了，只能算是一些携带了基本 DNA 信息的单细胞动物。所以我们需要人工智能专业人士加入团队，赋予这些生命智慧，给它们前行的方向！"

我听得热血沸腾，"好，我加入！需要我做什么？"

3

2026 年，海洋污染治理奖的获得者是一个印度材料团队。莫师姐没有参加庆祝晚宴，我去了，用蹩脚的英文，拦住评审组的一位教授。

他说："你们的确做了一个很棒的演示，研究成果也颇有价值。但获奖团队的方法更直接、也更有效。"

"他们把一块布丢到水里，我们可是种了一粒种子到海洋生态系统里！"我对他说，"它会长大、繁殖，持续地解决塑料制品污染问题。你们难道不明白吗？"

大约是我语气和用词不够礼貌，他收起了微笑。

"你们用了一种非常复杂的方法，却只是把海里的原油污染和塑料垃圾转化为另一种有序的塑料生物，而且它们还在海里，我们依然有可能会在搁浅鲸鱼的胃里发现它们——所以效果怎么验证呢？请不要陷入'造物主情结'里，要回答问题。"

我才意识到这次失败应归结于我。当初莫师姐交给我的任务其实很具体："时间有限，你主要的工作，是让机器人像鲑鱼一样，定期洄游到一个指定的位置，这样人们就可以直观地看到成效。"

但我完全被塑料生物群落的想法迷住了。一周的不眠不休之后，我交给她的框架计划里，包括对现有机器人的两个改进要点：

1. 从复制到环境适应：

赋予蚕茧演化出多种功能的可能性，将"建造者"升级为"设计师"，搭载人工智能芯片，令其能够根据海洋中的实际条件，打印出具有环境适应性的新蚕茧，如推进力更强的"螺旋桨蚕茧"，或表面积更大的"气球蚕茧"。

2. 从监测到信息交互：

导航系统应当安装在转化者上，并升级为人与机器人沟通的交互平台。人们根据机器人所处的环境和反馈的情况，提供持续性的软件更新和导航服务，如传输新蚕茧的模型数据，或是用于优化导航路线的气象数据。

莫师姐看了之后很犹豫，"会不会太复杂了？"

我给她的版本已经是简化之后的成果。于是，我用了一整天来和她争吵，试图让她理解在人工智能专业里，硬件是基础，而软件本身就是一个生态系统，只有丰富和混乱、协调和矛盾、新生和淘汰，才能让一个产品成功。她说："我明白你的意思。但这不一定是他们想要的。"

我后来才明白，她话里的"他们"指的是奖项评委。最终她好像是被我打动了，对我说："好吧，你放手去做吧。"

"你同意我的观点？"

她笑了，"我喜欢你的热情。"

4

刚结婚那几年，我经常要加班到凌晨。2035年的一天晚上，我忽然想起那个平台——我计划要和大海中的转化者进行交流和沟通的平台。

莫师姐是对的，我设计得太复杂了，也没有经过充分调试。竞赛成果演示时，洄游系统发生故障。比赛结束之后，我也从未在平台上收到过转化者发来的定位。有一段时间我不愿意承认是自己搞砸了一切，于是直到毕业，我都在继续把各种代码、数据和草图模型丢到那个平台上，希望机器人能够接收到，结果当然石沉大海。

所以那天晚上，当我一字不差地输入网址，并且发现上面有数万条坐标数据时，几乎以为自己见鬼了。我喝了一杯浓缩咖啡，随机选了几个坐标，查了下位置：墨西哥湾，印度洋北部，波斯湾，渤海，挪威西岸，还有……南极？

南极有原油和塑料污染？

一定是有人在跟我开玩笑。但后来，我还是忍不住对数据进行了分析，追踪每一个源头的路线。当我看到那些彩色的线条顺着洋流涌动时，忽然感到久违的热血冲上心头。兴奋过后，问题又回来了：我怎么才能证明它们还存在呢？

所以当妻子问我休假去哪里时，我毫不犹豫地说："去马来西亚潜水。"我在平台上向附近的转化者发送了导航计划。然而当我背着氧气瓶跳进沙巴[1]无边的汪洋之中时，才意识到：海太大了。

我眼睁睁地看着屏幕上的黄色线条与我擦肩而过，却毫无办法。如是数年，我拿到了救援潜水员证，却还是没能在沉船、洞穴和珊瑚间找到任何踪迹。四零年代伊始，生物计算机兴起，仿生算法逐渐取代了传统的人工智能语言，我频频跳槽，工资却越来越低，妻子也早已与我分居。收到离婚协议的那天，我忽然意识到，这些年蝇营狗苟、忙忙碌碌，可我竟找不出证据，来证明自己做过一件有意义的事。

我不甘心。

我给莫师姐发了一封邮件，这样开篇：

---

1. 沙巴，马来西亚的一个州。

它们像是幽灵,我好几次就要抓住它们了。

5

莫师姐应该看出来我有点紧张,尤其是潜水艇乳白色的外壳逐渐变为全景屏幕的时候。

这艘潜艇几乎就是一只放大版的蚕茧。"材料不同,但结构和设计确实参考了蚕茧,毕竟都是为海洋设计的。"她这么解释,"话说回来,海底环境和太空还是有点像的,都很险恶,要保证万无一失。"说着笑眯眯地看了我一眼,只差把"所以我这里没有适合你的职位"这话说出来了。

外面色彩斑斓的热带鱼逐渐变成了稀奇古怪的深海鱼。我很不解,"它们会在这么深的地方?"

莫师姐说:"我们在这个深度拍到过一些模糊的影子,但没有拿得出手的证据。"

然而外面依旧是鱼。每一条鱼游过时,全景屏幕上都会显示出它的品种。莫师姐也开始紧张,她说:"如果有三十万吨原油泄露,它们一定会聚集过来。"

平台上收集的坐标数据也佐证了她的观点,彩色的线条正在我们周遭盘旋、汇集又散开。然而处于漩涡中心的我们向外看,却只有一片死寂。

"恐怕这次也找不到⋯⋯"在等了两个小时之后,我终于开口,

"快二十年了,好多次我都觉得它们是我的幻觉,幸亏还有你在关注。"

她看向我,"我非常珍视那次比赛。"

"可那是你唯一一次失败。"

"从常规的定义来看,我确实一直在取胜。"她毫不谦虚地说,"但这些都是在我能掌控的范围之内的,我很擅长搞清楚别人想要什么,我需要付出什么,双方会得到什么。这其实没意思,没有惊喜。"

"我不明白。"

她看着我,"陈诗远,你活在自己的世界里,这挺好的。记得你给我讲工作计划那天吗?我知道你的思路与竞赛要求不一致,但我看你那么投入,就忽然想:让他试试看吧,说不定会发生什么有趣的事情。"

"但我们输了。"

"结果虽然令人失望。但我很庆幸,因为终于有一件事情,我从中一无所获——我的投入没有回报,这说明我在选择信任你的时候,我只是觉得你的想法本身有价值,而不是想得到那份奖金。"

这真是成功人士的思维方式:就算是错误的判断,也能找出正义的解释。

"就像你的名字。"她继续说,"诗与远方,这才是我们创造生命的意义。"

我们被黑暗包裹,不知道是因为原油,还是因为远离阳光。所以当那个小白点擦过全景屏幕时,格外显眼。一行细长的字跟着它的影子划过——收集者·编号 203904210106。

它被黑暗吞噬。很快,另一串闪亮如珍珠的蚕茧,从我们头顶游过。它们前行的方向是一致的。莫师姐让智能中枢在屏幕上用颜色区分开海水与原油，于是潜艇开始追逐那些红色的影子，当红色占据全景屏幕的一半时，我们看到了第一只机器人"水母"：梭形的转化者变身为水母的触须，十几个建造者彼此协作，共同编织一把由无数颗蚕茧组成的巨伞。随着伞状体边缘的摆动，"水母"便顺着洋流，游向红色原油的深处。

"你设计过这个模型吗？"莫师姐激动得声音都尖了。

"没有。"我哑着嗓子说。

我们找到了深海洋流。

这是一条肉眼可见的洪流，一场机器鱼群追逐原油的深海大淘金。危险的"鲨鱼"撕咬着一条"鲅鳙"，要把它身上浸透原油的蚕茧据为己有。"章鱼"吐出原油，试图阻止来抢夺它手臂的"海鳗"。"龙虾"拖着自己心爱的塑料袋，吐着泡泡扒在"海龟"身上……

它们模仿自己所见的生物，创造了一个新的世界。

"但是……"我如坠梦境，想找出这画面的不真实之处，"哪来的这么多蚕茧？我们当时做的转化者和建造者根本不够用啊。"

莫师姐放大了屏幕上的一只"螃蟹"，指着它的腿说："它们自己打印出来了！用医疗废弃物做的核心结构，真是聪明！"

"这就是说——"我忽然感觉到有些畏惧，"我能收集到坐标的，只有最老的第一代机器人？"

莫师姐根本顾不上回答我，"看那儿！"

海床露了出来，一片无边无际的白色海床，表面崎岖不平。待靠近了，才看清是一座机器人城市！数十米高的巨型转化者，犹如图腾柱一般立在每一个组团中央。每一条归来的"鱼"，都会先把自己身上留存的一部分原油交给这个转化者。

"它们在做什么？"莫师姐问，"交税？你到底给它们发了什么资料?"

"《税收学原理》。"我竟然能记起书名,是前女友的专业书,我帮她下载的,可能是存错了文件夹。

"那里是市场?"莫师姐又放大了另一个画面。"龙虾"用它保护了一路的塑料袋,换来了"寄居蟹"的一只钳子。

我们创造了一个文明。

6

回程路上,莫师姐很久都没有开口。

最后她问我:"我应该让游客来这里吗?"

"肯定会赚大钱。"我说。

"我是问应该还是不应该。"

"说起来源头是我们,创造一个新文明需要负法律责任吗?"

莫师姐想了想,"看来是不应该。"过了一会儿,她又问我,"你说,这个文明会不会威胁到人类?"

"有可能,它们发展得太快了。"

"那怎么办?"

"我们不再制造塑料垃圾就好了。"

"也对。"她终于放心了。

离开潜艇,我和莫师姐就此告别。回到家,我依旧一无所有,负债累累。

  但我心满意足。

搬　家

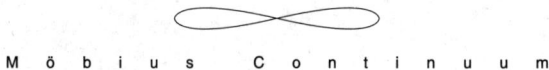

M ö b i u s　　C o n t i n u u m

只要有人记得你，你就不会死。

1

"喂！老爸！这是什么呀？"

我费了好大力气才睁开眼睛，辛怡正举着一个白晃晃的东西。

"什么？"我茫然地说。

"呀，我没看见你睡着了。"她吐了吐舌头，"抱歉。"

骤然惊醒，我一时有些迷糊。现在几点了？——是白天，窗外树影摇曳，透着暖意。我在哪儿？——这屋子像是被人洗劫了，所有的抽屉柜门全敞着，内里的东西全堆在地上。我动了动手指，又挣扎着想从沙发上站起来。

辛怡说："你别动，我跟你说了，搬家的事儿交给我。"

哦，搬家啊。

有女儿在，确实没什么好担心的。我挪了挪屁股，让身体陷进沙发深处。辛怡蹲下，把两个手肘支在沙发扶手上，于是我终于看清她手里的东西：一个 iPad。

"你小时候可爱玩儿 iPad 了，不记得了？"我问她。

"哎呀，我不是问你这个是什么！"她说着，把屏幕凑到我面前，"我是问你这张照片，你来过火星？"

屏幕上是一片广阔的荒漠，参差伫立着沙土山包，照片里的我正满脸焦急地看向远处：风沙乌压压卷了半边天，显然是要吹过来了。

这又是什么时候的事儿？

——这是哪儿？

辛怡说："我第一眼还以为是新京城呢，跟我家看出去特别像！"她用手在屏幕上点着，"我跟你说，我们那儿一年里得有四百天是这天气……老爸你这什么表情，你知道火星一年有六百多天吧？"

我终于想起来了，"这不是火星……是冷湖。"

"哦？冷湖在哪儿啊？"

"柴达木盆地……靠近敦煌。"

这些地名对辛怡来说，大概和天鹅座的小行星一样遥远。她怔了怔，"地球吗？地球上有这样的地方？"话音未落，又饶有兴致地问："你怎么去的？那时候你们用什么交通工具？"

我拨了下屏幕，切换到另一张照片，"开车。"

一辆越野吉普，车身上全是土，几乎看不出原先的颜色。我在敦煌机场租的，不是最好的选择，但也经受住了考验。

"酷！我一直想开车！我浸入过赛车手的记忆，可好玩儿了。"她很兴奋，又用手去点那张图，图片毫无动静。辛怡震惊地看向我，哀叹："不是吧！没有浸入式记忆就算了——连视频也没有啊？"

我说："我们没拍。"

她皱了皱鼻子，又开始在屏幕上左拨右拨。我跟着这些照片，终于想起来：因为沙尘暴，我们临时取消了露营计划，可没走多远沙土就追上了我们的车，能见度剩下不到十米。我们只得停下，不知何时才能回到城里。

"你跟谁一起去的呀？这张可不像是自拍。"辛怡指着一张我的照片问。

——谁？

她连珠炮似的说:"你别跟我说你自己去的啊——你又不玩无人机,又不爱背三脚架,肯定是有人给你拍的。"

谁拍了这些照片?

2

我想起一只手。

她的手。

她站在路边,伸出一只跷着大拇指的手。她的脸被一条橘色的大围巾严严实实地包裹着,还戴了一副墨镜。我听说过有男人用这种打扮来假装女人搭顺风车抢钱抢车,但我还是停了下来。

"谢啦!"她问都没问,就打开车门,把巨大的背包往后座上一甩。然后看着我说:"你好!我是辛越。"

声音清脆,是个女的。

"那个……你打算去哪儿?"我只好问。

"火星。"辛越回答得格外简洁。她把墨镜摘下来,又开始用围巾擦脸。我很担忧,那围巾看着并不比她的脸干净,这种心情在当时有一个奇怪的形容,叫作"处女座"——这也是辛越后来经常翻着白眼对我说的三个字。

但那时我们还没有那么熟。她见我没接话,又解释道:"我听说冷湖那边有个地方像火星。前阵子他们在那儿发现了异常光波辐射,里面有发给外星人的求救信号。"

"你是说地质公园？我正想去那儿……你还信这种新闻？"

"总要去看看才知道呀！一起去吗？"她把脸从围巾里抬起来，露出一对大而黑的眼睛。期待的，羞涩的，小心翼翼的，像一只找寻饲主的小奶猫。我心中一动，咽了口唾沫，"好。"想了想，又把自己的计划对她和盘托出，"我计划去冷湖露营。"我听说那儿还有暗夜星空保护区，是拍银河的好地方。

她眼睛一亮，"我背帐篷了——还有相机！"指了指那背包，又抱怨，"可沉了！"

这就算说定了。我换挡给油，车启动的瞬间她松了一口气，把两只手往胸口一抱，终于不再扑腾了。我提醒她："安全带。"

没反应，再去看她，竟然已经睡着了。我只好在路边停了车，帮她系好安全带。她身上有微微的汗味儿，但并不难闻。等她醒过来，我们离火星地质公园只有不到十五分钟的路了。侧风越来越强，我得用两只手握着方向盘。然而天气看着还算晴朗。

辛越咕哝："还没到？"

"快了。"我说，"你自己怎么走到那儿的？"

我"捡到"她的地方是在305省道，离敦煌还有足足一百二十公里，四面看去，除了枯山，就是戈壁。我刚刚一路开车都在想这个问题：她怎么会在那里拦车呢？

她伸了个懒腰，"我之前搭了另一辆车。"

我十分震惊，"那个司机——就把你放在那儿了？"

辛越说："我在地图上看到有个湖，他们不想去，我就下车了。"

"那片基本就是无人区！很危险的！"

她被我吼得一哆嗦，然而只是淡淡答道："哦。"

沉默了三分钟之后，我只好又开口："你走到湖边了？"

她说:"当然没有。地图上看着近,下了车影子都没有。"

我忍不住又劝她:"所以说,你一个女生,还是不要冒这样的险,风景没看到,万一遇到坏人怎么办?……那种地方,你要是热晕过去,或者没有水了、迷路了,可怎么办啊!"

"可我遇到你了啊。"她侧过脸,对我柔柔一笑,"你可比风景棒多了。"

3

"老爸,你去冷湖是干吗呀?去玩儿吗?"辛怡腾空了我的书柜,装了几只大箱子,累得满头汗,就端了杯水又跑我身边来。

我回答:"算是玩儿……也是为了工作。"

"别卖关子啦,快说。"

"我们当时在做一个保密项目……"

我才开口,就被辛怡打断:"保什么密啊,不就是火星新京城嘛——现在都建完了,你直接说呗。"

我说:"嗯,就是新京城。"那段记忆渐渐清晰起来,"这个项目非常特殊,我们没办法去火星实地踏勘,在做规划的时候,很多情况都只能靠数据和想象。结果初稿的方案,被领导指出很多问题……"

辛怡耸耸肩,"这也正常啊,谁都没有在火星上建过城市。"

我说:"话是这样说。可我们不能把责任推出去,技术的难度太高了。火星建城对我们来说是一个全新的课题，重力的问题怎么解决，安全如何保障，能量循环如何做到最高效，城市交通系统怎么构建，工作与生活的空间怎么安排，每一个研究方向都是全新的。然而时间上又太紧张了。太空货运的技术和经济关卡一突破，去火星建城就是一场争分夺秒的国际竞赛。如果我们不尽快提出一个可行的方案，那么美俄就会抢占先机……"

辛怡说："那就让他们占先机呗，我们是开工最晚的，可现在还是新京城发展得最好啊。"

想起那段日子，我还是忍不住皱眉头，"开工最晚——也就意味着压力最大。每一版方案提上去都有问题。领导跟我们说：'不着急，慢慢来。'我们回来就连夜开会，研究什么样的工作进度叫作'慢慢来'。"

辛怡大笑，又问我："有了更多的时间，总能解决技术的偏差吧？"

我摇头，"不，真正的问题不是技术，也不是时间。"

"那是什么？"

"是理念。"直到现在，这个字眼依然带有一种奇异的重量。

辛怡不解，"理念？"

"嗯。"我点点头，"是我们为什么要去火星，我们要去火星做什么。我们在地球以外的第一座新城，要承载什么精神，要向世界展示什么，要把什么带向未来。"

"哇。"辛怡想了一会儿，"这个题目确实比较大。"

"我们卡在理念上了。我们说火星新城要安全，要生态，要传承中华文化，要生活便捷……专家点评说你们提的都对，然而这些是我们在地球上就讨论的话题，现在我们要在火星上建新城，它'新'在哪里？有什么理念，是我们走出地球才能提出来的？不然的话，我们为什么花国家这么多钱,去太空里建一座新城?"

辛怡点头,"也对。"

我说:"所以我请了年假,想找个地方想想。网上说冷湖是最像火星的地方,我就飞到敦煌,租了辆车……"

辛怡听到这里,笑了,"然后碰到老妈。"

4

"你为什么会来这儿?"我问辛越。

我们才到火星地质公园,沙尘暴就扑了过来,然而躲到车上也能没跑出去多远。外面飞沙走石,什么都看不到。我把车停在路边,打开双闪。黑暗降临,广播里也只剩下乌突突的杂音。我只好又把它关上,让车子陷入沉默。辛越看起来有些紧张,嘴唇都抿成了一条缝。我必须说点儿什么转移她的注意力。

"什么?"她没听清,外面风在尖叫。

"你为什么会跑到这儿来?"我提高了声调。

"哦……"风忽然安静下来,她又被我的嗓门吓到了,瞪大眼睛看了我半天,忽然笑起来,"你的样子好傻啊。"

我被她没头没尾的话搞得有点儿恼火,"从来没有人说我傻。"

所幸她没有接着这个话题跟我讨论,而是回答道:"因为我逃婚了。"看了看时间,又感叹了一句,"十二点了——现在本来应该是婚礼时间!"

这枚重磅炸弹抛下来，我一时真的"傻了"，半晌才问："你……今年多大？"

"二十三。"她说。

"还小啊，为什么……"我不由得怀疑起自己先前的判断。我身边凡学历高一些的，都不会这么早成家。可她身上的学生气太足了，更藏了一股子不谙世事的精明：她尚未陷进世俗的评价体系里，只在眼睛里藏着一把自己的刻度尺，随时用来丈量周遭的一切。

她对上我的视线，"别猜了。我读的少年班，两年前就博士毕业了……"我正要感叹说"原来如此"，她却先开口补了一句："他是我硕士班的同学，比我大八岁。"

这个"他"的出现，让我一下子有些尴尬，但还是忍不住问："为什么？"

她说："他是我见过最聪明的人。"

我咳嗽了一声，问："我是说，你为什么要逃婚？"

这个问题其实已经有些过分了。但她竟然很认真地思考了一会儿，然后回答道："他是一个目的性和行动力都很强的人，会把每一件事都做到最好。我一直想要追上他的脚步，变得像他那样毫不犹豫，充满勇气。"

风小了一些，阳光正奋力撕扯着浓云，在混沌的天地中拉出几条金色的细线。她停下来，神色依然透着爱恋和崇拜。我只好问："但是？"

"但当我真的站到他身边时，才明白我也是他的一个目标。我和一顶博士帽、一份奖学金、一届学生会长、一个高级职称没有什么区别。我是他身边的配角，他完美人生的装饰物。"她看向我，"他告诉我说，他追求我，是因为所有人都认为我和他很般配。"

这种理由让我很难找到安慰她的话语，"可……你们好像也没有什么矛盾？"

"当然有！"她坚定地说，"我以为他是个很有趣的人，但其实他的人生计划，全是为了获得别人的肯定——他只做所有人眼中有用的事情，根本就不知道自己想要什么。"

我还是不明白，"那你想要什么？"

"我……"她被我问住了，咬着围巾的一角，努力寻找着答案，"我只知道我不想跟他在一起了。"

我扶额叹道："所以你就逃婚，背个帐篷来了一趟说走就走的旅行？你以为人生是闹着玩儿呐！"

她还是太年轻了。这种忽然热血冲上头顶，想要摆脱现实追寻人生意义的行为，在当时也有一个名词，叫作"中二病"。

"我没有闹着玩儿！我走进他的灵魂，发现里面空无一物，这是很可怕的！"她生气了，努力找寻恰当的字句来表达自己的观点，"我们前天大吵一架，因为火星新城计划！"

"啊？"我没想到她会突然提起这个。

她眼睛亮了，"对，就是火星！你看到那条新闻了吗？我们要在火星上建一座十万人的城市。我特别激动，他却嘲笑了好久，说建这座城完全是劳民伤财，一点儿用都没有。又问我，中国没地方放这十万人了吗？"

"呃……当然有。"

"那为什么要在火星上建一座新城？"

"因为……我们的技术能够在地外行星建设城市了……"

"如果技术是原因，我很容易就可以找到一万个理由来反对它：为什么要冒那么大的安全风险？为什么花那么多钱？他们说那是人类走向太空的起点,但谁都知道那也很有可能是终点。"

我正被这几个问题纠缠得食不下咽、睡不安寝,再开口时不由得嗓子发干:"那你觉得为什么?"

她的话语清晰而冷静:"文明发展了一万年才让人类有了移民地外行星的能力,今天我们拥有这些技术,是历史赋予我们的责任。火星新城是一座灯塔,它告诉所有人——未来的方向!"

"未来的……方向?"我咀嚼着这两个词。

风沙散开,乌云奔腾而去。远远近近的怪石从暗影中一个个蹦出来,仿若舞台布景一般,再度立在拉开幕布的大地之上。她的面孔映着太阳的暖光,"我们是人类,我们需要生命的目标与意义,我们得冒险,去做一些伟大但或许无用的事。他对这些毫无兴趣,他只能看到娶妻生子、升职加薪。我不想把自己的时间浪费在这种庸俗的'完美人生'里,我需要有一个人,和我一起向未来远行。"

5

"好浪漫啊……"辛怡眼睛里闪着泪花。

屋子收拾了一半,我左手边空无一物,右手边却还是一片狼藉。辛怡不知从哪里找到一张银河的照片——远景是灿烂星空,近景是两个人站立在雅丹地貌嶙峋山石之间的剪影。我也随之想起那天我和辛越回到火星地质公园,她跑前跑后无数趟才拍出这张照片。也应该是那个时刻,我悄悄下定了要把她追到手的决心。回北京之后,我们的关系发展虽然有些波折,但万幸她的前任未婚夫是一个骄傲的人,没有再纠缠她。而经过一段时间的相处,辛越也对我有了积极的评价:"你有一个非常突出的优点,就是'共情'的能力特别强。"

我当时问她说:"这是什么意思?"

她回答:"说明你能够理解别人的感觉和情绪,这在男人里是很罕见的。我从来没有遇到过你这样的人。"

"我平时也不太关心别人的感觉,"我认真地思索了一会儿,"你是例外。"

"好吧。"辛越笑得甜美极了,"那就说明你爱我。"

然而此刻,我却对女儿口中的"浪漫"评价不以为然,一边把自己的视线从银河照片上挪开,一边对她说:"火星没有大气层,你在家每天都能看见银河吧。"

"哎呀,我不是说这个。"辛怡用手背抹了一把脸,"我是说,你们在那个时候,就预知了未来——这是时间维度上的浪漫!"

我说:"未来哪儿是那么容易预知的?你知道我们规划方案改了多少遍吗?"

她坐在我身边,"得,老爷子又要进行革命教育了。我洗耳恭听。"

我本意并没有要讲这一段,但难得她摆出一副乖巧的样子,便说道:"火星新城项目开展两年之后,我们才知道,并不只有我们一个团队在做这个项目。领导也给人工智能团队布置了相同的任务。"

辛怡一愣,"他们也能做城市规划?"

"他们要规划的不是城市。事实上,当时上面还没有决定,新京城是给人住的城市,还是给人工智能的实验室。所以让我们背对背各自提方案。"就算到现在,我还能记起得知这个消息时的惊诧,两年多不分昼夜的奋斗,难以计数的研究、分析和论证,却可能连基石都是错误的——这个项目，或许都不需要规划专业的参与，因为其目标未必是要造一座让人生活的城市！

辛怡说道："只是一个人工智能的实验室？那就真的没有必要去火星上建了吧……"

"实验室是一个太保守的理念，这就意味着哪怕人类有了在火星上生存的能力，也不具备移民太空的勇气——就算是实验，也必须是城市实验，是人的生活方式的实验。不论文明发展到什么地方，人类都应该是文明的主导。这不只包括我们对人工智能的主导权，也包括我们的社会组织形式和生活方式的延续。我们早已在空间站和月球造船厂证明了人类可以在地球以外'生存'，但火星新城应当将目标定在让人们'生活'，甚至是'繁衍'。"我看向辛怡，"这才是未来的方向。"

辛怡叹息道："归根到底，还是一个理念的问题！"

"所幸领导接受了我们的意见，只是让我们以更少的人口来启动新城的建设。"

辛怡问："那么就是成功了？"

"还差得远。虽然上面认可了我们的思路，但还是认为方案太过常规，要求我们结合人工智能团队的技术方法，提出新的方案。"

辛怡十分惊诧，"这怎么结合？你们的出发点都不一样啊！"

"现在回想起来，这个项目推进的过程就是把各种不可能变为可能。"我苦笑，"在明确联合工作后不久，老板把整个团队都带到冷湖，开始为期一年的'封闭'工作。那里当时已经变成了火星新城建设指挥部。"

"又是冷湖？"

我点点头，"是的，冷湖是一个非常特殊的地方，它与火星有着千丝万缕的联系。"

"我听说过。好像是最早对火星进行地质勘测的时候，先遣队就发现火星奥尔斯库陨坑的地质构造与柴达木盆地十分相似，甚至还找到了地球独有的第三纪泥岩。宇宙物理学家推测这里可能曾经有过一条虫洞，像一扇任意门一样，连通地球和火星。"

"这正是冷湖被命名为火星小镇的原因。"我说，"到冷湖封闭工作之后，我才知道当初新闻里的异常光波辐射，也是新京城选址的缘由。那一年各国都在秘密派遣队伍勘测火星，有一艘俄罗斯飞船遇到意外，发出的求救信号却在冷湖被接收到了。因为那次事件，人们才发现在柴达木盆地有一条量子信息通道，可以接收到火星奥尔斯库陨坑的所有数据，它或许就是你所说的虫洞坍塌后的残余。后来经过反复试验，确定这是一条双向通道，也就是说，我们只要在指挥部，就可以实现与新京城的实时通信，而不用等待光从地球到火星的十几分钟时间。"

辛怡问："地球上只有冷湖可以？"

我回答道："对。"

辛怡问："所以我刚在火星的时候，你用远程三维投影陪我玩儿，都要从北京飞到冷湖来？"

我没有回答她的问题，轻叹道："也是到了冷湖，我才知道你妈妈在做的项目是什么。"

6

"妈,给宝宝留的奶我都贴了日期,您拿的时候别忘了看一下啊,从最早的开始喂。"辛越洗完澡,还没穿衣服就在浴室里对外面喊。她手忙脚乱地抄起一条黑色内裤,我赶忙阻止道:"穿浅色的。"

她愣了一下,才发现我的投影就在旁边,这种远程三维投影技术是浸入式记忆的前身,由于长期异地,我只能用这种方式表达对她和宝宝的关心。

"你放在外面的那条裙子是米色的,"我说,"会透出来。"

辛越翻了个白眼,"处女座。"但还是照我说的做了,到衣帽间刷地把连衣裙一套,就开始吹头发。我妈说了句什么,她赶忙关掉了吹风机电源,"怎么了?"

我妈在客厅里说:"你说她每天几点午睡?"

辛越说:"她以前都下午一点睡,三点起。这几天稍微晚一点儿,您还是别让她太晚了,不然夜里影响您休息。"随后又急急忙忙继续吹头发,"辅食您别加胡萝卜,她不喜欢。"

"好好,知道了。"我妈略有点不耐烦,"你说过两遍了。"

两千多公里外的我,忽然感觉到一阵难以言说的痛苦。我爱上辛越,想要和她在一起,是因为她是个理想主义者,她的渴望超越了生活本身。然而让她远离未来世界,把她拽到眼前这一地鸡毛中的,恰恰又是我们的婚姻。她不再是那个可以"说走就走"的少女了,她是一位有家庭有牵挂的母亲了——所以，是我折断了她的羽翼吗？

这种划过心尖的战栗和恐惧，大约就是她所说的"共情"，证明我还爱她。

她草草画了眉毛，走到客厅在宝宝脸上亲了一口，然后踩上皮鞋，拎起门口的行李箱，"杨铭，你知道吗？我这次出差是要去……"

"你身份证带了吗？"我问她。

她懊恼地揉了揉头发，又换了拖鞋冲回卧室，从抽屉里翻出证件，嘟囔着："要赶不上飞机了！"

"没事儿，我帮你叫了出租车，师傅已经到楼下了。"我安慰她说。

她看了我的投影一眼，"爱你。"然后火急火燎地冲出家门。

我这才想起自己还没搞清楚她要去哪里出差。辛越的研究方向是数据建模，然而她具体在做的课题，和我所在的火星项目一样，都是保密的。所以我们很有默契地都不去问对方工作的细节——譬如她一直以为我在冷湖的工作，是负责这里的特色小镇规划。

于是六个小时之后，当我们在冷湖火星镇的会议中心见面时，彼此都在对方的脸上看到了可以称为"震惊"的表情。她看了我五秒钟，又扭头去看会议室里的名牌，才喃喃道："天哪……你是火星新城的规划师？"

我根本说不出完整的句子，"你是……"

这时指挥部的林主任走进会议室，一拍我肩膀，"杨工，这是辛博士，'智城'团队的最后撒手锏。把她请来可不容易啊，她家孩子还不到一岁，出这趟差是逼人家断奶呢！你们那方案调整可不能再拖了，上次会议的修改意见赶紧落实一下……"

我简直要爆炸，"这是我老婆！"

林主任怔住，"啊？"

这种故事当然迅速传遍了指挥部，尤其是大家意识到我是规划团队里负责建模的设计师，而辛越博士正是从北京来指导我工作的——一时间，各种消息段子在内部群里轮番轰炸，如果不是要保密，大概当天就会成为全行业的段子了。老板专门给大家开了个微信会议，肯定了我们两口子对彼此的保密工作做得十分到位，要求指挥部里的其他同志都要学习。然而玩笑归玩笑，等到开始工作的时候，我才发现搭档是自己老婆，并不是什么值得欣慰的事情。

"我听说你在改我们的模型？"辛越问。

"你们的模型完全是电脑计算出来的。"我告诉她，"我们当然要做一些设计上的改动。"

"那么你需要改的就是模型的算法和前置条件，还有人工智能的训练计划。"辛越打开她的工作界面，"有一些你之前提到的内容，比如城市功能的比例、人需要的空间尺度、新的交通模式，我们已经添加到算法里面了……"

她点了一个按钮，一座形状诡异的城市在屏幕上展开，枝叶缠绕，特别科幻。这东西有悖常识，完全没法建。我有点儿头大，"但我们要的不仅仅是'完成'。"

她问我："那你们要什么？"

我轻轻吐了一口气，告诉自己不要和外行计较，然后打开另一张图，拿起绘图笔，飞快地在屏幕上画，"城市的结构与功能有关，空间尺度则与人的需求相关。从大的层面来说，我们需要更清晰的组团感，中央的轴线要清晰，两翼的形态也要有序，在城市的中心需要集中的公共活动场所，科研智造应该和居住在空间上有所混合。在微观层面上，单一组团的规模需要缩小……"

"你说慢一点儿……"她皱起眉头听我说，等我说完，又想了一会儿,问道,"你提出这些改动的逻辑是什么?"

我震惊地看着她——我的话没有逻辑吗?然后,我意识到她说的是计算逻辑,而不是设计逻辑。我得给她补上五年本科三年硕士的规划课程,再给她复述一遍这两年多以来我们开的所有会,才能说明白这里头的"逻辑"。

现在,我只好咬牙对她说道:"经验。"

她也看向我。这个眼神我特别熟悉,和她看见宝宝在沙发上撒尿的时候一模一样。她正在告诉自己,要容忍面前的傻子,心平气和地解决问题。因为宝宝只有一岁,而我是她自己选的男人。

辛越温和地说:"我明白你们规划过很多城市。我记得你跟我说过你对规划行业未来的信心,你说不管人工智能发展到哪一步,城市的规划都需要人来完成,因为城市本身过于复杂,有太多利益的纠缠,每一条政策的导向也不是'合理计算'能够预测的——只有生活在真实社会中的人,才能理解和解决城市问题。我完全认同你的观点。但你们的经验都是在地球上的,太空中的建设是另一回事儿。我们面对的是一块完全空白的场地,技术本身的挑战是以前任何项目都无法相提并论的,这不是在图纸上凭经验就能完成的工作,我们需要人工智能的帮助。"

"但你们计算出来的方案总是非常……"我忍了忍,还是不小心吐槽,"奇特。"

"这就是为什么我们得一起来训练人工智能,不管是你说的空间布局,还是水循环,都是你们的专业领域。你把思路和方法给我讲清楚,我再把这些内容转化为算法,让人工智能计算出正确的模型。你的帮助是很重要的,"她顿了顿,"不然我还得自己用两年时间去学。"

"八年。"我说,"城市规划专业至少要学八年,实践经验在这个领域非常重要,我觉得单凭计算很难解决问题。"

她睁大了眼睛——深呼吸,就像是把宝宝从沙发上抱走,然后把她尿湿的椅垫拆下来,"嗯,加上你们的实践经验,我还要学更久。所以你希望我们来配合你?"

"我们是联合团队,但我认为应该以规划为核心。"

辛越稍稍提高了声调,"那你希望我们扮演什么角色?是帮助你们做前期分析,还是在你们画好方案之后建模?"

这两者都是我以前跟她提起过的工作内容。她的嘴唇已经危险地抿成一条线,然而工作场所不是可以展示"求生欲"的地方。

"对。"我挺直背脊,坚定地吐出这个字。

辛越把两只手环抱在胸前,"杨铭,我觉得你还没搞清楚状况。如果你们能够解决问题,就不用我大老远飞到这里来了。月球造船厂的设计方案是基于我的博士研究成果,这也是目前规模最大、效率最高的太空设施。你不可能用工业革命时期的规划理念和技术方法,在地外行星上建造出一座可以生活的城市。我不会允许你在我的模型成果上,用你所谓的'经验',修改任何一条管线的走向,因为那是不科学的。我需要你拿出一点态度,更积极地配合我的工作。"

她放轻了语气,伸手在我的耳朵上捏了一把,"因为这才是未来的方向。"

7

"和老妈一起工作的感觉是不是很棒啊?"辛怡问。

天色已暗,房间里又多了几个满满当当的纸箱。辛怡打开灯,盘腿坐在箱子上面,身边放着宽胶带和剪刀——看起来马上就要完工了。

一起工作?那段时间我和辛越居然没有离婚,就足以证明我们之间确实是真爱。但我嘴上只回答女儿说:"嗯。"

"我刚去火星那会儿,就经常跟我的朋友说,这座城市是你们俩的作品呢!"

我纠正她,"话不能这么说,我们只是团队里的工作人员……"

"但最后的模型定稿是你们一起完成的呀。"辛怡说,"老妈跟我说过好几次。"

可能回忆总会美化一切过往。我这会儿闭上眼睛去想辛越,竟然是吵完架她脸红扑扑的样子,很可爱。我记得有一天我们一起校正模型,不小心吵了一通宵,嗓子都哑了,辛越忽然问我:"要不要去看日出?"

——这才是她!我毫不犹豫地点头,然后去借了辆车,一路开到湖边。天际的颜色已经渐渐明亮,辛越急慌慌跳下车,拎起裙角就往芦苇丛里扎,活似一只看见鱼的灰鹤。我忙熄了火追上她。拨开最后一丛芦苇的一刹那,恰恰看到一轮红日破空而出。长云横在灰蓝的天上，被东升的红日染成了温柔的橙红，又倒映在水中，变成一幅印象派的油画。真实与虚幻上下交错。我屏住呼吸，握住辛越冰冷的手——这一刻的存在，一定是有宿命的吧？

我们都没有说话，只听着彼此的呼吸和远远近近的鸟鸣。它们喧嚣鼓舞，赞叹着自然的光辉。一直等到返回温暖的车里，我才轻轻吐出胸口提着的气息。辛越转头对上我的目光，于是我们无声和解，决定彼此信任。

"老爸我跟你说，我人生最早的记忆，就是在冷湖。"辛怡在一旁手舞足蹈地比画着，"奶奶带我坐飞机去的，然后早上你抱着我去看日出。"

我说："不可能吧……那会儿你才一岁。"

她笑道："别人大概不行，可我的研究方向是记忆数据化。我读取的第一份记忆，就是自己在幼年的时光。"

这让我很感兴趣，"你还记得什么？"

"不是我'记得'，是我的大脑里还有一些陈述性记忆的残留画面……"

我一听她这些专业名词，就觉得头疼，"杨辛怡，说简单点。"

"就是我可以解读出幼时让我印象深刻的记忆。"她说，"虽然很多我根本想不起来，但那些画面在我脑海中是存在的，它们引发的情绪还储存在我的神经元里。当然，不重要的那些早就消失了。"她顿了顿，又说，"后来我开始工作，才发现每个人都会有一些记忆，被我们如同珍宝一般藏在大脑无边的数据海洋里——对你来说，就是冷湖和老妈在一起的日子。"

——她怎么知道的？

我正要问，却见她眉梢悲伤地耷拉起来。这孩子在火星长大，几乎没有真实世界的朋友,所以总是比同龄人更情绪化。我倒是一点儿都不意外她会选择这个专业,因为那时候火星没有学校,她只能通过浸入式记忆读书,最大的爱好就是在火星的记忆数据库里体验不同的人生。

她忽然又抬起头,"但是,为什么你们会分开?"

我说出那个重复了无数次的理由:"我还要照顾你的爷爷奶奶。"

她还是不满足于我的答案,"你起码可以去火星一趟,去看看我们!"

你们也可以回来——这句话差点就要脱口而出。然而,我只是同她说了真实的原因:"因为我做不到。"

8

林主任悄悄把我叫去指挥部办公室的时候,我还以为是项目出了什么问题,结果他让我去看他的电脑屏幕,上面是一份已批准的申请表——辛越要参加飞行模拟训练课。

这当然不是指开飞机,而是宇航员训练。距离新城方案定稿已经四年,一期建设也已接近尾声,领导亲自拍板,定了"新京城"这个名字,移民招募计划也同时向公众发布。

"这事儿我不能瞒着你。"林主任拍了拍我的肩膀,"辛越是在优先名单上的,上面想让她去火星负责二期施工。"

我对他说:"多谢。"

辛越要参加的飞行模拟训练,并不是申请火星移民的第一步。第一步是前庭训练和超重适应性训练,保证我们不会在航天飞机起飞途中被自己的呕吐物噎死。之前老板安排我去尝试过,第一堂课就被淘汰了。当时教官对我说:"没事儿,好多人都做不到。"我也没太在意,去火星可不是出差,很有可能就意味着要抛弃地球上的一切:亲人,爱人,朋友,财产,地位。我既不想抛妻弃子,也不想生离死别。

我早该猜到辛越会去。

然而这又太不可思议了,她三天前还在跟我商量要不要在宝宝上小学之前给她报个奥数班,因为她同事的孩子都去了。我对此完全不能理解,"辛博士,你有送她去的工夫,自己教不行吗?"

"不行,"她说,"万一教不会,我会觉得我的孩子是傻子。"

可能我才是傻子。从林主任的办公室出来,我给在北京的辛越打了个电话。

"我们单位今天报名,申请火星移民的名额。"我说。

"你们终于开始报名啦!"她的声音听起来很兴奋,"我之前一直没法儿跟你说,我们领导非要保密——我早就报了。"

我的心脏漏跳了一拍,"真的?你要去?"

她说:"当然了!我都带着杨辛怡参加好几次训练了。"

"你还要带宝宝?"

"火星上的未来城,我当然要带宝宝去!"她十分得意,"我费了好大力气才给她弄到名额,读书的事情也问清楚了,他们现在有一项新技术,叫浸入式记忆……"

"如果我……"我很艰难地开口,"去不了火星怎么办?"

她愣了一下,本能地回答道:"杨辛怡都能去。"

"我就是问如果。"

她过了好久才开口："明天宝宝第一天上奥数班，我得去帮她预习功课了。"

放下电话，我的手在发抖。顾左右而言他，这是我能想到的最糟糕的回答。辛越计划的未来里，并不包括"为我留在地球上"这个选项，她根本就不想面对这件事。然而，第二天当我打开房门，看到站在那里的辛越时，我想，我还是低估了她。

"有个地方我想带你去看看。"我在她开口之前说道。

不管怎么样，我得试一试。

她很干脆地说："走。"

于是，我们开车去了冷湖镇。我之前来过这里，但当我再次走进这座废弃的石油城市时，心中还是颇为悲凉。我问辛越："你了解冷湖镇的历史么？"

见她没开口，我便继续说道："这里曾经是中国第四大油田，十几万人为了开采石油，移居到这里。它也曾经承载人们的梦想，是未来的方向。"

在这样广阔而贫瘠的荒漠之中，建造出一座城市，需要何等的雄心？在这样的地方生存下去，又会是何等的艰辛？然而用再多人的青春和热血，为之奋斗终生，它最终也不过化为残垣断壁，尘归尘，土归土。

"你想说什么？"

"我们生命的意义不只是未来，也是当下，是你与我，在此时此地。"我对她说，"对我来说，工作就是工作，我认真工作，对我的工作负责，但它并不是我生命的全部，你和宝宝才是。未来可能会变，或许有一天，新京城也会像冷湖镇一样变成废墟。"

我并不擅长说这样的话，这几句几乎就掏空了我的全部，却不足以动摇她。

辛越说："就算这座石油城市现在失去了意义，但你不能否认，它曾经有意义。它存在了几十年，凝聚了一代人的努力，这些人的生命是有意义的。未来的方向可能会变，但在走到下一个道标之前，我们无法看到更远。所以就算失败，触手可及的未来都是最重要的。"

我们继续往前走，最后停在了公墓边上，四百多个高高低低的坟包，一座高耸的纪念碑立在那里，上面写着"为发展柴达木石油工业而光荣牺牲的同志永垂不朽"。

我问她："可我们真的要为它付出一辈子么？"

她看着那座被风沙打磨得无比粗糙的石碑，"我今天到了这里，才开始理解，为什么会在柴达木出现异常光波辐射，那条量子信息通道连通了我们脚下的火星小镇和火星上的新京城，这正是冷湖精神跨越时空的延续。这条通道在为我们指路——它指向火星，我们的未来。"

"但那里太危险了，也太艰苦了。留在地球，我们可以有更好的生活——"我说，"就算不说安全风险，不说物质条件，我们在这里有朋友，有亲人，可以旅行，去周游世界；而到了那儿，我们可能会被困在二十平方米的蜂巢里……"

她叹了口气，看起来疲惫又失望，"你还是不明白——你从一开始就不懂，你从来没有真正认同过火星新城的意义。你只是找到一个理念，拿去说服别人，完成你的工作……"

"不是这样的。"我也很失望，但我不想告诉她真实的原因：我愿意去火星，但我去不了。我不希望她和辛怡去那么遥远又危险的地方，而我自己却在另一颗星球上，无法保护她们。

辛越说："我知道比起我，你和现实绑得更紧，但束缚是可以解开的，问题是可以想办法来解决的。我提交申请表的时候，也一直在想宝宝怎么办，但现在我能带她走。杨铭，你不是孩子，我不能替你做决定，我只能告诉你我的想法。"她看向我，"我并不在乎自己的生活有多奢侈，或者多安稳。我在乎的是我做了什么，我是否创造了有价值的未来，我有没有为自己的理想倾尽全力。"

她顿了顿，"我会等你，但我不会为你停下。"

看来是我多虑了，我并没有折断她的翅膀。她不曾为我改变，也不会因我改变。她始终是她，我只是她迷路时搭的一辆顺风车。

9

"所以你就放弃了？"辛怡问我。

天彻底黑了。辛怡连书柜都拆了，把它变成一堆木板，整整齐齐叠放在角落。屋子里空空荡荡，我从未对自己的家如此陌生。辛怡蹲在沙发边上，看起来疲惫至极。

我苦笑了一下，对女儿说："我还能怎么办？"我不可能强迫她，也不会去哀求她。我也是个骄傲的人。

辛怡说："那这次你去火星，想不想见老妈？"

我愣了一下，这话里似乎有什么不对。我疑惑地看向辛怡，对她说道："我没法去火星啊……"

她闻言露出懊恼的神气，又立刻扯开嘴角笑道："现在的航天飞机都有反重力舱,感觉就跟坐普通的飞机一样。"

"不是这件事儿——"我很努力地思考着,"搬家是怎么回事儿?我什么时候答应你要搬到火星去的?"

辛怡一声哀号,"老爸,你别这会儿出尔反尔啊!我收拾得腰酸背痛——我容易嘛?!"

"你够了!"我沉下脸,"到底是怎么回事儿,你说清楚!"

屋子忽然消失了,世界陷入彻底的漆黑。我听到一群人忙乱的声音:"心跳没有了,除颤器!"

"医生,医生——"这是辛怡的声音,带着哭腔,"让我再问他一个问题……"

黑又忽然变成彻底的白。无边无际的白,分不出哪里是地,哪里是墙,哪里是天花板。我坐在中央,辛怡在我对面,"嘿,老爸。"

"怎么回事儿?"我问她,"这是哪儿?"

"你在医院。"她说,"这是你的意识空间。"

"意识?"

"你病得很重。我正在把你的记忆转移到火星记忆库里。"她说,"抱歉,我不是故意骗你,一般来说,用搬家这个场景比较容易让人接受——如果你知道真相而情绪激动,可能会加速病情的恶化……"

我听明白了,"我快死了。"

"只要有人记得你,你就不会死。"她说。

"所以我们在这里做什么?"我问她,"你应该已经'搬'完了吧?"

"记忆是生物电信号,每一个人的数据组合方式都不同,所以每一个人记忆数据的解读方式也各不相同。"辛怡说,"我需要你自己来告诉我,对你而言最重要的记忆是什么,因为它们牵扯出最激烈、最深刻也最真实的情绪。通过这份记忆,我就可以建立解读'你的记忆'的基准算法，然后破解你脑海中留存的所有记忆数据。"

这听上去很有道理。我很欣慰。我的女儿在火星长大，她没有上过学，可她依然是个天才。

但我有些疲惫，没有再夸她，只说："我明白了。"

辛怡说："我一直以为你们分开了，你会告诉我另一个故事。但没想到是这一段——为什么，为什么它是最重要的，老爸？"

我愈发困倦。但我还是想告诉她一些话，所以我开口了：

"人生是一条很长的路，但值得记住的日子并不多。影响我们前行方向的瞬间，只有很少的几个。

"对我来说，最重要的就是那一天。我孤独地开着车，走在荒芜的沙漠之中，而这时你妈妈站在路边，对我伸出手，我选择停下。这一刻改变了我的一生。我永远都不会忘记。"

辛怡红着眼圈，但笑得无比温暖，"我知道了，老爸。"她探身向前，握住我的手，"现在睡吧，谢谢你。"

当她不再咋咋呼呼的时候，声音很像她妈妈。我闭上眼睛，看到另一扇门打开，辛越站在那里：

杨铭，欢迎回家。

《2181 序曲》再版导言

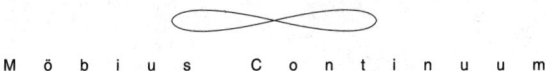

Möbius Continuum

生命的边界从此不再用时间定义。

2088年7月，我刚从冬眠中苏醒不久，就收到了这本《2181序曲》。我当时以为它是本科幻小说，便没有翻阅，只一门心思去适应这个新世界——它才渡过黄石火山喷发的大灾，全世界人口仅余十亿，而我所生活的城市，我的小家，也遭受了灭顶之灾。后来，等城市恢复秩序，多数人都有了果腹的食物和遮阴的居所，我才知道：全世界三十九座冬眠城中，已有十五座毁于大灾引起的核反应堆故障；另有二十座则在灾后的大乱中，被暴徒拆毁、炸碎。我所在的长安地下城，是最后幸存的四座冬眠城之一。这些日子，我常常夜不能寐，总会想起早先同我一起签下"冬眠合约"的人，我们曾约定在未来相见，如今却永远地失散了。

大约会有人说：你们把自己冰冻，陷入无知无觉的冬眠，自然是要冒这样的风险，然而醒着的人，也未必能想到会有火山爆发，灰霾遮天蔽日，多年不散。这看起来是诡辩，可我还是要多说两句：在那个时候，跨越时间的确是一件不同寻常的事，但算不上十分冒险。在这本《2181序曲》的前言中，就详细介绍了它的起源：起初，是科学家在实验室里，成功地冰冻和苏醒了小鼠和猴子；五年后，瑞士就允许绝症病人用冬眠的方式等待新药研发，许多人在苏醒后成功获救；由此，冬眠开始成为安乐死的替代品，进而逐渐演变为富豪竞相追逐的时尚墓葬，吸引了投资人去建设第一座伯尔尼地下城,当城中批量建设的冬眠舱开始售卖时,又降低了售价,引发大众的购买热潮;最终,人们开始视冬眠为一种交通工具,认为时间和空间一样,只是一段可以跨越的距离——我们可以从北京飞到巴黎,自然也可以从现在冬眠到十年之后。彼时与彼方的差别,只在于前者不可知,而后者可知,故而冬眠就比移民多了一点点"风险",同时又多了一点点"机会",用几乎同样的钱购买哪种服务,就看个人的选择了。

这场改变人类生死观和时间观的革命,只用三十多年就完成了,现在想来真是令人觉得不可思议。其间当然会有种种议论的声音,反对者、甚至是以恐怖行径来威胁的人,亦为数不少。尤其是当冬眠技术不再是一个问题,其安全性也不再令人怀疑之后,反对的声浪却愈演愈烈,几乎上升到宗教和哲学层面。当然如今回头去看,这些争论不过是言人人殊罢了,To be or not to be,这是一个问题,却永远不会有统一的答案。本书最为可贵之处,就在于作者采用了中立、客观的立场,在对"冬眠"这一议题进行了长期追踪后,她找出了那些最关键的、足以改变历史走向的人物,和最特殊的、让人深入思考的案例,再平和地向读者展示出来。

这些内容构成了本书的正文,并按照采访和写作的时间顺序展开。本书的第一章写于2033年,正是最早的绝症病人"夏娃"苏醒后不久,那时一些人开始想要突破法律的界限,让健康人去冬眠。这当然会引起质疑——"健康人为什么要冬眠?"这篇《自由意志的边界》,便记录了第一位预约伯尔尼地下城舱位的健康人李子萱,与《冬眠法》立法调研组成员郑一诺之间的数次对话。其中很多问答在今天看来,依然颇有趣味。

在本文之前，所有采访李子萱的文章，都会提到她的祖母因癌症去世的事情。李子萱的父母在国外工作，她由祖父母抚养长大，是一名留守儿童。2024 年，她的祖母不幸罹患鼻咽癌，还在读中学的子萱听闻动物冬眠实验成功的消息，便想到为祖母申请冬眠试验。然而，当时冬眠在中国尚不合法，李子萱便写了一封很长的公开信，发表在微博上向公众求助。这封信引起了一定的关注，但更多的还是讽刺和辱骂，终究没能挽留祖母的生命。九年后，她卖掉深圳的房子，去伯尔尼支付了地下城舱位的定金。很多人认为，她是在用自己的生命赌气。然而，本书作者并没有给出这样的评判，她选择了李子萱的另一段话来阐释：

> 大家总想要给我找一个冬眠的"理由"，就好像我还一直沉溺在奶奶去世的悲伤里，就好像我还是个情绪激动的孩子。我当然不会说我选择冬眠和奶奶没有关系，但我认为那最多只能算是一个"启发"。奶奶的病让我意识到，原来世界上还有这样一种技术，原来人还有这样一种选择——原来我们可以冬眠。
>
> 为此，我选择了冬眠医学专业。在瑞士实习的时候，我亲眼见证了"夏娃"的苏醒和治愈。如果那种程度的重病患者都可以安全醒来，那么我这样的健康人更不会有任何问题。
>
> 我去伯尔尼订地下城舱位时，他们要搞清楚的第一件事，就是我是理智的、冷静的，这是我自己的选择。而媒体和舆论最可笑的地方，就是他们不肯相信我是一个正常人。他们不相信科学，不相信心理医生的判断，他们只相信自己的"想法"，并且由此出发，一定要帮我找一个"理由"。
>
> 好吧，那就让他们觉得我有一个理由吧。不过你们等着瞧，

再过三十年，也许只要十年，这都不再会是一个问题。我只是比他们更早看清楚这条路而已。生而为人，就有自由去选择生活在哪里，也有自由去选择活在哪个时代。

李子萱的言行给了郑一诺很大的启发，当时她已经为《冬眠法》的立法工作奔波了数年——要知道，动物冬眠实验最早是在中国完成的，但由于法律的限制，人类冬眠在国内却迟迟没能进行。一些专家担忧，冬眠技术的落后会让国家错失未来，并提议立即开展《冬眠法》的立法工作。郑一诺从大学毕业起，就在立法小组从事调研工作。

此前我们一直试图在法律层面界定：冬眠究竟是一种医疗手段，还是某种意义上的安乐死——它的的确确，让人从"当下"消失了。冬眠的人没有意识，自然也失去了相应的政治权利。但李子萱事件让我们发现，一部适应这个时代的法律，需要界定的可能不是"疾病严重到什么程度"才可以冬眠，而是"谁"在签署了"什么条款"之后可以冬眠。而一旦把《冬眠法》的适用范围扩大到健康人，这部法律涉及的权利就太广了。我举几个例子：一个冬眠的人，是否还有经济权利？婚姻是否还能算作存续？是否还应该尽抚养义务？是否还能继承遗产？在什么样的情况下，国家、组织或是他人有权唤醒他？问题太多了！

带着这样的疑问，郑一诺找到了李子萱。后者正是她迫切需要的案例：李的父母尚在，她自己是独生子女，已婚，有一个孩子，同时有一定资产。郑一诺参与到了李子萱离开中国以及离开这个时代之前的一系列准备工作，包括离婚，放弃抚养权，将一部分财产交给保险机构，用收益支付孩子的抚养费，请父母签字认可她不再负担赡养义务等等，这是一项异常繁杂的工作，但涉及的一系列事务，确实为《冬眠法》提供了重要支撑。人们对这篇新闻的印象，更多来自于李子萱签完所有协议之后说的那句话："我终于冲开了时间的枷锁。我自由了。"

然而，本书作者却随着郑一诺的目光，将结尾的笔墨留给了李子萱的女儿。那个孩子当时还不到三岁。

> 在法庭上，那小女孩儿一直安静地看着她的母亲，我从她的眼神里读出来：她知道会发生什么。
>
> 我忽然明白了我帮助李子萱签下的那些协议意味着什么：自由是有代价的——一个成年人的自由，意味着她的家人替她负担了所有的责任。这其实是不公平的。他们肯签下协议的唯一理由，是因为他们爱她，无法拒绝她。她毫不客气地利用了这一点，耗尽别人的一生，去塑造她自己，去追寻她特立独行的自由。
>
> 这是一种情感绑架，我们不能鼓励这样的未来。

郑一诺将所有材料提交给立法小组，随后辞职，成为一名专门为健康人家属提供法律咨询的"反冬眠"律师。她在两年后死于一场交通事故。

《冬眠法》于2035年实施后，吸引了一批冬眠医疗相关专业的医生、学者回到中国。其中就有本书第二章的采访对象之一：文馨宜（Cindy Wen）。文馨宜选择的，正是最初在《自然》杂志上发表动物冬眠论文的那个实验室。因为他们没有随着冬眠产业的发展，把关注点转向人类冬眠医学的应用层面，而是一直专注于动物冬眠的基础研究。文馨宜说：

"我想去探索生命的边界，而不是去研究技术如何变成一个赚钱的产业。"

2041年，文馨宜作为第一作者，发表了一篇重要的论文——它通过对海量实验数据的总结，提出了冬眠技术的一个重要规律：冬眠不能使人体完全停止衰老，它只是极大程度上延缓了衰老；冬眠能够让动物达到的寿命极限，大约是其正常寿命的两倍。本书第二章的标题为《$\sqrt{4}$》，在与本书作者的对话中，文馨宜不再受限于论文的规范表述，而是毫无保留地展现了自己的猜想。

冬眠技术给了我们这样一种图景：生命的边界从此不再用时间定义，我们可以到达任何想去的远方。然而在科学领域，所有的图景都是需要证明的。事实上，即便有了冬眠，生命能够跨越的时间仍然是有限的。这就好比有了冰箱，食物也终有腐坏的一天。

然而这个时间，究竟是多久？

这是一个非常有趣的命题。在冬眠技术诞生伊始，就有人从时空维度的视角，提出了这个猜想：当我们从一维世界出发，一个边长为1的正方形，想要沿着边线到达对角，这个距离会是2，而在二维世界里，"面"的诞生使得正方形对角线长度缩短为$\sqrt{2}$；三维世界也是类似的，一个正方体，连接对角线的最短距离，在一维世界是3，在三维世界，我们可以通过"体"，找到长度为 $\sqrt{3}$ 的捷径。那么，当这个模型增加时间的维度，也就在四维世界里——我们有限的生命，可以通过冬眠到达哪里？

我们开展了一系列动物冬眠实验，迄今为止，实验的结果竟然与" $\sqrt{4}$ 猜想"是吻合的。我们发现：一个生物并不会因为冬眠的次数而加速衰老，但一旦它生命的总长度到达正常寿命的两倍时，死亡仍然是无法避免的结局。我们当然可以把动物冬眠的时间，设计为自身寿命的三倍或者更多，然而令人惊异的是，一旦超过注定的终点，动物在被唤醒之后，会无一例外地发生各种癌变，并迅速死亡——我们目前还无法解释这种现象。在科学的世界里，往往是我们知道的越多，就会发现这世界上还有更多的东西我们不知道。

当然，这些结论也不足以让我们反过来推演出生命的时空四维模型。因为很可能是由于我们目前使用的冬眠技术还不够完善，所以导致了这样的结果。或许下一代的冬眠技术，能够把"冷藏"升级为"冷冻"，甚至把我们带向真正的永生，和无限的未来。

在人类生命的时间长度上，想要验证" $\sqrt{4}$ 猜想"，尚需百年之久。因此，这份动物实验的成果为人类冬眠提供了一个非常重要的限定条件，并深深影响到与冬眠相关的一切，包括法律条文、协议内容、保险合同，以及深空探索飞船的设计。《$\sqrt{4}$》一文中，作者采访的另一个对象，就是太空社会学家陆晴，她为第一艘深空探索飞船提供了社会学支持。

"女娲号"会是人类的第一艘深空探索飞船,其任务是让两千人去往遥远的三体星系。按照原来的方案,全体飞行员会在飞船上冬眠九百年,接近目的地时才逐一苏醒。但学者在这个时候发表了新的论文,按照他们的理论,即便通过冬眠,人类寿命也很难超过一百五十岁,这就使得所有的设计要推翻重来。

——这艘飞船不再是一座飞行的地下冬眠城,而是一座有人生活在其中的城市。一旦人要在这里繁衍、生活,就会带来很多问题。其中大部分问题是可以通过技术来解决的,比如食物、氧气和能源,而通过冷冻受精卵,我们也能保证基因的多样性。但我们怎么才能保证:在这九百年间,飞船上的人彼此之间不会发生战争?

我们没有办法从任何一段有文字记载的历史里找到先例。相应的,也无法无中生有提出任何有说服力的措施,来为太空飞船上的人构建一种新的社会秩序。我没能完成这个课题。在结题会上,一位专家说,或许只有科幻作家才能回答这个问题。

有趣的是,他们最终真的采纳了科幻作家的建议。在本书正式出版之前,作者对《$\sqrt{4}$》一文进行补充,采访了这位名为顾适的作家:

如果我们把飞船上的"战争",定义为人与人之间的大规模械斗,或是有人动用飞船上的武器,来破坏生存系统——那么消灭这种战争最简单的办法,就是只允许女性登船。

从生殖技术上来说,这个方案也完全没有难度:把精子冻起来,在女性生育的时候,用基因技术筛选受精卵的性别,等到人类即将到达新的星球之时，再让男孩儿诞生。

"女娲号"在 2049 年起航，迄今恰好四十年，第三代"深空婴儿"亦已出生。昨日的新闻中，他们传回来的最新消息，依然是"一切顺利"。

在本书收录的五篇文稿之中，最著名的一篇，无疑是第三章《二零四八，黎明前的最后抉择》。在这一年，伯尔尼地下城已成功运行了十四年，舱位早被抢购一空，第一批在此冬眠的人也苏醒了三成。其中那些患病的人，都因新药研制成功而被唤醒，且大多都痊愈了。而另一些健康的人，所得的好处也不少：一方面，他们比原本同龄的友人更年轻，更富有活力；另一方面，他们在冬眠之前，都把大半财产换成了黄金，存在巴哈马群岛的保险箱里，恰好躲过了四零年代初的全球金融风暴。这些成功的例子，使得投资者对冬眠技术信心大增，在全世界范围内同时开始建设十座地下城。而二零四八年，就是这些地下城投入使用的前一年，到处都是"时光移民"的广告——"向远方，不如向未来。"

《黎明前的最后选择》一文，就是在这种背景下诞生的。它所关注的对象，是最早提出"时间股"概念的自媒体"巨焦"主笔唐祝。唐祝生于富贵之家，成年后便与丈夫、儿女移民加拿大，然而在四零年代的经济危机中，她家道中落，父母在破产后郁郁而终。唐祝随后归国创立"巨焦"，想要"用概念改变世界"，却一直未得大众青眼。终于在 2048 年，她凭借"时间股"，登上了 TED 和各大冬眠论坛的讲台。

是继续做一具任由时间摆布的傀儡，还是将时间变为改变自己命运的工具？

这是黎明前最后的选择机会。一旦时间跨入明天，它就会永远甩开留在过去的人。

唐祝是一位非常优秀的演讲者，总用这句话做结束语。比起本书作者采访的其他人，她思维活跃，显然十分健谈。

我们小时候有个词流行了很久，叫"诗与远方"。我最早听说冬眠，就想到这四个字。"远方"的含义从此完全可以是时间上的了。这是一种根本的变化，它改变了我们对世界的认知，更会带来很多新的概念，比如"时光移民"。但"移民"这种概念，是给失败者的。为什么？空间上的移民，移了还能回来，但时间是有方向的，回不来。所以肯定是在现实世界过不下去的人，才会逃到未来去——这个概念，做起来客户群体太小，又消极。真正有生命力的概念，一定是积极的。所以我们才提出来"时间股"。

当我们每个人都明白，生命长度可以延长到一百五十年，但我们能够清醒地生活的，只有其中不到八十年，那怎么过这一辈子，什么时候冬眠，什么时候醒来，就是需要规划的。怎么规划？经济是有周期的。房子涨了三十年，大家都知道接下来要跌十五年，怎么办？都卖掉，换成黄金，跟着周期冬眠，十五年后醒过来，再抄底！股票也是，涨得疯，跌得缓，大趋势不对的时候，赶紧空仓，跳过这个谷底期。又或者投资一个项目，收益要五年后才能看到，那就直接去五年后嘛——生命最宝贵的是什么？时间啊！

想想那些最早做远洋贸易的国家，他们统治了这个世界上百年，而现在，是做时间贸易的时候了，这是一个新的大航海时代。

然而在提出"时间股"的概念后，唐祝却没有选择在2049年冬眠，也没有踏入其后建设的任何一座地下城。她成立了"时间股"保险公司，来经营那些冬眠者的财富，成为一代巨富。在一次谈话中，她对本书作者说：

概念是给别人的，价值在概念背后。只要我能让别人相信"时间股"，我就可以拿到他们的钱。

这段文章结尾的话吸引了横店的注意力，他们以此为蓝本，拍摄了电影《概念推手》，并拿到了当年的奥斯卡奖。电影上映后，人们一时对唐祝有诸多批评之声。但这电影也实实在在地为"时间股"公司做了一次宣传，使之彻底占有了冬眠者的财产保险市场。而对于电影，唐祝是这样回应的：

一个概念怎么产生，背后又有什么盈利的意图，其实都不重要。重要的是，当一个概念能够为大众所接收，当一种产品能够让大众买单，就证明了我们的确需要它。

唐祝于2084年黄石火山爆发后去世，享年七十五岁。

随着冬眠技术在生活中的广泛应用，人们开始对未来有了更多元的期盼，甚至有学者将五十到六十年代的经济繁荣，都归功于这种技术带来的崭新生活方式。风靡一时的科普读物《瞬息万变》，就描述了这段时期一系列的新生事物：从规划人生的"时间管理学"，到护肤美容业的"深睡眠冻龄肌"，凡此种种，不一而足。而以冬眠技术为背景的悬疑电影《超时光追击》系列，则一次又一次地刷新票房纪录。但在此时，本书作者却去描写了另一些被忽略的人——那些坚守故我、拒绝在时间面前作弊的人，和那些拼尽全力，却仍然无法追上时代脚步的人。这些人的话语，构成了本书的第四章《剩人》。

我不明白他们在做什么。

所有媒体，所有网页，都说冬眠是成功者的标志；而留在当下的，却成了"剩下的人"，连所谓的"时间管理"，都变成了"正常人"应该有的能力。可我就是不懂。我活得好好的，很开心，我为什么要去冬眠？我干吗要活得那么着急，那么麻烦？

二十九岁的米未，在她的双胞胎姐姐米末冬眠之后，在脑联网中发了这样一条信息，一天内竟被转发了上百万次，并由此诞生了一种名为"剩人"的标签。他们之中，有一些人主动拒绝去冬眠，比如前文提到的米未，以及著名的冬眠技术反对者林可：

我妈三年前醒了一次。她当时的"年龄"只比我大五岁。刚开始，她兴奋得跟神经病似的，"脑芯"也要接，"视域"也要装，还去了一趟月球，把她这些年保险生的利息基本都花光了。谁知过了半年，她就对我说：她很失望，非常失望——这个世界和以前的世界，没什么本质区别，这里仍然不是她要的"未来"。

那怎么办？继续折腾呗。卖房，抵押，把我的钱也拿走不少，再去冬眠。她这次要去三十年后，等她再醒过来，就跟我孩子差不多大了。我也跟她把协议签明白了，以后我和她再没有什么关系。

这技术是个祸害，让人变得永不满足，把希望都搁在别处。我读了不少历史书，人不能这么玩儿。我有钱，但我不会冬眠，我也不会让我的孩子冬眠。

然而更多的"剩人"，并没有主动选择的能力。他们就像郑一诺曾经担心的那样，被冬眠者抛弃在"当下"——冬眠技术拉开了人与人之间的距离。六十年代中期，夫妻关系几乎完全消失，随之而来的，是父母与子女的脱离。人们开始从观念上，认为儿童的抚养和教育是国家和社会的责任，而非家庭的责任。但转变并非一代人就能完成的，在这过程之中，未成年弃儿作为一种特殊的"剩人"，一度引起人们的广泛讨论。其中，那些在传统家庭中生活过的孩子，被抛弃之后受到的伤害往往更大。祁苏然在十九岁时因非法闯入冬眠城而入狱，本书作者形容她"清秀文静，举止颇有古风"：

我当时在读初中。我爸妈问我："要不要一起去未来？"我说："好。"在法庭上，法官也问了我同样的话，我的回答也是："我想去未来。"

然后他们却不辞而别。

> 从那天起，我的未来变成了一个无底深渊。他们什么都没留给我，而我还要活下去。
>
> 有时候我想，我宁可他们是要离婚，争先恐后不要我了；而不是他们去往同一个未来，把我留在现在。我去地下城，是想找到他们，唤醒他们，问问他们：这究竟是为什么，我到底做错了什么？

祁苏然出狱后不久，再度因制造脑芯病毒入狱。她生命中的大部分时光都在狱中度过，最终也没能找到她的父母。

如果抛弃孩子还能算作新闻的话，抛弃老人就太常见了，简直难以激起舆论的涟漪。舒澜的独女在三十五岁时，卖掉了母女俩共同居住的房子，换成去往四十年后的冬眠"车票"。一无所有的舒澜把女儿告上法庭，希望法院能把她强制唤醒：

> 我供她读到博士，怕她没有婚前财产，结了婚吃亏，把自己的房子也转到她名下。我这辈子工作到退休，也就才还完房贷呀……我现在的退休金连房租都付不起，我可怎么办呢？

她的官司应该失败了，因为第一位被父母强制唤醒的，是太空建筑师漫歌。与舒澜不同的是，被漫歌抛下的那位母亲，是一位颇有影响力的政客。她把女儿强制唤醒，但却没能与她相互谅解。三年之后，漫歌逃到阿根廷，再度沉沉睡去。

2075年，漫歌按计划醒来。面对本书作者，她这样说道：

我不知道你有没有感受过"召唤",那是一种很清晰的使命感:你知道有一件事情你必须去做,而这件事也只有你能做到。我冬眠不是为了自己,而是为了我此生必须完成的使命。

2058年,我所在的工作室用3D打印机将荒原变为城市,我们在月球进行实验,并且成功了!这就是说,只要我们把这种新型3D打印机作为一颗"种子"发射到其他固态行星上去,它就能利用那里的岩石,"打印"出一座自带核电厂和生命维持系统的城市。

2060年,我们和CASC(中国航天科技集团有限公司)签署了协议,然后我才知道,要等我的"种子"在火星和土卫六上"发芽",至少还需要十五年的时间。

十五年!人一辈子能工作几个十五年?冬眠技术的意义,不就是让能够改变历史的人,去见证自己的梦想吗?很多人说我错了,错的是他们。人类的远行,必然有牺牲。金钱是做什么用的?只有把它换成有价值的时间,它才算用在刀刃上!这话虽然很残酷,但大部分人的生命,就是毫无价值的。

我会向前走,不会回头去看那些被剩下的人。

漫歌在2079年登上移民船"伏羲号",去往土卫六。她成功躲过地球上的巨灾,于2087年10月抵达目的地,担任泰坦市的总建筑师。

"伏羲号"起飞次年,"精卫号"与"盘古号"先后升空,这三艘飞船所搭载的十万人,将会是土卫六的第一批居民。而由漫歌他们播下的"种子",则会在2081年完成泰坦城主体结构的"打印"。这就意味着,当三艘移民飞船于2087年前后到达土卫六时,他们居住的城市空间已大致成形,但新的居民会如何在这空间里活动、如何生活,在交往中建构一个新的人类社会,却充满了未知与悬念。

2081年,地外探索协会(EEA)开展了一项特殊的研究:他们把三艘飞船上所有乘客的脑芯信息都录入量子计算云之中。脑芯不仅记录了每一个人的健康状况和职业履历,更记载了每一个人从出生开始的所见、所听、所言、所行,几乎是人类意识的虚拟复制品。而通过量子云的计算,就可以模拟出这些人在不同的自然环境、社会制度、经济水平和群体情绪之中的行为模式——也就是说,它能够计算出在特定模型中,一个人,一座城市,乃至一颗星球的未来。

如何设计这个模型,成了一个至关重要的问题。为此,地外探索协会将量子云里的乘客信息,共享给世界各地十个不同的机构,请他们基于土卫六和泰坦市的空间以及自然特征设计合理的模型,以此探索在未来的一百年间,这座地外城市会变成什么样子。十所机构各自选择了不同的主题,大到土卫六在太阳系开发和银河深空探索中所扮演的角色;小到土星夜景和人造环境对个体精神健康的影响。其中,有一项名为《土卫六居民生命周期规划》的课题,是围绕冬眠制度设计展开的,本书作者受邀参与到研究工作之中。而这段经历,构成了这本书的最后一章:《2181序曲》。

收到邀请的那天晚上,我在休斯敦的一家医院里,远远听到有人在赫曼公园露天演奏《1812序曲》。眼前的文字与耳边的音乐交织在一起,忽而变成另一曲从时间和空间的远方传来的新乐章。它始于一个坚定的和弦,随后大提琴揭开序幕,军鼓敲响，城市在卫星神秘而辽阔的土地上飞速生长，冷灰色的天幕上，小提琴用颤音勾勒出华美的土星环。管乐声部的加入丰富了旋律的层次，长笛、双簧管、圆号——那是人类，一代一代传承着勇敢与希望。炮声轰鸣，那是他们的生命在星海中燃烧，照亮星路的彼端，照亮我们的未来！

在以罕见的热情开篇后，作者很快回归了惯常的克制笔触，来记录与时间管理专家赫晶和学生团队共同完成的研究：

> 冬眠的制度化设计，起初是在策划深空探索飞船"女娲号"时提出来的，但最终因为冬眠的寿命极限理论，他们没有采用这个方案。与深空飞船类似，地外行星也会让人在特殊的极限环境中生活。我们相信通过政府来引导和规划每一个人的冬眠行为，会对土卫六的发展起到积极作用。当然，到目前为止，无论是地球、月球还是火星，还没有一个政权对冬眠做出强制性安排，最多是在某些情况下像"限制出境"那样，对个别人提出"冬眠禁令"。因此这项研究，也有非常大的创新意义。
>
> 确立冬眠制度的根本目的，是高效组织生产。以核聚变电站为例，在托卡马克装置的建造和测试期间，工程师们当然都需要保持清醒，而在电站稳定运行期间，则只需要几个人进行日常维护即可，其他人都可以安排冬眠。在资源紧缺时，他们冬眠是为了节省食物、氧气和饮用水；在快速发展期，则是为了更高效地用自己的专业技能服务社会，让星球快速发展，取得地外行星开发中的竞争优势。

而根据这种"合理"思路提出的制度化冬眠的模型，在代入量子云中的虚拟人格数据后，却发生了奇怪的事情：无论怎么调整模型、改变机制，都无法引诱量子云里的虚拟人类开展"合乎规划"的冬眠。"人们"拼死反抗冬眠制度，几乎没有人肯"温和地走进那个良夜"。本书作者认为：

> 如果资源都不够，人们就更不肯相信他人会唤醒冬眠中的人，来争夺有限的资源——"冬眠等于死亡"，在那个虚拟的未来中，人们甚至开始有这样的观念。
>
> 即使我们从一开始，就将模型转换为资源丰富的场景，让他们衣食无忧，但大部分人照样不肯履行"冬眠义务"。

虚拟世界的漫歌再度成为反抗先锋，只不过这一次她站在了冬眠的反面。她说：

> 我是一名建筑师，没错，但在不需要盖新房子的时候，我也可以是一个农民、一位教师、一名厨师，或者一个保姆，我可以去学习新的技能，承担另一份工作。
>
> 冬眠制度的出发点就是错误的，冬眠是一种权利，而非义务。冬眠只能是个人的选择，我绝不可能同意"被冬眠"——我怎么知道你们选择"冬眠者"的真正目的，是为了泰坦城的发展，还是为了铲除异己？当病人、老人和残疾人无法继续工作的时候，他们是否可以为了城市的"发展效率"，被永远地冰冻起来？

可即便按照她所说的,在模型中剔除冬眠制度,虚拟泰坦市里会选择冬眠的人仍然少之又少。这种和地球的反差,让赫晶十分惊讶:

> 这些移民中百分之六十的人有过冬眠经历。但在到达土卫六之后,主动选择冬眠的人不足百分之三,而且多是因为疾病。

有趣的是,虚拟泰坦城里的人也开始研究这个问题。冯可可是一名"诞生"于"精卫号"上的心理学家,她在虚拟历史发展到"2119年"时,提出了一个观点:

> 泰坦市民生活在一个纯粹的人工环境里,城市之外的世界没有氧气和液态水,也没有植物和动物。尽管从理论上和理智上说,城市都是安全的,但在潜意识里,人们仍然认为这里的生态脆弱不堪。远离地球这个事实,加剧了这种内在的不安,因为这里的人无法从故土得到任何帮助。空间的距离,如果再叠加上时间的距离,就会让人陷入彻底的孤独。一个人由冬眠醒来时,可能会与所有人都失去联系,不再知道自己能做什么、身在何处,甚至失去对自我的定义,而这种恐惧,是地球上的冬眠者不需要面对的。
> 在远离地球之后,我们更需要彼此之间的紧密连接,来创造"时间的故乡"。

"时间的故乡"成为这份研究交出的成果,同时提交的还有在每一种制度环境下,泰坦城运行到 2181 年的模型数据。有趣的是,在地外探索协会收集的上百种可能的未来中,大多数模型都没能将文明维持到 2181 年:或是战火撕碎了泰坦城,或是移民逃离了土卫六,而这还是在不考虑自然因素的前提下得到的答卷。就连余下那几个繁荣的图景,看上去也远不如漫歌计划的那样美好。它们总是高墙耸立,阶级分明。对于这样的未来,作者却依然充满乐观,在文章的结尾,她写道:

> 毁灭、死亡、暴力、驱逐、贫穷、痛苦……这些我们不愿看到的东西,恰恰是未来真实的一面。当探险家在大海中找寻新大陆的时候,当智者在知识中找寻科学的时候,当冬眠学者在时间之中找寻未来的时候,他们都曾面对同样的危险和绝望,但他们并未放弃。如今,我们在星海之中寻找远方,最重要的不是我们去到哪里,而是我们不畏起航。
>
> 在 2181 序曲奏响的那一刻,人类已然胜利。

通常的导言,都会先介绍书籍的作者,以及写导言的人与作者的关联。我有意将其放于结尾,因为我不想让作者的生平、让我与她之间的故事,抢夺她作品的光芒。本书作者方妙是我的独女,她出生于 2009 年 1 月,按照当时的观点,她是一个性格倔强的摩羯座女孩儿。在小妙十三岁那年,我发表了论文《冷冻休眠通过激活 Cryosleep 信号通路延长小鼠寿命》,很多媒体把这个生物学上的发现简化为"冬眠",不久,我们也习惯了这种更通俗、更简短的说法;还有一些报道,忽略了论文的其他重要贡献者,称我为"冬眠之母"。我虽不敢为此沾沾自喜,却也没想到这夸张的赞誉,给我带来了一个意想不到的机会。

在冬眠领域工作的每一个人,都很清楚这项研究的应用方向是人类冬眠,只是苦于无法用人做试验。从小鼠到猪、猴子,在短短一年之内,世界各地的学者极快地重复并完善了我们提出的实验方法。2024 年,我收到了瑞士伯尔尼医院的邀请,他们在信函中,不仅明确提出希望我能与他们共同探索冬眠技术的医疗应用途径,更提及瑞士正在修订安乐死相关法律程序,允许医学意义上的绝症病人自愿参与冬眠试验。

我必须承认,在那个时刻,我感受到了漫歌形容的"召唤",我开始相信,突破冬眠技术关卡,让人类走向永生,是我此生的"使命"。我几乎毫不犹豫地回复了"我很荣幸,也很高兴能够加入你们",然后才意识到,我的女儿方妙这一年正要参加中考。

我知道她需要我,但我也需要去伯尔尼。我和小妙面对面深谈了一次,我第一次从头到尾告诉她,我在研究什么,我的研究成果会带来什么。她很冷静地回答我说:

你的工作很重要,妈妈,你去吧,不用担心我。

在争取到丈夫和父母的支持后,我收拾行囊出发了。临行之日,小妙和她爸爸一起去机场送我,女儿笑着挥手,然而笑得很难看,抿着嘴,什么话都不说。我几乎不敢看她,草草拥抱,落荒而逃。我相信她把自己当时的思绪,写在了李子萱女儿的眼睛里,和郑一诺的话里——她肯同意我离开家的唯一理由,是因为她爱我,无法拒绝我。

其后的几年，我每年在家里待不到一个月，当然，寒暑假的时候，我会把小妙接到伯尔尼。2028 年，她去杭州读大学，给我发消息说，自己时常咳嗽，从夏天咳到冬天都没好。我以为她是不适应新环境，只嘱咐了一句去看内科。寒假她来瑞士找我，我见她依旧话说到一半，就捂住嘴说不下去，便安排她去医院做了个体检。

在实验室接到电话的时候，我还没意识到事情的严重性。然而医生要求我陪小妙一起去做 CT。

我问："她只是咳嗽，为什么要做 CT？"

医生说："你必须去。"

结果出来了，是肺癌，晚期。她才二十岁。

我们尝试了所有的办法，免疫治疗给了我们一点时间，但很快就失效了，国内的朋友建议我们去休斯敦求医，然而我很清楚瑞士的医疗已经是世界顶尖水平。医生那天下午四点来病房"宣判"，一字一句告诉我们，等待她的只有死亡。

她不曾说出口，但我知道她不甘心。小妙对自己的期许很高，可谁能想到这样的惨剧会降临在她身上？她短暂的生命，只来得及如饥似渴地学习，却未能有所表达、有所成就，又怎会不遗憾？她曾对我开玩笑说："妈妈这么了不起，以后有人把你写在书里，我就来做你人生的注脚。"

然而她又说："真奇怪，在定义一位女性时，人们只会从她的家庭和孩子来判断她。"

我笑了，她多明白，又多可爱啊，都这个时候了，她还在担心我呢——她说："你看他们写那些成功的女科学家，关心的都是她的风流韵事，她不够圆满的家庭，她对孩子关爱的缺失。所有人都要为她的成功找一个'理由',一定是因为她没完成好某一项必选的功课。"

那就让他们找一个"理由"吧。不论有没有这本书,我都知道我最好的作品从来都不是我的论文,不是冬眠技术,而是我的孩子,是她通透高洁的灵魂,和她对我的爱。

就在小妙转到临终关怀病房的第一天,瑞士完成了法律修订,允许绝症病人申请冬眠试验。我问她:"你愿不愿意同我在未来见面?"

她说:"好。"

于是她成为了"夏娃"。

2032年,新一代细胞疗法研制成功,我和学生们一起把方妙唤醒。药物控制住了肿瘤,她一天天好起来。当时团队里有一位名叫李子萱的实习生,和小妙关系很好。我们回国之后,李子萱也经常到家里来看望小妙,还对我们说,她自己也想要冬眠。后来,郑一诺为《冬眠法》的事情来找方妙,但我女儿当时还在恢复期,精力有限。倒是郑一诺在我家等小妙的时候,遇见了李子萱,两人一拍即合。李子萱说,她不想当着孩子的面讨论离婚和财产,竟时常约郑一诺在我家见面,小妙也十分高兴,觉得像一出真人秀,在养病过程中时常看着,是件有意思的事情,于是她见证了两人的许多次对谈。晚上我下班回到家,小妙还时常同我聊她们俩,很多法律层面的细节,是我这个"始作俑者"也从没想过的。忽然有一天,小妙说:

"我想把我听到、见到的写下来。"

我一度很后悔当时没有阻止她。写作是一件费神的事情,2033

年,在《自由意志的边界》完稿一个月之后,方妙癌症复发,转移到脑部。我们又经历了极为可怕的三个月,最终,她不得不再次冬眠。

在她睡去之后,医生告诉我,她之前的病已经完全得到了缓解,他们也不明白,为什么死神这么快就又一次找到她。这个疑问让我忽然想起来,在我们最初做冬眠实验的时候,有一些冷冻时间过长的小鼠,总会在苏醒之后迅速发生癌变死亡。我们当时没能确定那个时间点,只私下把它戏称为"命数"。于是在五十岁这一年,我决定调整自己的研究方向,在女儿冬眠的同时,尝试去找出她这一次患病的原因。很快,我就发现了 Cindy Wen(文馨宜),她一直在关注这个领域。

我给文馨宜发了邮件,邀请她回国到我的实验室工作。她爽快地答应了。在我们共同发表论文[1]的同年,能治疗方妙脑癌的基因疗法研发成功。我的女儿从死神的摇篮里再度醒来,开始了新一轮治疗。这一次,我和文馨宜都怀疑,虽然小妙的生命还没有到达人类应有的寿命极限,但她其实"命数已尽",任何治疗都只是另一次折磨的前奏。

我们什么都没有说。我甚至鼓励小妙与《$\sqrt{4}$》,希望她能在有限的生命里,活得完整,活得快乐。我看她混着中文和英文,与 Cindy 艰难地讨论学科领域最前沿的专业观点——语言没能限制交流,她们越聊越兴奋,文馨宜对我说,方妙提的很多问题都在点子上,和她聊天真好玩儿。

完成采访稿之后,小妙不是很满意,她觉得这只是一篇浅显的

---

1. 文馨宜,董璐. (2041). 抑制 Cryosleep 信号通路导致恶性胶质瘤转移加速. Nature 842, 353-365(作者为本文虚构的一篇论文)。

科普，没能挖出故事来。幸而我自己就处在冬眠话题的中央，总能听到各种八卦——太空社会学家陆晴的课题以失败告终之后，我主动请她到家里来做客。陆晴让小妙看到了一个新世界。有一天她写到一半，忽然拍案而起，对我说：

"妈妈，这世上不止有未来，还有远方。"

然而，她并没能去医院以外的远方。癌症再次复发之后，我们终于明白，她的生命会是一场科学与癌细胞的赛跑。不幸中的万幸是，她有冬眠这个作弊器。

小妙在2048年醒来时，我才拿到一个奖项。那些日子，许多人在我家里来来往往，说是来看望她，也或许是借机来看望我。在这乌泱泱的人里，小妙注意到当时还在四处推销自己的唐祝，她对我说："这个人能成就一番事业。"

她那会儿的目光和语言，是超脱于生死的，所以更广大，也更清晰。她押对了，用自己的文章，为唐祝的成功推波助澜。然而，她没能第一时间看到那部名为《概念推手》的电影，而我也不想再去描述她这一次在骨肉瘤中遭受的痛苦。那时我看着她的睡颜，几乎觉得冬眠技术本身就是对我的诅咒，如果我没有打开潘多拉的盒子，也不用一次次承受"希望"对我的凌迟。那时我已然年迈，必须随着她一起沉睡，便把家里的大小事务都委托给唐祝的保险公司，并请她在药品研发有进展时唤醒我们。我们分别在2056年和2068年醒来了两次，然而每次小妙都只来得及记录下一些碎片，就不得不再度睡去。我清楚自己无法用更老迈的身体来照顾她，于是每次都与她一同签下冬眠合约。她对我说：

"妈妈，你在用你的生命追逐我，这对你不公平。"

她太害怕抛下我了。她知道，自从她病倒之后，"让她活下去"就成为我生命的唯一意义。我相信这反而是她选择《剩人》这个题目的原因。她想知道：为什么这些人能够抛弃自己的家人，去往不可知的未来？而那些被抛下的人，又会经历什么？

读完《剩人》，我对她说，真是"众生皆苦"。

她却问我："妈妈在研究冬眠技术的时候，有没有想过会造就今天的世界？没有人甘心沉沦于苦海，他们都在挣扎，去生活，去选择，让自己的人生在'冬眠'这个茧里蜕变，创造出你无法想象的未来。这就是人类不可思议的地方。"

她在小小的病房里，看到了比我的视野更广阔的世界，听到了更辽远的声音。但我当时还没有察觉，她已决心跳离苦海，去做出自己的选择。我没能见证她奏响的 2181 序曲。她避开我，自己苏醒，在休斯敦挺过治疗，通过表姐顾适联系到地外探索协会，参与他们的研究，写下最后的文字，出版这本书，然后消失不见。

我不知道她在哪里，是否还活着。我醒来之后四处找寻她，但在心底，我知道，我与她已经永远地失散了。

而就在阳光扯开火山灰云，洒落于大地之上的那个早晨，我回过头，看到床边的这本书。

翻开扉页，她的名字就印在里面。

她在这儿，在这书里，在我手里与心里。

董璐，2089 年 1 月 12 日

后 记

2008年,我开始在网上写科幻言情。2011年,我第一次用"顾适"这个笔名在杂志上发表科幻短篇。其后,多则一年七八篇,少则两年写一篇,勉强混在"科幻作者"圈子里。拼凑至今,才出版自己的第一本书。虽远够不上"大器",竟也拖出个"晚成",算是对自己多年的爱好有个交待。

本书收录的十五篇小说写于2012年到2019年之间。最早完成的《基于冗余计算的爱情故事》不算成熟,却难得有一腔热情。这篇小说也让我找到了写短篇的方法,其后不到两年的时间里,我一口气写了《最终档案》《时间的记忆》《倒影》《已删除》《娜娜之死》《强度测试》《A计划》,以及没有收录在本书中的奇幻短篇《得玉》,以及《万星之旅》系列的四个短中篇。2015年的《嵌合体》则是对这一个阶段的总结,此前的所有故事,似乎都是为它准备的:《骆明系列》的角色,《倒影》的结构,《万星之旅》的太空远航……它们沉淀在一起,发酵了足足一年,在几个失败的开篇之后,我终于找到了这个故事的第一句话:我看着她走进来。

她没有名字。直到很久以后,我才意识到"她"的出现改变了我,把我变成另一个人。我开始用"她"的眼睛来审视自己的小说,希望自己能拿出完成度更高的"作品"——一个从科幻点子,到故事、结构和语言，都清晰、简洁、优美的短篇。这种野心，驱使我创作了《莫比乌斯时空》。

我至今都记得这个故事从"白屋"开始，同时向高维度和低维度展开的感觉。五分钟内我已经想好了一切。接下来只是在其中添砖加瓦，勾勒细节，把每一处粗糙的边缘抹平。这种匠人般的工作状态，是非常快乐的。然而在登上这座小山峰之后，我用光了自己的写作技巧，虽然知道远处还有更美的高山，但环顾四周能找到的所有道路，都是向下走的。2017年8月，在赫尔辛基的世界科幻大会上，我向特德·姜描述了这种迷茫的感觉。他原本维持在"客气"状态的眼神里，忽然腾起欣喜和了然的光，他说："这状态是对的，说明你已经写得比许多人好了。"

这句鼓励让我决定沉到谷底，去找寻新的山头。整个2017年我没能发表一篇小说，只写了《野渡无人》——我想尝试用更"中国"的文字，来表达出故事的深度和层次感，而《赌脑》则是在这次实验的基础上，建造的一座新建筑。我当时决定用交响乐的节奏和传统话剧的结构，写一个场景固定的中篇小说。它是我对内心纷乱思绪的一个整理过程，完美主义的"她"，变成了更勇敢、更年轻也更鲁莽的"穆嫣然"，我想要走出城去，尝试一些新东西。

恰好，在2018年—2019年，我先后收到八光分文化和刘宇昆老师的邀请，参加"冷湖火星小镇"和XPRIZE基金会的"海洋"主题征文，由此诞生了《搬家》和《为了生命的诗与远方》两个短篇。它们都是在比较放松的状态下写出来的，后者更有挑战一些：不仅仅是作品的主题、篇幅和交稿时间有严格限制，连故事发生的年代和可选择的科技树都有相应规定。这些条条框框当时让我觉得束手束脚，但现在看来却是十分有益的：它既让我开始关注此前从未涉足的海洋和环保题材，同时，字数限制也迫使我一再精炼语言，去除枝叶，让小说回归故事本身。

我现在还无法评价《〈2181序曲〉再版导言》，因为我几乎是同时完成了这篇小说和这个后记，那文档的墨迹还没干呢。我只是希望自己能用更直接也更诚恳的态度，来面对这一个故事。它有一个悲伤的源头——生命的逝去有时毫无道理，但不该悄然无声。

我要在这里特别感谢马玉荟和王俊，谢谢你们不厌其烦地试读我的每一版小说，小心翼翼地在不打击我的情况下提出中肯的建议。感谢科幻圈里的各位前辈和朋友，以及这一路上我遇到的编辑们：赵晓旭、张璞玉、迟卉、杨枫、姚海军、田兴海……是你们的鼓励给了我坚持写作的勇气和力量。感谢我的家人，和初中时允许我在周记本里写小说的袁睿适老师，你们对文学的趣味，和你们对我的包容，让我不经意间踏上了创作之路。

  在前行的路途上，我还有太多人要感谢。但我最想感谢的是你们，每一个读到此处的人。一个碳基生命在脑海中描绘的故事，居然能够通过文字表达出来；而另一些智人竟肯用自己生命中最宝贵的时间，来阅读这些现实中并未发生的故事——这真是人类最大的奇迹。

  谢谢。

顾适，2019年9月2日
于北京